天啓の殺意

中町　信

推理小説とは，文字どおり推理することを主体とした小説だが，ミステリーに拡散現象が生じて推理味の希薄な推理小説が氾濫した。中町氏は原点に戻って推理小説を見直すべく，連続殺人と謎の追及をテーマに凝ったテクニックを駆使し，大胆なトリックで読者の頭脳に闘いを挑んでいる。あなたが一行一行を嚙みしめるようにして読み進むならば作者の挑戦を斥けることができる筈だけれど，武運拙《つたな》く敗れても，胸の底には“してやられた”という快感が残る。乞い希《ねが》わくは，作者が仕掛けたワナにはまらぬことを。

鮎川哲也

登場人物（登場順）

柳生照彦……推理作家
花積明日子……「推理世界」編集者
入内島之大……青山堂主人
松沼健次……「推理世界」編集長
橋井真弓……明日子の同僚編集者
尾道由起子……タレント、小説家
神永朝江……ビニール工場専務
神永頼三……同経営者
片桐洋子……同事務員
浦西大三郎……同工場長
作田春美……神永朝江の元同級生
作田草太郎……春美の夫、不動産屋
亀岡タツ……翁島旅館の部屋係
尾道繁次郎……由起子の夫、大手建設会社重役
原口警部……新宿署の刑事
清原刑事……同

天啓の殺意

中町　信

創元推理文庫

THE APOCALYPTIC FUGUE

by

Sin Nakamachi

1982, 2005

目次

天啓の殺意

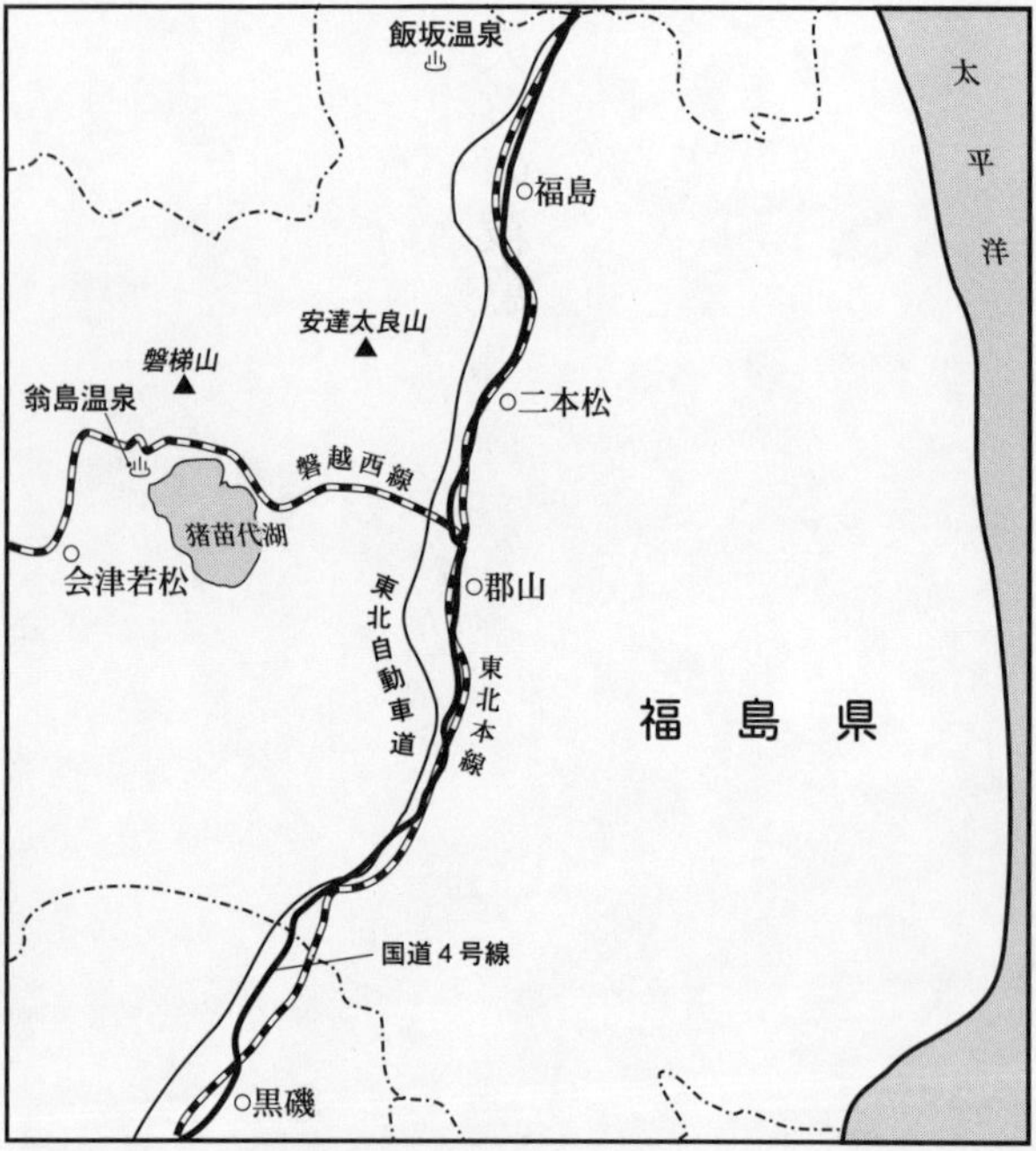
飯坂温泉
太平洋
福島
安達太良山
磐梯山
翁島温泉
二本松
磐越西線
猪苗代湖
会津若松
郡山
東北自動車道
東北本線
福島県
国道４号線
黒磯

プロローグ

1

柳生照彦《やぎゆうてるひこ》から電話をもらったのは、二月十五日の午後二時ごろのことだった。雑誌課の編集部員、花積《はなづみ》明日子《あすこ》は校正刷《ゲラ》から顔を上げ、受話器を取った。

「実は、もう少しで仕上がる原稿があるんですが、できれば、おたくの雑誌、『推理世界』に載せていただけないものかと思いまして……」

低い、押し殺したような声だった。二年ほど前まで華々しい執筆活動をしていた柳生をよく知っていた明日子は、その遠慮がちなものの言い方に、一瞬戸惑いの表情を見せた。

柳生は四年前に、ある雑誌の懸賞推理小説に二席で入選して以来、売れっ子の名を恣《ほしいまま》にしてきた新進作家のひとりだった。デビュー当時の作品の大半は、いわゆる軽いユーモアミステリーだったが、気の利いたプロットと現代風な感覚が読者に受け、どの雑誌をひらいても、柳生の名を見ぬ月はないほどに健筆をふるっていたのだ。「推理世界」の編集部でも、当時は彼に矢つぎばやに作品を依頼し、担当の明日子は毎週のように柳生と顔を合わせていたのである。だが、そんな隆盛をきわめたのも、わずか二年足らずの短い間だった。作品のワンパターンが読者に飽きられたせいもあるが、粗製乱造による作品の質の低下が、その凋落《ちょうらく》の最たる原因だった。柳生は従来のユーモラスな作風に見切りをつけ、本格推理にその活路を求めていたものの、過去の名声を取りもどすまでには至らなかった。

一年半ほど前にも、明日子の編集部に百枚近い本格物を持ち込んできたことがあった。一読した明日子は、その型どおりのプロットと二番煎《せん》じのトリックに失望し、従来からの本格物の域を一歩も抜《ぬき》ん出ていないとまで酷評して、柳生に原稿をつき返していたのだった。柳生が推理小説の筆を折り、一編の小品すら発表しなくなったのは、そのとき以来だったかもしれない。

だから、柳生からそんな電話を受けた明日子が、彼がふたたび小説の筆を執《と》っていたことに驚いたとしても無理はない。

「一度、読ませてください。おもしろい原稿でしたら、編集長とも相談のうえ、掲載させていただきます」

と明日子は言った。持ち込み相手に使う、決まり文句だったが、相手はその言葉でほっと胸を撫でおろしたように、急に快活な口調になった。

「原稿と言っても、ちょっと変わっていましてね。犯人当てリレー小説——とでも呼んだらいいのかな……」

「犯人当てリレー小説……」

「ええ。ある作家が——この場合はわたしですが、『問題編』の原稿を書き、ほかの作家にそれを推理してもらい、『解決編』を執筆していただくのです。わたしの、つまり仕掛人の書いた『問題編』のすぐあとに、相手の作家の——まあ、探偵役とでも呼びましょうか——その作家の『解決編』を載せるんです。そして最後に、仕掛人であるわたしの『解決編』を出す、といったような仕組なんですが。まあ、ふたりの知恵比べ、とでもいった趣向ですね」

と柳生は言った。

「おもしろそうですね」

あくまでも原稿の出来いかんだが、そんな遊びの趣向で誌面に変化をそえるのも悪くはないという、興味の色がその言葉の裡《うち》にうかがえた。

「そう言ってくださると、嬉しいですね。原稿は八分どおりでき上がっています。書き上げたら、ぜひ読んでください」

「いつごろ、上がりますの？」

「そうですね。来月の上旬なら確実です」

「じゃ、二、三日したら、こちらからお電話いたします。編集長とも相談しなければなりませんし」

「たとえ企画が没《ボツ》にされても、書き上げたものをお渡ししますから、読むだけは最後まで読んでみてください。お願いします」

一介の無名作家にもどったような、熱気を感じさせる柳生照彦の言葉だった。

2

青山堂《せいざんどう》書店のレジのわきには、五年ほど前から旧式なコピー機が据えられてあった。

主人の入内島之大《いりうちじまゆきとも》が依頼された原稿を、あわただしくコピーしていると、傍から女房が顔をのぞかせた。

「あら、きれいな字ね。もしかしたら、柳生さんの原稿?」

「そうだよ。この先の『シクラメン』まで届けてくれって頼まれてね。急ぎなんだ」

「あんた。いつものことだけど、コピー用紙を無駄遣いしないでよ、高いんだから」

例によって女房は、いさめるような眼つきで主人を見やった。主人は女房を無視し、急いで仕上がったコピーと原稿を別々の角封筒に入れ、使い古しの紙袋の中におさめた。

「柳生さんが書くなんて、久しぶりだな。こりゃ、力作かもしれんね」

主人は右手で紙袋の重さを計るようにしながら、誰にともなくそう言った。その重量感は、そのまま作品の重厚さを象徴しているようにも受けとれたのだ。

彼は店を出ると、足早に環七通りの方南町《ほうなんちょう》の交差点を右に曲がり、喫茶店「シクラメン」のガラスドアを肩で押しあけた。手狭な店内には、柳生を含めて三人の客が坐ってい た。柳生は主人には気づかぬ様子で、高い鼻を所在なげにかきながら、時刻表の数字を追っていた。

「やあ。わざわざ、すいませんね」

柳生は主人を眼にとめると、立ち上がって短くかり込んだ頭をぴょこんと下げた。

「久びさの力作ってとこですね。どこの雑誌ですか?」

主人は訊ねた。

「春光《しゅんこう》出版社の『推理世界』です。これコピー代」

柳生は一万円札を差し出し、お釣はいりませんから、コーヒーでも飲んでいってくださ い、といつものように気前のいいところを見せた。主人はちょうど咽喉《のど》が渇いていたので、窓ぎわの椅子に坐って、トマトジュースを注文した。

担当の編集者と思われる三十前後の女性が足早にはいってきたのは、それから三、四分もたってからだった。白いコートを着た、みごとな肢体の女で、きりっとひきしまった個性的な顔だちの美人だった。女好きな主人は、息を呑むようにして、女の美しさに見とれていた。

「予定より早く仕上がりましたのね」

書店の主人の背後で、女の声が聞こえた。

「久しぶりの原稿だったんで、しんどかったです」

「じゃ、さっそく拝見します」

「ここで、ですか？　いや、それは困るなあ」

「あら、どうしてです？」

「いや、恥ずかしいんですよ。眼の前で自分の原稿を読まれたりすると、いつも腹痛が起こるんです。それに、全部読み終わるまで、ここにいるなんて……どうか、かんべんしてください」

書店の主人は窓外に眼をやりながら、笑いをこらえていた。気の弱い柳生の、いかにも言いそうな科白《せりふ》だった。

女の編集者は短く笑いを洩らしたあと、すぐに話題を変えていた。

「で、解決編の原稿は、いつごろいただけますかしら？」

「日にちは約束できませんが、近日中に必ずこちらからお届けしますから。実は、これから旅行に出かけるところなんです。それで無理を言ってお休みの日に出てきていただいたようなわけで。むこうで解決編を書こうと思って、問題編のコピーもここに用意してあるんです」

「どちらへお出かけですの？」

「長野県の千曲川《ちくまがわ》温泉。五、六日ほど、のんびり湯につかってきますよ。川治《かわじ》旅館っていう、静かな湯治場《とうじば》です。窓に山が迫ってましてね、裏山から猿の鳴き声が聞こえてくるんですよ。なにかのときにと思って、旅館の電話番号をメモしておきました」

「温泉につかりすぎて、原稿のほうをお留守になさらないように」

「分かっています。二日もあれば、解決編は仕上がりますよ。ご心配なら、三日後の午前中に、わたしのほうからお電話しましょう。そうだ。そのときに、この問題編の感想を聞かせてもらえませんか。あなたのことだから、また手厳しくやられるかもしれませんがね」

柳生と編集者は、そのあと短い言葉をやりとりしていたが、やがて柳生が、生原稿のはいった角封筒を相手の前に置き、じゃこれで、と言って立ち上がった。

「編集長の松沼《まつぬま》さんは、たしかきょうから北海道へお出かけとか聞きましたが……」

「ええ。作家の取材のおともをして。一週間ほどで帰ってくる予定です。きょうお原稿をいただくことは松沼に話してあります。帰ってから読むのが楽しみだと申しておりましたわ」

「それはますます恐《こわ》いですね。お帰りになったら、よろしくお伝えください」

「ええ」

「そうだ、橋井《はしい》さん——橋井真弓《まゆみ》さんはお元気ですか」

ちょっとたどたどしい口調になって柳生が訊ねた。編集者のほうは、そんな柳生を不思議そうに眺めながら、

「ええ、今月から、わたしと一緒に『推理世界』の編集をすることになりましたの。それで、先日のパーティーのときにご紹介したんですわ」

その答えを聞くと、柳生はびっくりしたように、

「ほんとうですか。いや、しまったな。……まあ、いいか」

と意味不明の言葉をつぶやいてから、気を取り直したように言い添えた。

「そうそう。言い忘れるところでした。探偵役——解決編を執筆してもらう作家のことですが、こちらから特に希望したい人がいるんですがね」

「どなたですの？」

「尾道由起子《おのみちゆきこ》さんです。最近、テレビのコマーシャルにもよく出ている、タレントで小説家の——」

「ああ、尾道さん……」

「さっきおっしゃっていた三週間ほど前の出版記念パーティーの会場で、花積さんにもちょっとご紹介しましたけど」

「ええ、憶えてます……」

編集者のほうは、なぜかあまり気乗りのしないような生返事を返していた。

柳生はボストンバッグをかかえて、体ごとドアを押しあけようとしたが、ふと振り返って、書店の主人に目顔で挨拶《あいさつ》した。入内島之大が柳生照彦の姿を見たのは、それが最後になった。

三月一日、午後一時過ぎのことである。

事件

1

「きらいよ、大きらい。あんたの顔なんて、見たくもないわ！」

神永朝江《かみながあさえ》は箸を叩きつけるように置くと、形相《ぎょうそう》を変えて食卓から立ち上がった。

「おれだって同じさ。おまえの顔《つら》見てると、反吐《へど》が出そうだ」

夫の頼三《らいぞう》も負けじと、やり返していた。

「いいわ、出てってやる――」

「ああ、出てってくれ。そのほうが、せいせいする」

頼三は興奮し、棘々しい口調で吐き捨てるように言った。平素から、夫婦仲は良いとは言えなかった。

神永頼三は栃木県黒磯《くろいそ》市上黒磯に広壮な住居を構えるビニール工場の経営者だったが、経営面の実権は専務である妻の朝江が握っていた。工場の創設者が、朝江の父だったからだ。仕事上のことで、意見の対立を生じ、これまでにも幾度となく口喧嘩をやったが、きょうのようなたがいに声を荒だてての派手ないさかいは珍しかった。

ふたりが昼食のテーブルについたときだった。朝江がいつになく改まった口調で、「ちょっと話があるんだけど」と前置きしたとき、玄関わきの電話が鳴った。朝江の友人からで、その電話での短いやりとりを聞くとはなしに耳にしていた頼三は、思わず苦虫を嚙みつぶしたような顔になっていた。妻がその友人の紹介で、また高価な宝石を買おうとしていたからだ。テーブルにもどった朝江に、頼三は最近とみに高じた彼女の浪費癖をそれとなく注意したのである。朝江は、自分の金をどう使おうと勝手でしょう、と逆に息まき、その言葉が頼三を刺激したのだ。

朝江は父ゆずりの資産を持ち、それを元手にサラ金まがいの金貸しをやり、かなりの利潤を得ていた。工場の事務員や工員の何人かも遊興費に事欠くようになると、彼女から幾ばくかの融資を受けていたのである。頼三はかねてより、妻のこの副業を心よく思っていなかったので、売り言葉に買い言葉で、日ごろの憤懣《ふんまん》を思わずもぶちまける結果となったのだ。

階段を踏みならすようにして二階に姿を消した朝江は、しばらくすると、愛用の薄茶のトンボ眼鏡をかけ、外出着に着替えて階下にもどってきた。

「じゃ、出て行きますからね」

朝江は玄関の上がり框《がまち》から、食卓の頼三に冷やかな言葉を投げた。

「――勝手にしろ」

彼はそんな言葉を思わずも返したが、妻が本気で家を出て行こうとしているのに軽い戸惑いを感じていた。二階の部屋でふて寝でもしているくらいがせいぜいだと、楽観していたからだ。

朝江は、ふん、と鼻先で笑うような表情をすると、薄桃色のコートに手を通し、傍の鏡に向かって髪をひとなでした。頼三はこのとき、言い知れぬ激情におそわれ、胸許から突きあげてくる言葉を制することができなかった。

「ばかやろう、二度ともどってくるな！」

「誰がもどってやるもんですか！」

朝江はかん高く叫ぶように言うと、荒々しく玄関のドアを閉じた。

その直後だった。玄関先で、誰かを叱りつけているような彼女の声が聞こえたのだ。

「とにかく、その一件は、あとでけりをつけましょう」

そんな言葉が、途切れがちに頼三の耳に達した。

九月十日、月曜の午後一時過ぎのことだった。

2

朝江が出ていった翌日、十一日の朝。

神永頼三はいつもの習慣で、テレビのニュースを眺めながら、トーストを頰ばっていた。昨夜半に新宿の高層ホテルで火災が発生し、死者二十三名を出した惨事の模様が、ブラウン管に生々しく映し出されていた。いつもなら、眉をひそめてニュースに見入るところだったが、頼三の視線はともすると画面から離れ、宙に遊んでいた。朝江のことが、気がかりだったからだ。頼三は夫婦喧嘩の原因が、自分の不用意な言葉にあったことを、きわめて素直に認めていたのだ。

彼は思いきって受話器を取り上げると、青森市の朝江の母の実家の番号を回した。神永ビニール工場の創設者だった朝江の父が死んだあと、義母は実家の両親の面倒をみると言って、青森に帰っていたのだ。妻の身を寄せる場所は、そこ以外には思いつかなかった。電話口に出た義母と言葉を交わしながら、それとなくさぐりを入れてみたが、朝江の立ち寄っていそうな気配は、その会話の中からは感じ取れなかった。逆に母から娘はどうしているかと訊かれ、まごついたが、昔気質で実直な母が朝江にそのかされ、ひと芝居うっているとは思えなかった。

妻が実家にいないと分かると、頼三はにわかに不安な気持におそわれた。気が落ち着かず、工場の二階の自分のデスクにじっと坐っているのが苦痛だった。部屋の入口に近いところにある事務机の電話が鳴るたびに、彼は思わず腰を浮かし、事務員の片桐洋子《かたぎりようこ》の応対を見守っていた。

すでに事情を察知していた片桐は、朝江からの電話でないと分かると、そのたびに首を横に振って頼三に合図していた。

片桐は退社後、住まいのほうに立ち寄り、彼のために軽い夕食を用意してくれた。頼三は料理には申し訳程度に箸をつけただけで、洋酒をあおるように飲みつづけていた。

「心配いりませんよ。あすあたり、ひょっこり帰っていらっしゃいますよ」

その沈鬱な表情をのぞき込みながら、片桐は言った。

彼女は朝江の遠縁に当たる女で、妻と同じように小柄で肉感的な体をしていた。朝江より三歳下の二十八歳だが、いまだに独身を守りとおしていた。頼三の経営するビニール工場に作業員として入社したのは五年ほど前だが、朝江はその頭の良さと事務的な能力に眼をつけ、入社半年後に、秘書兼事務員として役員室に呼び入れていたのだ。そして現在では、片桐は仕事の面において、欠かせない存在となっていたのである。

「しかし、強情なやつだ」

頼三は幾度か腹の中でつぶやいていた言葉を、思わず口に出した。朝江を口はきわめて達者だが、小心で比較的素直な女と評価していた頼三にとって、今度の大胆で反抗的な行動は意外でならなかった。

「どこかお友だちの家にでも泊っていて、案外のんびりと羽根をのばしているのかもしれませんわ。里ごころがついて、あすあたり必ず帰ってきますわよ」

片桐は勇気づけるようにそう言って、頼三の家を去ったのだった。

3

その翌日の十二日。

頼三は昨夜の深酒がたたって、ベッドの中から容易に起き上がれないでいた。生来が酒に弱く、のまれやすい性質《たち》だった。九時前に片桐が姿を見せ、軽い朝食を用意してくれた。仕方なしに食卓に坐ったものの、胸のむかつきが高じてふたたびベッドの中にもぐり込んでいた。

頼三がずきずきする頭をかかえて、工場へ顔を出したのは十一時過ぎで、それも片桐に強引に呼び出されたからである。彼がデスクに坐ると、片桐は早急に決裁を要する書類と開封された手紙の束を眼の前に置いた。

「工場の正岡《まさおか》さんから電話がありまして、熱が下がらないので、もう一日休ませてほしいとのことでした」

「そう。悪い風邪が流行《はや》っているようだね」

「わたしも、けさから体がぞくぞくして。それに熱もあるんです」

「大事にしたほうがいいよ。午後からでも帰って休むことだね」

片桐のいつにない青い顔を見やって、頼三は言った。

「すみません。そうさせていただきます。あすは必ずまいりますから」

「無理しなくていいよ。専務のいないときぐらい、のんびりと羽根をのばしたほうがいい」

「そうはゆきませんわ。あ、それから、昼食は店屋物を注文しておきましたから。今夜のお食事は用意してさしあげられませんけど……」

「かまわんよ」

「あ、それから、これ——」

と片桐は自分の机の上に置いていた緑色の洋酒のビンを、頼三にかざして見せた。

「貰い物ですけど、よろしかったらどうぞ。ほんのちょっといただいてますけど」

「ナポレオンだね。ありがとう。さっそく今夜にでも、ちょうだいするか」

「きょうあたり、きっと専務さんもどってこられますよ。わたし、そんな気がしてならないんです」

「うん……」

彼は単なる慰めと分かっていても、そんな言葉で暗く沈み込んでいく自分の気持をどうにか支えることができた。

だが、その一縷《いちる》の希望は、その日もかなえられることはなかったのだ。頼三は妻のいないがらんとしたダイニングルームにぽつねんと坐って、その夜も深更まで洋酒をあおっていた。片桐から貰ったナポレオンは、あらかた彼の胃の腑《ふ》におさまっていた。

4

翌日の十三日、午前十一時半。

アルコール漬けになったような不快な気分にさいなまれながら、頼三は工場長の浦西大《うらにしだい》三郎《ざぶろう》の報告に耳を貸していた。

浦西は三十二歳の独身で、工場でも最古参者である。仕事の腕は申し分なく、この工場をここまでに発展させた功労者のひとりでもあった。整った男性的な容貌をし、ちょっと粗野で崩れたところがあったが、そこがかえっていいのか、異性からは好かれるタイプのようだった。女遊びとギャンブルが好きで、給料の大半をそれに費やし、朝江から給料の前借りという形で、たびたび遊興費を融通してもらっていたのだ。

「すみません、遅れてしまって――」

そのとき、駆け込むようにして片桐が部屋にはいってきた。

「無理して出てくることはないのに」

頼三は言った。きょうもふたりの工員から風邪で欠勤するという電話を受け、片桐も休むものとばかり思っていたのだ。

「ええ。でも、いくらか楽になったもので……」

事務服に着替えた片桐は、「郵便物を取ってきます」と言い置いて机を離れた。

彼女がもどってきたのは、数分後だった。

「ひどいことをするもんですわ」

片桐はいきなり、興奮した口調で言った。その声に頼三は振り返り、彼女のかかえている新聞や郵便物の束を見て、思わず声を上げていた。

「どうしたんだい、それ――」

「誰かが、郵便受にガソリンをまいて、火をつけたんです」

四つ折りの朝刊は半分ほど燃え落ち、黒いぎざぎざの焼け跡が残っていた。十五、六通の郵便物のあちこちにも、焼けこげの跡が這っている。

「誰が、こんなことを――」

「うちもやられたんですか。悪質ないやがらせですよ、これは」

と浦西が言った。

「ほかでも、こんなことがあったのかい?」

「ゆうべも、この近所の岩元《いわもと》さんの家で。新聞の拡張員の仕業ですよ」

「新聞の拡張員――」

「近ごろ、やくざ風な拡張員がしつこく勧誘にきてるでしょう。岩元さんの家では断わり続けていたらしいんです。おそらく、それを根にもって――」

「そう言えば、朝江もそんなことを言っていたな。あいつのことだから、きつい言葉で、追っぱらっていたんだろう。連載小説が気に入っていて、いつもほかの新聞をこきおろしていたからね」

「警察に連絡しておきましょう。こんないやがらせを、野放しにはできませんから」

と浦西が言った。

頼三は煙草をくわえ、ソファに深々と身を沈めた。郵便受の放火のことが、さして気にならなかったのは、朝江のことに気持が移行していたからだろう。すご味のある容貌の、やくざ風の拡張員を相手に、一歩も譲らず、ぺらぺらとまくしたてていた朝江の顔が、彼の眼の前をよぎっていった。妻がこの場にいたら、それこそ怒髪《どはつ》天を衝《つ》くような形相で、すぐさま新聞販売店へでも怒鳴り込んでいたはずである。

頼三はまたも沈み込んでいく気持をもてあましながら、片桐の机のほうをぼんやりと眺めていた。片桐はハサミを片手に持ち、あちこちが黒こげになった先刻の郵便物を手際よく整理していた。彼女は三年ほど前、登山中の岩場から足をすべらせて転落し、それ以来、片側の上・下肢に軽い麻痺が生じていた。常人よりいくらか不自由な体だったが、生来が手先の器用な女で、頼三などとは比較にならぬほど、きれいで正確な字を書いた。

「あら、いけない――」

とそのとき、片桐がいきなり素《す》っ頓狂《とんきょう》な声を発した。

「どうしたの？」

頼三が声をかけると、片桐は開封された一通の封書を彼にさし示しながら、椅子から立ち上がった。封書の左端の一部が黒く燃え落ち、中から紙幣のようなものがのぞき見えていた。

「すみません。私信がまじっていたなんて気づかなかったもので、うっかり封を切ってしまって……」

頼三個人あての手紙が、間違えて自宅と同じ敷地内にある工場の郵便受に配達されていることは、これまでにも数知れずあったことだ。

「いいよ、そんなこと」

頼三は片桐にはとり合わずに煙草をくわえた。だが、机の上に置かれた分厚くふくらんだ封書の表の文字を見やったとき、思わず、息をとめていた。

「専務さんからですわ」

片桐が言った。言われるまでもなく、いとも稚拙《ちせつ》な右上がりの文字は、妻以外の誰のものでもなかった。頼三は朝江がいったい何を書いて寄こしたのか、ちょっと不安をいだきながら、開封された封書の中に指をさし入れた。

「——」

封筒の中身は、四つ折りにされた六枚の便箋だったが、その便箋に一万円札に五千円札、それに千円札が分厚い束となってはさまれているのを見て、頼三は呆然《ぼうぜん》とした。

彼は、あちこちに黒こげの跡のある便箋の折り目を正し、スタンドの灯にかざすようにして読み始めた。

連絡もしないで、ごめんなさい。先日のことは、わたしも反省しています。

あのとき、あなたにお話ししたいことがあったのですが、ひょんなことがもとで、あんないさかいを起こしてしまい、それをお話しできないままに、家を出てしまいました。すぐにかあっと頭に血がのぼる性分は、死ぬまで治らないかもしれませんわね。

家を飛び出したわたしは、最初は青森の母の実家へ身を寄せようとして、東北自動車道に車を走らせていたんです。

でも、郷里の親戚に顔を合わせるのも、ちょっと気がひけ、と言って家にこのままもどるのも業腹でしたので、あてのないままに途中の二本松《にほんまつ》のインターから4号線へ出たのです。

朝から下痢が続き、車に揺られたせいか、腹痛もひどくなり、体を休めようと思って、国道から少しそれたところにある「峠」というレストランにはいったのです。

そのときふと、中学時代の同級生の作田《さくた》春美《はるみ》さんのことを思い出したんです。春美さんは福島市の吉倉《よしくら》に住んでいて、昨年、まとまった金額を融通してあげて、返済期限が先月のことでもあり、取り立てついでに立ち寄ってみようと思ったのです。

最初は一泊してわが家にもどるつもりだったのですが、春美さんに強引に引きとめられ、結局、今夜も泊るような羽目になってしまいました。

今、春美さんは銀行まで出かけたところで、誰もいない事務室の片隅の机に坐って、この手紙を書いています。

昨夜床に就いたのが、かなり遅い時刻でしたので、まだ半分眠っているような気分で、頭がぼおっとしています。

それと言うのも、昨夜、春美さんやご主人に誘われるまま、花札に興じたせいなんです。

春美さんのご主人というのが不動産業者で、これはあまり公然とは言えないことですが、同業者を招いてはよく花札とばくを開帳しているらしいんです。

わたしは生まれて初めて花札を手にしたのですが、素人のこわいもの知らずというんでしょうか、おもしろいほど勝ちつづけたんです。

あなたには信じられないでしょうが、その一夜のわたしのかせぎは、うちの工場長の三か月分の給料に匹敵するほどだったんです。

それはともかく、前にも書きましたが、春美さんの誘いを受け入れ、今夜もうひと晩ここにやっかいになり、あす（十二日）の朝、春美さんの家を辞去するつもりです。

そして、あすの夜は、福島県の猪苗代湖畔《いなわしろこ》の翁島《おきなしま》温泉に一泊する予定です。断わっておきますが、温泉などに泊るつもりになったのは、わたしの一存からではありません。

春美さんのご主人から営業用の温泉招待券が一枚あまっているので、帰りに利用するようにと、しきりにすすめられたからです。

ご主人は旅館に電話まで入れてくれ、すっかり手配をしてくれました。翁島旅館の、磐梯山《ばんだいさん》がすぐ眼の前に見えるいちばん高価《たか》い部屋だそうです。

この三、四年、会社の仕事に追われ、ゆっくり温泉につかるひまもなかったので、わたしも大いに気持が動いたというわけです。

温泉に一泊した翌日は、ついでに、会津若松《あいづわかまつ》市の飯盛山《いいもりやま》を見物し、そのあと猪苗代湖で遊覧船に乗ろうと思います。二時ごろには帰路につけるので、夕方の五時までには家にもどれるはずです。

帰ったら、あなたにぜひとも聞かせてあげたい話があるんです。

勝手なことばかりやって、きっとご立腹のことと思います。

幾度も電話しようと思ったのですが、なんとなく気恥ずかしく、手紙にしたしだいです。

九月十一日午前十一時

福島市　作田宅にて　朝江

「いい気なもんだな、まったく」

頼三はため息まじりにそうつぶやくと、便箋を片桐のほうにさし出した。こっちの心配をよそに、旧友の家に二泊もしたあと、温泉にまでつかるという朝江の呑気さ加減が腹立たしくもあった。

「翁島温泉なら、わたしもお友だちと行ったことがあります。ひなびた静かな温泉場ですわ」

手紙を読み終えると、片桐が言った。

「すると、今ごろはのんびりと遊覧船にでも揺られているってわけですか。いかにも専務らしいですな。それにしても、あの専務が花札とばくをねえ」

片桐の肩越しに文面をのぞき込んでいた浦西が、言葉を継いだ。

「いわば玄人を相手に、こんな荒かせぎをするなんて、専務もなかなかの賭博師じゃないですか」

そして同封された千円と五千円、それに一万円札をゆっくりと数えていたが、

「全部で三十万円。わたしの三か月分の給料にも匹敵するって書いてあったから、すると、かせぎはざっと八十万ということになる。いや、たいしたもんですわ。この三十万は社長へのお裾《すそ》分《わ》けってわけですな」

三十万円も同封した意味は、朝江の文面からは汲み取れなかったが、浦西の言うとおり、かせぎの分け前と解釈するのが自然のようだった。

「それにしても無用心ですね。三十万もの金を無造作に普通郵便で送って寄こすなんて」

と片桐が言った。それは、神経質そうでいて、どこか抜けたずぼらな面もある朝江の、いかにもしでかしそうなことだった。

頼三はあらためて封筒を手にとり、表をあらためた。封筒の左端の一部が燃え落ち、半円形のこげ跡を残していた。封筒の左上隅には、二百円切手と六十円切手が一枚ずつ、少し傾き加減に貼《は》られており、その上に黒々とした消印がはっきり押されてあった。その投函日時は九月十一日の午後十二時から十八時、投函局は福島となっていた。

片桐はふたたび手紙の文面に目を通していたが、やがて顔をあげると、

「お友だちは銀行に出かけたって書いてありますけど、すると、集金できたとも考えられますわね」

「うん、おそらくそうだろう。家内の取り立ては厳しいからね。作田という家内の友だちには去年の十月ごろ、たしか四、五百万融通してやったはずだ」

「五百万です。わたしが先方の銀行に振り込んだんです」

と片桐が言った。彼女は朝江のそんな個人的な経理事務の仕事にまで、手を染めていたのだ。

「大金なんで、考えなおすよう注意したんだが、家内は聞き入れなかった」

「大丈夫かしら……」

「なにが？」

「専務さん、そんな大金を持って、ひとりで温泉などに出かけて……もし、強盗にでもあったりしたら……」

片桐が心配そうに言った。

三人の間に短い沈黙が流れたが、すぐに浦西が腕時計を見やり、

「あれ、もうこんな時間か。社長、これから宇都宮まで納品に行ってきますから」

「浅渕《あさぶち》商事だったね」

頼三は正面の柱時計を見上げた。十二時十分前だった。

「酔いざましに熱いコーヒーを入れますわ」

片桐は頼三の充血した赤い眼を見やり、いたずらっぽい笑みを浮かべた。

「午後は少し休ませてもらおうかな。疲れが出てきたみたいだし」

二日酔いの不快感もさることながら、朝江の所在がはっきりし、ほっとしたせいか、これまでの心労が体に重苦しくのしかかっていた。

5

頼三は自宅のベッドで横になっていたが、いつの間にか眠ってしまい、ようやく眼をあけたのは、夕方の四時に近い時刻である。

工場にもどり、六時まで仕事につき、自宅へ帰ったが、朝江はまだもどってはいなかった。遊覧船を降りたあと、またどこかへ足を延ばし、帰りが遅れたのだろうと、そのときは彼もさして気にはしなかった。

風呂に入り、着物に着替えて、食卓で洋酒をちびちび飲みはじめたころから、頼三は少しずつ不安な気持に見舞われはじめていた。時刻はすでに七時を告げようとしていたからだ。なんらかの事情で帰宅が遅れるのなら、連絡があってしかるべきだった。途中、車の事故にでも遭ったのではないかと思い、七時のテレビのニュースを観たが、それらしい報道は流れてこなかった。

酔いのまわりはじめた体を二階の朝江の部屋に運び、住所録を繰って福島市吉倉の作田の家の電話番号を捜し当てたのは、すでに夜の八時を過ぎた時刻だった。電話口に出た春美に、頼三は朝江が世話になっている礼を述べ、妻がまだ家にもどってこない旨を告げた。朝江が急拠、予定を変更し、いまだに作田家にとどまり、またぞろ花札とばくにでも興じているのではないか、と彼は淡い希望をいだいていたのだ。

「いいえ、こちらにはおられませんわ。朝江さんは昨日の午前十時頃、車でわたしの家を出ています。翁島温泉に一泊したあと、白虎隊《びゃっこたい》のお墓のある飯盛山を見物し、猪苗代湖で遊んでから家に帰ると言ってましたから、遅くとも夕方五時ぐらいまでにはそちらに帰り着いているはずなんですがね」

春美は気ぜわしそうな声でそう言った。

朝江が泊った翁島旅館の電話番号を聞き出し、頼三が受話器を置こうとしたとき、

「でも、心配ですわね。朝江さんは、ちょっとした現金《げんなま》を身につけていましたからね」

と彼女は言った。春美が朝江に返却した金額は、利息を含めて五百六十万。花札とばくのかせぎを合わせると、朝江は六百万ほどの現金を所持していたことになるのだ。

頼三はふたたび受話器を取りあげ、翁島旅館に電話を入れた。昨日の九月十二日、作田不動産の宿泊招待券を利用して泊った女の客について確認したいと告げ、しばらくの間、相手の返事を待った。

「昨夜、三階の三一二号室にお泊りになっています。招待券利用のお客さまは、こちらで勝手に発行元の名前で書き入れていますんで、宿泊者は作田様となっております」

「きょうはそちらを発《た》ったんですね？」

「ええ」

「何時頃でしたか？」

「さあねえ……」

相手は言葉を切り、帳場の誰かと言葉を交わしているようだったが、やがて、部屋の係だった者と代わりますから、と無愛想に言って、電話から離れた。

地方訛《なまり》を丸出しにした、かん高い中年の女の声が聞こえてきたのは、それから五、六分もたってからだった。係だった者で、亀岡《かめおか》タツと申します、と自分から名乗りをあげた。

「あの方のことでしたら、よく覚えています。薄茶のトンボ眼鏡をかけた、おきれいな方で……ここにお着きになったのは、きのうの夕方六時近くだったと思います。わたしが三階のお部屋にご案内したんです」

「実はわたしの家内なんですが、きょうの夕方には家に帰る予定が、まだもどっていないんです。そちらの旅館からどこかよそへまわるようなことを言っていませんでしたか？」

「飯盛山を見物したあと、猪苗代湖で遊覧船に乗るようなことをおっしゃっていましたけど」

「それ以外に、どこかへ立ち寄るようなことを言っていませんでしたか?」

「……さあ、別に。お疲れになっていらしたのか、口数の少ない方で。それに、どことなく元気もありませんでしたわ」

「どこか体の具合でも悪かったんでしょうか?」

「ええ……昨夜も、食欲がないので夕食はいらないとおっしゃっていました。それでは体に悪いと思って、お鮨《すし》を取り寄せてお出ししたんです。お鮨は好物だったとみえ、いきなり手づかみで食べておいででしたが、きょうはお元気になったようで、朝食も少しですが箸をつけられましたわ」

健啖家《けんたんか》の朝江にしては珍しいことで、やはり体調を崩していたとしか考えられなかった。

「昨夜は、少しでも召し上がるようにすすめたんですが、どうしても食べる気がしないと言われて。なんだか、体全体の力が抜けたみたいな感じで……きっと、どこか具合が悪かったのかもしれませんね」

「旅館を出たのは何時ごろでしたか?」

「十時ちょっと前でした。発たれるとき、帳場の前でわたしに飯盛山への道順を確認されておりました。体調も完全ではないでしょうから、なにも無理してそんな所を見物することはあるまいに、とそのとき思ったのですが」

相手はそう言うと、短い時間、言葉をとぎらせていたが、やがて、こう言葉を継いだ。

「もしかしたら、運転の途中で、病気がますます悪くなってしまい、どこかの病院にでも運び込まれているのかもしれませんわ。女将《おかみ》と相談して、その方面を当たってみます」

亀岡タツと名乗る部屋係の女性は、そう約束してくれた。

朝江はその夜、ついに神永家の敷居をまたぐことはなかった。

神永頼三が福島県会津若松署に出向き、妻の朝江の捜索願を出したのは、その翌日の九月十四日の午後のことである。

6

頼三がふたたび会津若松署に赴《おもむ》いたのは、捜索願を出した一週間後のことで、遺体確認のためであった。

頼三は片桐の運転する車の助手席に坐りながら、死体が妻の朝江でないことを念じていたが、期待は無残にも打ちくだかれた。

朝江の他殺死体が発見された場所は、猪苗代湖の北側にある金田《かねだ》湖畔の人気《ひとけ》のないクヌギ林の中だった。死体の発見者はこの付近の住人である。九月二十二日の早朝、愛犬の散歩に出かけ、このクヌギ林の背の高い草むらをかきわけて愛犬を追っている途中、死体につまずき、あわてて最寄りの派出所に駆け込んだのである。

死因は絞殺による窒息死だが、後頭部に鈍器物により強打されたと思われる皮膚陥没が見られた。最初に頭をなぐりつけて気絶させ、その後、首をしめつけて絶命させたものと思われる。だが、被害者の頸にひっかき傷のようなものが見られた。初め素手で扼殺《やくさつ》をこころみたが、途中で気が変わり、布状のもので絞め直したようにも思われた。殺害後、死体を引きずって行き、人眼の届かない草むらに放置したもので、被害者の衣服のみだれや皮膚の傷創などからして、犯人との間に相当な争いがあったものと推測された。

死体は両の脚を無様にあけひろげ、スカートから脚の付け根をあらわにしてあお向けになっていたが、下半身の下着に乱れもなく、凌辱《りょうじょく》された形跡は認められなかった。検死の結果、死後十日ほど経っているとみられた。死体から二、三メートル離れたクヌギの根もとに、黒革製のショルダーバッグが投げ捨てられてあり、中から女物のこまごました品が出てきたが、チャック付きの小銭入れの中には計二百五十円の硬貨しか見つからなかった。

7

頼三は会津若松署の二階の応接室で、首をがっくりとうなだれ、担当刑事の前に坐っていた。

「奥さんが栃木県黒磯市の自宅を出たのは、何日のことだったんですか？」

訛のある相手の言葉に、頼三は顔をあげ、この川上《かわかみ》という名前の刑事の顔を初めて正面から見た。まるまるとした小さな顔の中に、生色のない鈍重そうな薄い眼と、ちんまりとしたうわ向きの鼻を持った五十年配の刑事である。

彼の背後に、沢渡《さわたり》という名の同じような丸っこい小さな顔の若い刑事が坐っていたが、その風貌は一瞬親子かと思うほどよく似かよっていた。違うところは、若い刑事のほうが黒々とした豊かな毛髪を所持しているのに反し、川上の頭上には、まるっきり毛髪らしきものが見当たらないという一事だけだった。

「九月十日の月曜日、一時すぎのことでした。昼食のときに、つまらぬことでいさかいをし、それが原因で妻は家を飛び出していったんです」

頼三はあのときの妻との激しい言葉のやりとりを断片的に思い出しながら、ゆっくりと語りだした。

「それが見おさめになるなんて、当然のことながら夢にも思っていませんでした。わたしは、気もそぞろな思いで、妻のもどりを待ちわびていたんです。妻が中学時代の同級生の家に二晩も泊り、翁島温泉にも一泊していたことは、妻からの手紙を見て知ったのです」

頼三が言い終わらぬうちに、傍の片桐が朝江の封書を川上の前にさし出していた。

「この焼けたような跡は？」

刑事は当然な質問を頼三に向けた。

「郵便受に放火した者がいたんです」

彼はあのときの一件を、手短に語った。

「いやがらせにしては、かなり悪質ですな」

刑事はそう言うと、改めて手紙を手に取った。

「拝見します」

細い眼をほとんど閉じるように細めて、かなりの長い時間、文面に見入っていた。

「なるほど。奥さんは自宅を飛び出した九月十日の夜、作田宅に泊り、そして翌十一日の夜もその家に宿泊された。翁島温泉にこられたのは、その翌日の十二日の夕刻――」

刑事は自分に言い聞かせるように、ゆっくりと言った。

「で、あなたがこの手紙を読まれたのは、いつだったんですか？」

「妻が家を出た三日後、つまり九月十三日の午前中のことでした」

「わたしが開封したんです」

と片桐が言葉をはさんだ。

「九月十三日の朝、わたしは前の日からの風邪で熱が下がらず、朝遅くまでアパートの部屋で臥《ふせ》っておりまして、工場へ出たのは十一時半ごろでした。工場関係の手紙の束を開封していたんですが、その中に奥さんから社長あての私信がまぎれ込んでいたんです。自宅へ配達されるはずの私信が、同じ敷地内にある工場の郵便受に入っていることが、以前にも何度かあったのですが、封を切ったあとで奥さんからの手紙と分かり、あわてて社長に手渡したのです」

「なるほど」

片桐の流暢な説明に、刑事は幾度もうなずき返していた。

「手紙には、十三日の夕方五時までには家に帰ると書かれてありました。しかし、五時が過ぎ、夜になっても妻はもどってこなかったのです。夜八時ごろ、わたしは福島市の作田さんに連絡をとり、翁島温泉の旅館へも電話を入れたんですが……」

と頼三が言った。

「その辺の事情は、先刻こちらでも調べてみたのですが」

と刑事は言って、手帳をひらいた。

「被害者の朝江さんは、九月十二日の夕刻、その旅館に投宿しています。どこか体の調子でも悪かったのか、食事にもあまり箸をつけてなかったようですが、翌日の十三日、被害者は飯盛山にまわり、そのあと猪苗代湖で遊覧船に乗ると言って、十時前に旅館を出ています。凶行に遭ったのは、遊覧船を降り、郡山《こおりやま》へ向けて車を走らせている途中だったと推測されます。被害者の運転していた車は、犯人がどこかに乗り捨てたはずですが、その方面の捜査は現在継続中です。車はパルサーでしたね？」

「ええ、54年型パルサーの2《ツー》ドアで、ワインカラーです」

刑事は手帳を置くと、朝江の手紙をふたたび手に取った。文面をもう一度読み返し、傍のメモ用紙を引き寄せると、なにやら表のようなものを熱心に書き込んでいた。それが済むと、今度は朝江の封筒を手にし、表の所書きをしばらく眺めていた。

「ところで、神永さん」

と刑事は例の細い眼を上眼遣いにして頼三を見やり、

「この封筒の中身は、この手紙だけだったのですか？」

「いいえ。これからお話ししようと思っていたんですが、現金が三十万円ほど同封してありました」

「三十万円――」

「どうも、刑事さんの前では申し上げにくいことなんですが……」

頼三は、そう前置きせざるを得なかった。

「妻は花札とばくで八十万ほど荒かせぎしておったようなんです」

「なるほど。便箋六枚の手紙にこれだけの切手を貼るなんて、ちょっとおかしいなと思ったものですからね。それにしても普通郵便で三十万も送りつけるとは、ちと無謀ですな」

「妻には、そんな無頓着な一面もあったのです」

「専務はとばくでもうけたお金の他に、福島市の作田さんから返済してもらったお金も所持していたはずです」

と片桐が言いそえた。

「ええ。この文面から、わたしもそれは考えていましたが。で、返済金はいくらぐらいあったんですか？」

「五百万と、その利子です。しかも現金で……専務は小切手を紙切れと称して、まったく信用していませんでしたので」

刑事は腕を組み、その丸い小さな顔を考え込むように横にかしげていた。

「専務の手紙を読んで、初めて知ったんですが、専務はあのとき、六百万ほどの現金を持っていたんです。わたしはそのとき、胸さわぎがしてならなかったんです——そんな大金を持って温泉なんぞに出かけ、もし誰かに眼をつけられて、万が一殺されでもしたらと……わたしの恐れていたことが現実になってしまって……」

「いや、それは、ちょっと違いますね」

今まで黙っていた沢渡が、いきなり無愛想な面持で嘴を入れた。

「金品強奪を目的とした犯行には違いありませんが、通りすがりの流しの犯行と考えるのは少し無理があるようですな。犯行現場の草むらには、犯人と被害者が争ったような形跡は認められていません。だから、被害者は自分の車の中で殺害されたと思われます。旅先での被害者が見ず知らずの人間を車の中に請じ入れたとは考えられません。とすれば、被害者が気を許した間柄の人間、ないしは知人だったと考えられるのです」

「この手紙に話をもどしますがね」

と禿頭《とくとう》の刑事が言った。

「この手紙を読まれたのは、あなた方おふたりだけですか？」

「いえ」

「他にも誰か？」

「うちの工場長で浦西大三郎という男ですが。片桐君が開封したとき、わたしの部屋に居合わせておったのです」

「他には？」

「おりません」

「ひとつ、この表を見ていただけませんか。念のため、理解しやすく、日付を追って、被害者の行動などを列記してみたんですがね」

川上は、先程からなにやらしきりに書きつけていたメモ用紙を、頼三と片桐の眼の前に置いた。風貌からは想像もつかない、枯れたきれいな文字が並んでいた。

月日	時刻	行動
九月十日	午後一時	朝江、自宅を出る。
	夜	福島市、作田宅に泊る。
九月十一日	午前十一時	朝江、頼三にあて手紙を書く。投函。
	夜	朝江、作田宅に泊る。
九月十二日	午後六時	朝江、翁島温泉、翁島旅館へ。宿泊。
九月十三日	午前十時前	朝江、翁島旅館を車で発ち、飯盛山へ。
	（午前十一時半）	（朝江の手紙を開封）
	午後二時？	遊覧船を降りる。
	午後？時	死亡。

「どこか抜けているところがあったら、指摘してください」

頼三と片桐がメモ用紙を読み終わるのを待って、刑事は言った。

「このとおりだと思います」

頼三は言った。

「さきほどから、お訊きしたいと思っていたんですが」

　と片桐が言った。

「なんでしょう?」

「あちらのお若い刑事さんが、専務と親しい者の犯行だとおっしゃいましたが、それは、わたしたちを指して言われたことなんでしょうか?」

「そう解釈されても、けっこうです」

　沢渡は表情ひとつ変えずに、平然と言った。

「なんですって。じゃ、われわれのうちの誰かが犯人だとでも言うんですか」

　頼三は思わずも激昂し、若い刑事の取り澄ました顔をにらみつけた。

「まあ、落ち着いて聞いてください。なにも、犯人だとは言っていませんよ。流しの凶行でないとしたら、被害者の内部事情に通じた——もっと具体的に言えば、被害者が六百万近い現金を所持し、福島市から翁島温泉へ向かい、そこに宿泊した翌日、飯盛山を見物、遊覧船に乗ることを知っていた人間、と考えてもおかしくないと思うんですよ」

「やはり、われわれを犯人扱いしているじゃありませんか。わたしや片桐君は妻からの手紙を読んで、そのことを知った人間ですからね」

　と頼三は言った。

「内部事情に通じていた人間は、あなたたちだけじゃありません。福島市の作田夫妻がいます。あなたたちが朝江さんの行動を知ったのは、この表にもカッコ付きで記入されていますが、九月十三日の午前十一時半です。でも、作田夫妻は、それよりも二日か三日早い時点で知ることができたんです。というより、朝江さんのその後の行動のスケジュールをたててやったのが、作田夫妻だったんです」

と沢渡は無表情に淡々とした口調で言ったが、頼三は自分を見つめる刑事の眼が時おり異様に光るのを見のがさなかった。

8

朝江の葬儀を終えた翌朝、会津若松署の沢渡刑事が頼三の工場を訪ねてきた。

「一昨日、被害者の車が発見されました。死体発見現場からさして離れていない白鳥浜《はくちょうはま》という湖畔の林の中に乗り捨ててあったんです。助手席に翁島旅館のマッチが置いてありましてね」

沢渡はそう言うと、机の傍の来客用のソファに勝手に歩み寄っていった。

「さっそくですが、福島市の作田夫妻は事件には無関係なことが判明しましてね。夫妻にはちゃんとアリバイがあったんです。徹底的に裏づけ捜査をしましたが、ふたりとも九月十二日から十三日の夜にかけて市内から一歩も出ていないことが確認されたんです」

「それで――」

「こちらの片桐洋子さんと浦西大三郎氏についても、調査は済ませてあります」

「で、結果は――」

「片桐さんは九月十三日、風邪のため十一時半ごろ出社し、それ以後、五時の退社時の一時間あとまで、ずっと工場の二階で仕事をしていたことが、出入り業者の何人かによって証明されています。次に浦西氏ですが、彼はあの日、正午過ぎに工員のひとりを車の助手席に乗せて、宇都宮市の浅渕商事に出向いています。先方に着いたのが午後二時近く、それから四時まで先方と仕事の打ち合わせをし、工場にもどったのは六時ごろだったんです。このふたりのアリバイについては疑う余地がありません」

「すると、本命は残るわたしというわけですか」

頼三は思わず憤りを言葉の端々に表していた。

「気を悪くされては困ります。これがわたしたちの仕事なものですから」

沢渡は一瞬、顔をほころばせかけたが、すぐに例の能面のような顔にもどり、

「参考までに、九月十三日のあなたの行動を聞かせていただけませんか」

頼三は憮然とした表情でおし黙っていたが、この刑事は聞くだけのことを聞かないうちは退散することはあるまいと思ったのか、怒りを抑えるように言った。

「あの日は十一時過ぎに出社していたと思います。すぐに工場長の浦西君が部屋に来て、仕事の打ち合わせをしました。十一時半ごろに片桐君が出社し、彼女が開封した妻の手紙を読んだくだりは、繰り返す必要もなく、先刻ご承知のことと思いますがね」

「続けてください」

「お恥ずかしい話ですが、あの朝は二日酔いで、とても不快な気分だったんです。妻の安否を気づかい、精神的にも参っていたんでしょうな。妻の手紙に接したとたん、全身の緊張感がほぐれでもするように無気力状態になってしまいましてね。仕事にならないので少し休憩しようと思い、正午から自宅にもどり、ベッドで横になっていたんです。寝不足のせいかそのまま眠ってしまい、気がついたら、午後の四時近くだったんです。もうすぐ妻が帰ってくると思ったので、玄関のカギはあけたままにし、工場にもどりました。自宅にもどったのは六時過ぎで、それからずっと明け方までまんじりともせず妻の帰りを待ちました」

頼三は素直に証言したつもりだったが、相手がそんな言辞を信用しないことは最初から分かっていた。

正午から四時近くまで、頼三が自宅のベッドにいたことを証明してくれる人間はいない。熟睡していたから、階下の電話の音も聞こえなかったし、来訪者があったとしても、そのブザーの音も耳には達しなかった。正午から四時近くまで——東北自動車道に車を乗り入れれば、この四時間足らずの時間で猪苗代湖畔まで楽々と往復できるのだ。

警察は殺人の動機についても、頼三に不利な想像をめぐらしているに相違ない。妻としょっちゅう喧嘩騒ぎを起こしていたことは、工場の者でなくても、近所中の者に知れ渡っている。工場の経営者とは名ばかりで、実権は妻に握られていて、金銭面でも頼三の自由にできる金はたかが知れたものだった。

妻の行動を事前にキャッチでき、有力な動機もあり、加えてアリバイが成立しないとあれば、頼三は疑惑の眼で見られても仕方のない立場にあるのだ。

「だが、おれを疑うなんて、正気の沙汰じゃない」

頼三は思わずも、そんな叫び声をあげるところだった。おれが朝江を殺すわけがない。性格も違い、生き方も違っていたが、おれはおれなりに朝江を愛していたのだ。

「あなたがその時間、自宅のベッドにいたことを誰か証明してくれる人がおられますか?」

沢渡は眼を閉じ、ひと言ずつ区切るようにゆっくりと言った。

「いませんな。しかし、ベッドで眠っていたことは事実です。もしもわたしが犯人だったとしたら、もう少し気の利いたアリバイを考えていますよ。わたしが犯人だと最初から決めつけておられるようですが、あまりにも間の抜けた推理としか言いようがありませんね」

「なぜです?」

「だって、そうでしょう。わたしと工場長、それに片桐君の三人が朝江の手紙を読んだのは十三日の午前十一時半ごろ。そのころ朝江は六百万という現金を持って、遊覧船に乗っていることを三人は知っていた。ここから猪苗代湖まで東北自動車道を使えば、わずか三時間ちょっとで往復できることも。わたしだったら、そんな見え見えの状況の中で、あえて犯行に及ぶような馬鹿な真似はしませんよ」

「ま、一理あるお話ですな」

沢渡はゆっくりと立ち上がると、頼三に一礼してドアに向かいかけたが、途中で彼のほうを振り返り、ぽつりと言った。

「わざと見え見えの手を使った、ということもありますからな」

9

頼三は不安とあせりで、じっと同じ場所に坐っていることができなかった。このままでは、朝江殺しの犯人に仕立てあげられてしまう。それを回避する手段は、ひとつしかない。自分の手で犯人を指摘することだ。

彼はその夜、自宅の机の前に長いこと坐りつづけて思索にふけった。

元来が論理的に物事を考えつめていくことの苦手な男である。推理小説は数多く買いこんでいたが、謎解き物は皆無で、ほとんどがタフガイを主人公にし、美人のヒロインが登場する活劇を主体としたハードボイルド物だった。

頼三は事件を最初から順を追って考え、どんな細かいことでも残さずノートに書き込んだ。

二日後にノートは完成し、その夜からノートの記述を繰り返し読みつづけた。三、四度読み返しているときだった。彼はそのノートの中に、ちょっと納得のいかない記述を発見し、思案顔になったのである。それは、翁島旅館の朝江の部屋係だった亀岡タツという従業員から電話で聞いた話だった。

九月十二日の夜、朝江は亀岡タツに、食欲がないので夕食はいらないと断わっていた。係の女は気を利かせて、代わりに外から鮨を取り寄せて食卓に運んでいる。朝江はその鮨をいきなり手づかみで食べた——と、係の女は電話で言っていたはずである。

頼三が小首を傾げたのは、このあたりの記述であった。

鮨は朝江の好物のひとつで、夕食の支度が遅れたときなど、近所のなじみの店から上物を取り寄せていた。朝江はあれこれとネタを指定していたので高くついたが、頼三はいつも一人前七百円の並鮨に甘んじていた。彼は鮨なるものは手づかみで食うことで、うまさが倍加すると信じているひとりで、その点、朝江との間に意見の対立があった。朝江は夫のそんな習慣を下品だの不潔だのと言って忌み嫌っていたからである。

そんな朝江が旅先ではがらりと宗旨変えをし、いきなり手づかみで頬ばっているのだ。頼三がしっくりと理解できなかったのは、朝江が傍に係の亀岡タツがいるのを承知のうえで、そんな食べ方をあえてしたということだった。亀岡の電話での言葉にも、朝江の仕草にちょっと驚いたというようなニュアンスが感じとれるのである。彼はそのことを考えつづけたが、朝江のそのときの心理を的確に把握することはできなかった。

頼三はその後もノートを読み返し、事件の裏にひそむ真相を知ろうとしたが、考えれば考えるほど混乱におちいり、犯人の見当など皆目つかなかった。彼はおのれのぼんくら頭に絶望し、ノートを壁に叩きつけ、髪をかきむしりながら歯ぎしりした。

天啓のように、ある考えが頼三の頭をよぎったのは、その半時間後のことだった。

〈そうか、もしかしたら……〉

まるで突拍子もない考えだったが、そう考えることによって、初めて、例の朝江の鮨の手づかみの一件にも、それなりに筋の通った解釈が得られるのだ。

頼三はもう一度ノートをひらき、その考えを敷衍《ふえん》するために、もう少し当日の状況を確認しておきたかった。彼は玄関わきの卓上電話をとり、翁島旅館のダイヤルをまわした。

朝江の係だった亀岡タツは彼のことを憶えていて、なつかしそうな声を出した。

「もう一度、確認したいのですがね」

「なんでしょうか？」

「到着した夜、家内は鮨を手づかみで食べたということですが、まさか箸がなかったということはありませんよね」

とりようによってはずいぶん失礼な問いだったが、亀岡は笑って答えた。

「もちろんですよ。それに旅館のほうでお吸い物をおつけしたんですが、箸は食膳に置いたままで、お茶でも飲むみたいに、両手でお椀をかかえるようにして飲んでおられました。それも具はすっかり残して、お汁だけしか召し上がりませんでしたわ」

「そうですか。いや、ありがとうございました」

頼三が自分の推理に確信を持ちながら、電話を切ろうとすると、亀岡は思い出したことがあるというように付け加えて、

「そうそう、お鮨を食べ終わったあと、寝酒がほしいとおっしゃるので、お燗をした二合入りの徳利をお持ちしました。翌朝片づけにいくと、きれいに飲みきっておられました。奥様、お強いんですねえ」

電話の向こうから、亀岡の人の好さそうな笑い声が聞こえてきた。

朝江は下戸《げこ》ではなかったが、決してアルコールに強いほうではなかった。そんな朝江が、ひとりで旅行中に寝酒の燗酒を、それも二合も飲むだろうか。宿代は招待でただだし、取り立てた借金やばくちで勝った金を持っていて、気が大きくなっていたからだろうか——

いや、そうではない。これで自分の推理はさらに裏付けられたのだ、と頼三は考えた。

頼三は礼を言って、受話器を置いた。

〈となると、残るはアリバイだけだ〉

彼はふたたび机にもどって、思考をめぐらせていた。問題は、あの朝江からの手紙なのだ。あの封書が郵便受に入れられたのは、九月十三日だった。

〈だが、しかし、それより以前に……〉

彼は黒いこげ跡のついた朝江の封書を、眼の前に思い浮かべていた。

間違った配達。新聞拡張員のいやがらせ。封筒の左上にできた焦げ跡……。

〈そうか……あの手紙は……そうか、そうだったのか〉

神永頼三は閃いた思いつきをさらに展開させ、ようやく事件の骨組を理解していた。

追及

10

花積明日子は机の右隅に置いたままの原稿用紙から顔を上げ、二本目の煙草を口にくわえた。四百字詰原稿用紙で五十八枚。「湖に死者たちの歌が——」と大書されたタイトルをはじめ、きちんとした楷書体の文字は、柳生照彦独特のものだ。編集者として率直な感想を述べれば、とりたてて出来の良い作品とはお義理にも言えなかった。目新しさはなく、型どおりのアリバイ崩しという点に、明日子の最大の不満があった。クリスティの『アクロイド殺害事件』を三度も読み返し、その絶妙巧緻なプロットに心酔している明日子にしてみれば、それは当然な不満とも言えた。

本格推理の醍醐味は、密室とかアリバイトリックのおもしろさのみにあるのではなく、論理のアクロバットと結末の意外性にあるという持論を、明日子は以前から持ち続け、それを柳生にも語ったことがある。それはともかくとして、柳生照彦のこの作品は明日子の希望を満たさないにしても、犯人当てリレー小説の問題編としては、まあまあ及第点がつけられる。登場人物も限られていて、わずらわしさがなく、話の運びもそれなりに整理されていた。

明日子は机を離れると、この五十八枚の原稿をコピーした。解決編を執筆する予定の尾道由起子に渡すものだったが、その頁《ノンブル》を確かめながら、原稿の文字を大ざっぱに追っていたときだった。

明日子はふと、この小説のストーリーによく似た作品を、なにかで読んだことがあるような気がしたのだ。ストーリーだけではない。舞台設定や人物にも、これとよく似かよった作品があったように思えてきたのだった。柳生のこの原稿を読み終わったとき、目新しさのない作品という読後感を最初にいだいたのも、そんな気持の下地があったからだろうか。明日子は過去に目を通した数多くの作品を大ざっぱに思い出してみたが、それに該当する作品はすぐには拾い出せなかった。

そのとき、デスクの電話が鳴った。次号に執筆を依頼した中堅作家からの電話で、飼い猫の出産が間近なので締切日を五日ほど延ばしてほしいという内容のものだった。この作家は、無類の猫好きで、現在十数匹の猫を飼い、執筆中も猫と会話を絶やすことがないというきわめつきの好事家《こうずか》だった。

尾道由起子のマンションのダイヤルをまわしたのは、その数分後のことだった。

「はい、尾道です」

直接電話口に出た由起子は、歯切れのいい声で応対した。テレビのブラウン管を通して聞く声よりも、若々しい明るい音声《トーン》だった。

「わたくし『推理世界』という雑誌の編集部の、花積と申します」

「ああ、あの雑誌の。いつも、おもしろく読んでいますわ」

社交辞令には違いなかったが、由起子が熱心な推理小説ファンであることは、明日子も人づてに聞いていた。由起子は詩や小説が好きで、テレビの世界に身を投じる前から、何編かの小説を書き綴っていたことは、明日子も週刊誌などを読んで知っていた。由起子がある雑誌の懸賞で小説新人賞を受賞したのは、十か月ほど前だった。受賞作は読んでいなかったが、テレビ局を舞台に、売れないタレント同士の悲恋をテーマにしたもので、推理小説的なサスペンスも盛り込まれた作品だという話だった。

「じつは、尾道さんにお原稿の執筆をお願いしたいと思いまして……」

「わたしに？　わたしに推理小説を書けっておっしゃるの？」

「はい。ぜひ、お願いいたします」

「でもね、わたし、推理小説なんて一度も書いたことがないのよ。恋愛小説とかエッセイならともかく……」

由起子は笑いながら、屈託のない声でそう言った。

明日子は犯人当てリレー小説の企画を話し、解決編の原稿をあらためて依頼した。

「わたしが解決編を書くのね。ちょっとおもしろそうな企画じゃない」

相手は大いに関心を示し、声をはずませているのが明日子にも分かった。

「枚数は十二、三枚でけっこうです。ご執筆いただけますでしょうか」

「やってみようかしら。でもね、わたし、推理小説は好きでよく読むんだけど、推理力はからっきしなのよ。犯人が当たらなかったら、赤っ恥をかくことになるわね」

「仕掛人の——つまり、問題編の作者の解決編は、近日中にいただけることになっています。ですから、場合によりましては、犯人やトリックのヒントぐらいはお教えできると思うんです」

「ヒントじゃなく、仕掛人とやらの解決編をそっくり読ませてほしいものね」

由起子はそう言って笑うと、

「訊き忘れていたけど、その仕掛人っていう作家は誰なの？」

「柳生照彦さんです、推理作家の」

「柳生——。柳生さんだったの」

つぶやくように言うと、由起子は言葉を途切らせていた。

「柳生さんのほうから、探偵役として先生をご指名になったんです」

「そう……」

「尾道さんは、柳生さんをご存じでしょうか？」

「……ええ、なにかのパーティーで一、二度お会いしたことがあるわ」

なにか考えこむように、尾道はまた言葉を切っていたが、

「柳生さんは、なにか言っていなかったかしら？」

「は？」

「いえね、わたしを探偵役に指名したことについてなんだけど、なにか特別な理由でもあったのかしら、と思って」

由起子にとっても、それは当然の疑問だったろう。一、二度会ったことがあるという程度の面識しかない尾道を、しかも推理作家でもない彼女を、リレー小説の解決編の筆者に推薦したのだから。

「そのへんの事情は、なにも聞いていませんが、柳生さんはおそらく尾道さんのファンだったのかもしれませんわね」

「それにしても、おかしな人ね」

「今度、柳生さんにお会いしたら、そのへんのところを、よくうかがっておきます。じゃ、尾道さん。柳生さんの原稿をお送りいたしますので、よろしくお願いいたします。本来なら、お持ちすべきところですが」

「まだ、引き受けるって決めたわけじゃないわ。なんだか気が重くなっちゃって」

先刻までは乗気だった由起子が、なぜか急に興味をそがれたように、気だるげな声を出していた。問題編の筆者が柳生照彦と告げられた瞬間から、電話での態度が変わったように思われるのだ。あけっぴろげな語調が消え、なにかを警戒し、慎重に言葉を選んでいるようにも受けとれた。

「ぜひ、お願いします。おもしろい企画ですし、探偵役が人気タレントの尾道さんということもあって、読者には受けると思うんです」

「じゃ、ともかく原稿を送ってちょうだい。読むだけは読んでみるから」

尾道由起子はそう口早に言うと、一方的に受話器を置いた。

11

その翌日、花積明日子は、北区赤羽台《あかばねだい》に住む木村武一《きむらたけいち》の家を訪ねていた。木村は五十過ぎの小柄な男で、時代物、現代物なんでもござれの多芸な作家だった。推理小説にも筆を染め、本格物、スパイ物、サスペンス物といずれも無難にこなしていた。だが、木村が二流どころの作家に甘んじざるを得なかったのは、その器用さのせいとも言えた。いずれの分野の作品も手なれた書き方をしていたが、パンチに欠け、突っ込みが足りないのだ。木村は自らピンチヒッターと称していたが、まさにそのとおりで、出版社側にとっては貴重な予備軍であった。依頼した作家が締切間際になって病気などで倒れたりしたとき、その穴をうめてくれるのがこの木村だったからだ。明日子が木村に依頼した五十枚の原稿も、まさにその類いのものだった。木村は二日間を不眠不休で書きつづけ、みごとに五十枚の原稿を脱稿していたのである。

「ありがとうございました。おかげで助かりました」

明日子は丁寧に礼を述べたあと、すぐに辞去しようとしたが、話好きな木村がなにかと話しかけるので、腰をあげるきっかけをつかめないでいた。彼女は途中から適当に相手の話を聞き流し、傍のソファにほうり出されている新聞の大見出しを時おり眼で追っていた。

琵琶湖畔に女性の扼殺死体――

ふと、そんな大見出しが眼にはいった。琵琶湖畔、という文字を眼にした瞬間、明日子は反射的に柳生の「湖に死者たちの歌が――」と題したあの小説を思い浮かべていたのだ。柳生の小説は、福島県下の猪苗代湖が舞台になっている。猪苗代湖畔のクヌギ林の中で、女性の絞殺死体が発見されたという設定だった。

明日子は、この新聞の大見出しを、以前どこかで見たことがある、と思った。その記憶は、柳生の小説をどこかで読んだことがあると感じたときの心の動きと、よく似かよっているのだ。

琵琶湖――

猪苗代湖――
女性の扼殺死体――
女性の絞殺死体――

明日子が思わず、はっとして眼をあげたときだった。

「ところで、おたくの稿料の支払いは、従来どおりでしたな」

と、いきなり木村が話題を転じたのである。彼は、編集部側の無理難題を易々と受け入れる反面、その報酬に対してはきわめて計算高い男だった。規定の稿料に必ずプラスアルファを要求する。稿料の銀行振込みが一日でも遅延すると、電話で編集部にがなり立てるので有名だった。

明日子は、従来どおり変更はないと答え、念のために、その支払方法をひととおり木村に説明した。雑誌の稿料の支払い月は雑誌の号月、七十万円を超える稿料については、二回分割払い等々――。

「ところで、ひとつお願いがあるんですがね」

と木村が言った。明日子がソファから腰をあげかけたときだったが、彼女は立ったままで相手に向きなおった。一刻も早く、あのことを確認したい気持に追いたてられていたのだ。

「最近、女房に財布のひもをにぎられてましてね。飲み代もままならん有様でしてな」

木村は声を落とし、奥の和室のほうをさぐるように見やった。

「せっかくの稿料も右から左へと女房のふところに入ってしまうなんて、なんとも阿呆くさい話じゃないですか。そこで相談なんですが、稿料明細書の数字をちょっぴり書き変えられないかと思いましてな」

「奥さん用にですね。つまり、執筆枚数の数字を減らし、その分をわたしのほうでプールする、というわけですね」

明日子は笑いながら答え、腕時計を見た。

「そう、そうなんですよ。現に、何人かがその手を使っているという話じゃないですか。わたしにも、ひとつ便宜をはかってくれませんかね」

「分かりました。やってみますわ」

明日子は短く答え、礼を言って玄関に降りた。木村が玄関まで見送ってき、なにか言っていたが、明日子の耳にはほとんど達していなかった。

〈間違いない。あのことは、新聞に載っていたはずだ〉

明日子は、そう確信していた。足早に大通りに出ると、タクシーを呼び止め、国会図書館、と行き先を告げた。閉館時間まで四十分しか残っていなかったが、あのことは十分もあれば調べ出せるはずだった。

12

西日のさし込む閲覧室の片隅に坐って、明日子は福島県の地方紙のページを繰っていた。目的の記事は、六か月前の九月下旬ごろのページだった。

〈あった。やはり、そうだったんだ〉

明日子は、その記事の中から目的の見出しを発見すると、思わず小さく声を発した。

猪苗代湖畔に女性の絞殺死体

二十二日午前六時半ごろ、耶麻郡猪苗代町金田の猪苗代湖畔のクヌギ林の草むらの中に、女性の死体があるのを、通りがかりの付近の住民が発見、最寄りの派出所に届け出た。会津若松署で調べたところ、死体の身許は、草むらに投げ捨ててあったショルダーバッグの中身などから、栃木県黒磯市上黒磯××に住む神永朝江さん（三一）と判明。死因は絞殺による窒息死。死体の後頭部に鈍器により強打されたと思われる跡があり、加害者は最初に頭をなぐりつけて気絶させ、その後に布状の物で首をしめつけて絶命させたものと推測される。被害者の衣服のみだれや、皮膚の傷痕などから推定し、犯人との間に相当な争いがあったものと思われる。下着などにみだれはなく、乱暴はされていない。死後約十日を経過しており、死亡推定日は九月十三日前後のもよう。

明日子はさらにページを繰って、九月三十日付の社会面に眼を走らせた。

去る二十二日、猪苗代湖畔のクヌギ林の中で絞殺死体となって発見された黒磯市上黒磯の神永朝江さんの自家用車が湖畔の白鳥浜の林の中で見つかった。車は54年型パルサーの2ドア。被害者は運転席で殺害され、金田のクヌギ林の中に遺棄されたという見方が強い。被害者の家族の話によると、被害者の朝江さんが車を運転して家を出たのは、九月十日の午後一時過ぎ。その夕刻に、福島市吉倉の中学時代の級友宅を訪ねていた。ここで二泊した後、翁島温泉に一泊している。翌日の十三日、朝江さんは会津若松市内の飯盛山を見物したあと、猪苗代湖で遊覧船に乗ってから帰ると告げ、午前十時前に旅館を出ていた。朝江さんが殺害されたのは、死体現場が郡山寄りであったことなどから、遊覧船を降り、自宅へ向けて車を運転中の出来事だったと想像される。なお、朝江さんはそのときかなりの大金を所持していたことが判明。現在、付近の聞き込み捜査が続けられている。

続けて地方紙のページを繰っていったが、この事件に関する記事はそこでぷっつりと途切れ、後には一行の記述もなかった。明日子は、そのふたつの記事をもう一度ゆっくりと読みなおした。

柳生の原稿を読み終わってしばらくしたとき、彼女が過去にこのストーリーとよく似た作品に出くわしたことがあるという気持をいだいたのは、決して錯覚ではなかったのだ。誰かの小説ではなく、この地方紙記事が頭のひだに焼きついていたのだ。明日子が半年ほど前のこの記事を眼にしたのは、福島県二本松市にある兄夫婦の家でだった。当時、彼女は神経病をわずらい、一か月の休職をとって兄の家に寄宿し、一週間ほど市内の病院で療養生活を送ったことがあったのだ。

そのころの明日子は精神的に追いつめられた状態にあり、幾度か自殺しようと思いつめたこともあった。その原因は、一歳の誕生日を迎えたばかりの愛児の急逝と、それに続く夫の行男《ゆきお》との離婚だった。

子供の死の責任は、すべて明日子にあった。子供を右手にかかえ買物に出かけようとして、アパートの石段を二、三段降りかけたときだった。はしゃいでいた子供がいきなり明日子の肩口によじのぼるように背のびをしたため、彼女は思わずも重心を失い、体勢をたてなおすひまもなく、足を滑らせて転倒してしまったのだ。一瞬の出来事だった。子供は後頭部を激しく打ちつけ、意識がもどらぬまま、その二時間後に病院で息を引きとった。

この愛児の不慮の死を境にして、夫の行男との間にうめることのできない冷たい心の隔たりが生じたのである。子供を溺愛していた行男は、憎悪と嫌悪に煮えたぎった眼で明日子を見つめていた。離婚届に捺印する一週間ほど前から、ふたりの間には会話というものも存在しなくなっていた。

不幸は、続けざまに明日子を襲っていた。東京の病院の神経科で、振戦《しんせん》と診断がくだされたのは、行男と離婚した二か月後だった。上肢に震えが起こる、原因不明の神経病である。好きでもないアルコールを口に運ぶようになったのは、子供の死後のことだった。ビールの小瓶一本がせいぜいだった明日子が、その一か月後には洋酒をグラスであおるようになっていたのは、ひとつにはアルコール分の摂取によって、上肢の震えが急速に軽減されるためだったのだ。

——明日子は過去の回想から覚めると、地方紙を閉じて、暮れなずむ窓外に眼を転じた。

事件の内容だけではなく、作中の登場人物である被害者の朝江の名前や翁島温泉などの地名までが、一字一句も違わずそっくり同じなのだ。

〈柳生照彦は、なにゆえにこのような小説を手がけたのだろうか〉

犯人当てリレー小説の問題編であるからには、当然、解決編で犯人が指摘される。すると柳生は、この猪苗代湖畔事件を独自に調査し、犯人に目星をつけていたのだろうか。明日子は、閉館時間ぎりぎりまで閲覧室の椅子に坐って考えをめぐらしていた。

　会社へもどったのは、五時半過ぎだった。雑誌課のデスクに坐っていたのは、鼻毛を抜きながら校正刷に赤字を入れている熊谷《くまがい》一男《かずお》だけで、他の課員はまだ出先からもどっていなかった。

「柳生さんから、電話なかったかしら？」

　明日子は机の上に置かれた数枚の伝言メモ用紙に眼を配りながら、熊谷に訊ねた。彼は校正刷からおもむろに顔をあげると、眼鏡をはずして、その陰気くさい細長い顔を黙って横に振った。机の上のメモ用紙を確認すれば分かることじゃないか、とでも言いたげな顔だった。

　柳生から問題編の原稿をもらったのは、四日前の三月一日だった。柳生はそのとき、解決編は二日後までに書き上げられるだろうから、自分のほうから連絡をする、と言っていた。この時刻までなんの連絡もないということは、柳生の原稿がまだ仕上がっていないのかもしれなかった。

　明日子は、こちらから連絡をとってみようと思った。原稿の催促のためではなく、あのような問題編を書きあげた柳生の真意をどうしてもさぐってみたかったからだ。

　明日子は柳生の書いたメモをとり出し、千曲川温泉の旅館のダイヤルを回した。

「はい、川治旅館です」

男の声がし、明日子が柳生照彦という東京の客が泊っていないかと訊ねると、男は束の間、言葉を途切らせていたが、

「ああ、あのお客さんですか」

と、どこか戸惑いがちに言った。

「いらっしゃったら、電話をお部屋に回していただきたいんですが」

「それが、昨日の午前中から、こちらにはおもどりになっていないんです」

「――え？　どういうことですの？」

「あのお客さんは、昨日の午前中、ぶらりとここを出ていったきり、いまだにおもどりにならないんですよ」

「荷物はそのままに？」

「ええ。お部屋にボストンバッグがそのままになっていますし、帳場に貴重品を預けたままなんです」

「どこかへ出かけるとか言っていなかったんですか？」

「誰も行き先は聞いていません。もしかしたら、用事ができて東京へおもどりになったのかもしれないと思い、宿帳を見て、ご自宅にも電話を入れてみたのですが……」

「自宅にも帰っていなかったんですね」

「ええ。電話にはどなたもお出になりませんでした。留守番電話でしてね、わたしどもの

電話番号が吹き込んでありました」

「変だわねえ」

「でも、出立予定は、あすの三月六日になっておりますので、あるいは今晩あたり、ひょっこりおもどりになるかもしれません」

と帳場の男は、最後は楽観的な語調で締めくくった。明日子は、柳生がもどったら会社のほうへ連絡してほしい旨を伝え、電話を切った。

宿になんの連絡もせず、二日にもわたって部屋を空けていたとは、ちょっと想像もできないことだった。柳生の身になにか変事が起こったのではないか、ふと明日子はそんな不吉な思いに襲われていた。

念のために、柳生のマンションに電話を入れてみたが、電話は通じたものの、旅館の男が言ったとおり、留守番電話だった。五、六日ほど長野県の千曲川温泉で過ごす旨と、旅館の電話番号が、柳生自身のやや改まった声で吹き込まれていた。

13

翌日。明日子は、十時になるのを待って、自分のアパートから会社の編集部に電話を入れた。電話口に出たのは、予想したとおり熊谷だった。

雑誌編集部の出勤時間は、仕事が深夜に及ぶこともあって、午前十一時と決められていたが、彼だけは例外だった。必ず十時には自分の机に坐り、十一時の始業時間まで、鼻毛を抜きながら、難解な哲学書を読みふけっているのだ。明日子は彼に、自宅から直接、三人の著者を訪ね、編集部には午後に顔を出す旨を伝えた。熊谷は例によってなんの相槌もはさまず、明日子は相手のいない電話にしゃべっているような錯覚をいだいた。

「わたしあてに、電話はなかった?」

明日子は柳生からの連絡を期待していたが、熊谷は不興げな声で、ない、と短く答えた。

ふたりの著者の家をまわり、池袋《いけぶくろ》の駅前の喫茶店に腰をすえたのは、正午近い時刻だった。サンドイッチで軽く昼食を済ませてから、明日子はカウンターの赤電話で尾道由起子のマンションに連絡をとった。しばらく待っても相手が出ず、諦めて受話器を置こうとしたとき、カチッ、と音がして呼出し音が切れた。

「はい、尾道ですが……」

由起子の声が聞こえてくるまでに、短い時間があった。くぐもった、気だるそうな声だった。

「花積です。『推理世界』編集部の花積明日子です」

「ああ、あなただったの」

由起子は愛想よく言ったが、その声には持前の活気が感じられなかった。

「ごめんなさい。まだお休みだったんですね？」

明日子がてっきり、眠っているところを電話で起こしてしまったものと思い、そのことを詫びようとしたときだった。なにか軋《きし》むような音がかすかに聞こえ、次いで、誰かに向かって呼びかけるような低い男の声が受話器から流れてきたのだ。

「だめ……だめよ……」

由起子の押し殺したような、甘ったるい声が断続的に聞こえた。その声の合間に、男の激しい吐息のようなものが、明日子のすぐ耳許で洩れていた。向こうの電話口での光景は、容易に想像することができた。明日子は思わずも頬をほてらせながら、なんとも間の悪い時に電話をしたものだと思った。

「あ、もしもし、ごめんなさいね」

由起子が慌てたように声を出した。

「電話をしていると、いつもポミーちゃんがじゃれついてくるの。やきもち焼きなのね、この犬」

人間の声を出す座敷犬がいるなら、ぜひお目にかかりたいものだ、と明日子は笑いをこらえていた。

「お会いして、お話ししたいことがあるんですが。ご都合はいかがでしょうか」

「ちょうどよかった。わたしのほうから連絡しようと思っていたとこよ。今、会社？」

「いえ、出先です」

「じゃ、こっちへ来てくださる？」

「はい、でも、よろしいでしょうか」

「かまわないわよ。三十分ぐらいで来られるかしら。二時からテレビの仕事があるもんだから」

「大丈夫です。じゃ、三十分後に」

ここから尾道の住む新宿区西落合《にしおちあい》の秀穂《しゅうほ》マンションまで、車をとばせば十分とはかからない。池袋から西武線でふたつ目の東長崎《ひがしながさき》で降り、ゆっくり歩いたとしても、三十分もあれば楽々と到着できる。明日子は電話を切ると、奥の席にもどってバッグを手に持った。

由起子の夫が、ベッドから抜け出し、身支度をととのえるのに、三十分はあり余るほどの時間だった。尾道繁次郎《しげじろう》はたしか六十二、三歳で、由起子とは三十近くも年のひらきがある。大手の建設会社の重役で、先妻の死後一年足らずで、当時まだ無名のタレントだった由起子を見初め、電撃結婚したのが三年前。由起子がわずか二年足らずの間に、人気タレントの座を不動のものにしたのは、芸能界に顔の利く繁次郎の強力なバックアップがあったればこそだった。

明日子は喫茶店を出、約束の時刻きっかりに、秀穂マンションの五〇二号室の前に立った。ブザーを押してしばらく待ったが、由起子は現われなかった。明日子はやや力をこめて、ドアを二度、三度と叩くと、すぐにドアの背後に人の気配がした。ドアがあくと、由起子の笑顔があった。

「ごめんなさい。ブザーがこわれているのよ。花積さんね？」

「おじゃまします」

玄関のわきに、由起子のパネル写真が飾られていた。朝のテレビでしばしば見かける梅干のコマーシャルのスチール写真の中から、ご飯茶碗と箸を持った由起子が微笑みかけていた。

「さ、さ、どうぞ」

明日子が請じ入れられたのは、十二畳ほどの豪華な来客用の洋間だった。由起子はふっくらと肉づきのいい体に薄桃色のワンピースを着て、顔に化粧がほどこされていた。テレビで観るより顔や肌の色は浅黒く、やや精彩を欠いていたが、どこといって難点のない整った顔立ちの、親しみやすい感じの女性だった。

「たしか、どこかでお会いしたことがあるわね」

と由起子が言った。

「ええ。出版記念パーティーで、ちょっとご挨拶だけ。柳生照彦さんにご紹介していただいて……」

「ああ、あのパーティーで……どうりでね、どこかで見たことのある人だと思ったわ。お紅茶でいいかしら？」

「どうぞ、おかまいなく」

ダイニングルームに消えた由起子を待つ間、明日子は壁にかけられた二十号の油絵の前に立った。北欧の暗い冬空の下に展《ひろ》がる古い家並みを描いたもので、黒を基調とした重苦しい感じの絵だった。ダイニングルームで、なにか言っている由起子の声が聞こえた。明日子は応接室を横切って、ダイニングルームに顔を出した。

「陰気くさいでしょう、あの絵。わたしはきらいなの」

由起子は食器棚の抽出しから、白い木箱を取り出していた。

「主人の趣味といったら、絵だけね。フランスのなんとかっていう有名な画家の絵なんだそうだけど、八百万もしたのよ。ばかげてるわよ、あんな絵に」

木箱から紅茶茶碗をふたつ取り出すと、由起子は木箱を食器棚の抽出しに納めた。あまり見かけたことのない、ミカン色の分厚い感じの茶碗で、雪をかぶった峰と湖が白く浮彫りにされていた。

「あの、ご主人はご在宅ですの？」

明日子は訊ねた。

「いいえ、仕事よ。仕事の虫ってやつね、主人は。部下に安心して物事を任せられないたちなのよ。昨夜遅く、車で出かけていったわ」

「はあ……」

明日子は思わずも、由起子の顔をしげしげと見つめた。由起子の言葉が本当だとしたら、受話器から聞こえてきたあの男の声は、いったい誰だったのか。主人以外の男と、由起子は自宅のベッドで、しかも白昼堂々と情事をくり展げていたのか。明日子が聞いたのは、由起子が言ったようにポミーとかいう犬の甘え声だったのだろうか。

「なにを考えてらっしゃるの？　さあ、お掛けになって」

由起子は、紅茶を明日子の前に置いた。毛の長いマルチーズ犬のポミーは、由起子の行く先ざきで足許にまつわりついていたが、由起子がソファに腰をおろすと、安心したように、その傍で丸くなっていた。

「すてきなお茶碗ですわね」

明日子は眼の前に置かれたミカン色の紅茶茶碗に、思わずも見とれていた。

「スイスに旅行したとき買ったものなの。初めての歓迎すべきお客には、いつもこれを使っているのよ」

「歓迎すべき客だなんて、光栄ですわ」

「あなた、おきれいね」

由起子は唐突に言うと、明日子の前にシュガー入れをさし出した。

「ご結婚は？」

「おいくつ？」

「もう、二ですわ」

「三十二歳。わたしよりふたつも若いわ。で、ご結婚は？」

「離婚しました。十か月ほど前に」

明日子はスプーンを使って、たっぷりと盛ったシュガーをカップの中に注ぎ入れた。スプーンを持つ手が小さく震え、シュガーの粉末がカップの傍にこぼれ落ちた。

由起子は小さな笑いを洩らすと、傍のサイドボードから洋酒の細長い瓶を取り出した。

「あなた、お好きなんでしょう、これ」

明日子が断わるよりも早く、由起子は明日子の紅茶の中に、琥珀《こはく》色の液体を無造作に流し入れた。

「わたしも、いただくわ」

由起子は自分の紅茶に二、三滴たらすと、明日子を見て、いたずらっぽく笑った。

「あなたって、正直な方ね」

「は？」

「ごめんなさい。あなたのこと、ちょっと調べてみたのよ。もしかしたら、これからおつき合いするようになるやもしれないと思ったから」

「悪い評判ばかりだったでしょう？」

「その反対よ。男顔負けの腕ききの編集者なんですってね。あちこちの出版社からスカウトされてるって話じゃないの」

「でも、もう編集の仕事には疲れてしまって……できれば、事務系の仕事にまわりたいんですけど」

「それも聞いたわ。お子さんやご主人のことで、大変だったらしいわね。でも、えらいわねえ、別れたご主人に事業資金を融通してあげたんですってね、退職金まで前借りして」

「主人は子供を溺愛していました。子供を死なせたのは、わたしの責任です。せめて主人に、その償いをしようと思って……」

「ご主人と、よりをもどす気はないの？」

「……」

覆水盆《ふくすいぼん》に返らず——そんな陳腐《ちんぷ》な文句が、思わずも口をついて出るところだった。別れた夫、加倉井《かくらい》行男が明日子の許にもどってくる日は、もはや永遠に訪れてこないであろう。冷たく突きはなすような加倉井の眼の色は、離婚後にいたっても、少しも変わっていなかったのだ。明日子は話をはぐらかすように、紅茶を口に運んだ。

由起子は敏感に明日子の思惑を察したらしく、真顔にもどると、

「話は違うけど、この間の柳生さんの原稿……」

「お読みいただけました？」

「ええ。でもね、解決編とかの執筆は、やはりお断わりしたいわ。前にも電話で言ったと思うけど、わたし推理小説は大好きだけど、書いたことなんてないし、それに犯人当ては苦手なのよ。犯人当てクイズだって、当たったためしがないんですもの」

「もう、そのご心配には及びません。お詫びしなければいけないのは、わたしのほうなんですから」

「え？」

「柳生さんの原稿は、あのままでは活字にはできないということなんです」

「活字にはできないって……」

「わたし、半年ほど前、体をこわしてしまい、休暇をとって福島県の二本松市の兄の家で静養していたことがあったんです。そのとき新聞に、猪苗代湖畔に女性の絞殺死体、という見出し付きの記事が載ったんです。被害者の名前は、神永朝江と書かれていました」

「神永朝江――。どこかで聞いたことがあるわ」

「当然です。柳生さんの小説、『湖に死者たちの歌が――』に出てくる被害者の名前ですから」

「――」

「死体が発見された場所も、神永朝江が泊った旅館も、すべてが半年前の新聞の記事とまったく同じだったんです」

「じゃ、柳生さんは……」

由起子は瞬《まばた》きを止めた黒い眸《ひとみ》を、じっと明日子に注いでいた。

「でも柳生さんはなぜ、現実に起こった事件をそのまま、しかも被害者の名前までそっくりそのままにして、あんな小説を書いたのかしら」

「柳生さんが最近、ひどいスランプに陥っていたことはたしかです。作品が書けず、このままでは柳生さんの作家生命も危ぶまれていたほどです。柳生さんは起死回生の傑作をものにしようと、かなり焦っていたと思うんです。そんな折も折、柳生さんの手によって書かれた小説が、『湖に死者たちの歌が——』だったんです。でも、この小説は半ばお遊びといった犯人当てリレー小説。柳生さんがこの作品にすべてを賭けていたとは、とうてい考えられません。それに、柳生さんはこの小説が決して活字にはならない、と思っていたに違いありません」

「じゃ、なぜ柳生さんはあんな小説をわざわざ書いたのかしら?」

「当然、目的があったはずです」

「神永朝江殺しの真犯人を告発する、とでもいった目的かしら」

「かもしれません。あるいは、柳生さんの目的はもっと別なところにあったのかもしれませんし」

「柳生さんに直接確かめるのが、いちばん手っとり早いわね」

「柳生さんとは連絡がつかないんです」

「どうして?」

「長野県の千曲川温泉に泊っていたんですが、荷物をそのままにして出かけたきり、消息がつかめないんです。東京のマンションにも、もどっていません」

「それは変ねえ。柳生さんは必ず解決編を渡すって、あなたに約束したんでしょう?」

「解決編の原稿は、いつとは日にちを約束できないが、近いうちに必ず渡すと言ってました。でも、その前に問題編の読後感を聞きたいので、旅館に着いた三日目に電話をかける、と言っていたんですが」

由起子の眼に不安そうな光が宿った。

「柳生さんの身に、なにか間違いでも起こったんじゃないかしら」

「それは、わたしも考えていたことです」

「いったい、どうなってるのかしら。分からないことだらけじゃないの」

明日子は残りの紅茶を静かに飲みほした。ウイスキーの香りが鼻をつき、快い刺激が咽喉許を通り過ぎていった。

「分からないことが、もうひとつあるんです」

「なんなの?」

「柳生さんが、なぜ尾道さんに探偵役——つまり、解決編の執筆を依頼したのか、ということです」

「柳生さんがわたしのファンだったから、って言ったのは、あなたよ」

「それだけじゃないように思うんですが」

「それ以外に、じゃ、なにがあるって言うの？」

「犯人当てリレー小説の企画をお話ししたとき、尾道さんは最初はとても乗気になっておられましたね。でも、問題編の作者が柳生照彦さんと知ったときから、尾道さんはなぜか急に意欲を失われ、尻ごみなさいましたわ。柳生さんとの間に、なにか気まずいことでもあったからでしょうか」

「なにもないわ。柳生さんとは、それほど親しい間柄でもなかったし……」

由起子は、これまで見せなかった固い表情になり、壁の時計を見上げた。

「電話でもお話ししたけど、テレビの仕事で出かけなければならないの。いずれにせよ、柳生さんの解決編を読めば、すべての謎が解けるんじゃないかしら。柳生さんは、近いうちに必ず書くとあなたに約束したんでしょう」

と由起子は言った。

14

丸山国雄《まるやまくにお》はいわば日曜作家の部類に属する、本格派の新人である。一流の商事会社に勤め、そのかたわら好きな推理小説の執筆に精を出している。執筆はあくまで余技であるため、作品の数は多くないが、いずれも独創的で大胆なトリックを駆使した水準作ぞろいで、本格物愛好者には根強い人気を博している。

明日子は丸山の会社のロビーに坐って、かれこれ三十分近くも雑談を交わしていた。彼には一か月前に二百枚の中編を依頼してあり、明日子はその執筆の進行具合などを打診するために、会社を訪ねてきたのだ。丸山は、原稿は半分ほど仕上がっていると言っていたが、明日子はその口ぶりからして、まだほとんど手をつけていない状態だと察しをつけていた。いつになく丸山が多弁で、あれこれ自分から話題をさがして話しかけてくるところなど、明日子の原稿催促に煙幕をはっているとしか思えなかった。

「ところで、花積さん」

丸山は話が一段落したとき、ふと、その表情をちょっと深刻なものに変えた。

「柳生照彦さんのことは、もう聞いているでしょうね？」

と丸山は言った。

「柳生さん？」

明日子は思わず、ぎくりとし、丸山の顔を見つめた。

「すると、まだ知らなかったんですね。わたしも、つい一時間ほど前にタクシーのラジオを聞いて、びっくりしてしまったんですがね」

「なにが、なにがあったんですか？」

丸山の持前の間のびした口調が、明日子にはいらだたしかった。

「亡くなられたんです、柳生さんが――」

「えっ――」

明日子は自分の耳を疑った。なにか言いかけようとしたが、言葉にはならなかった。

「長野県の千曲川温泉で、自殺したんです。テレビでも、そう報じていました」

「柳生さんが、自殺――」

明日子は丸山を凝視しながら、思わずもつぶやいていた。

「柳生さんは六日ほどの予定で千曲川温泉に泊っていたんですが、四日目に行き先も告げずに宿を出、それっきりきょうまで消息を絶っていたんだそうです。旅館側で柳生さんの部屋の荷物を調べたところ、ボストンバッグの中に、柳生さんの遺書がはいっていたんです」

「遺書が――」

「旅館側が最寄りの警察に連絡したのは、昨晩だったそうですが、きょうの十一時ごろ、旅館から一キロほど離れた千曲川の崖っぷちで、柳生さんの遺留品が発見されています。柳生というネーム入りの茶色のソフト帽と白のスキーウェアだったそうですが」

「遺体は？　遺体はどこで発見されたんですか？」

「まだ、見つかっていないようですよ。川に身を投げたと思われるのですが、流れが急で、川底も深く、遺体捜査はかなり難航しているそうです」

「――自殺したなんて、わたしには考えられませんわ」

沈黙のあとで、明日子は言った。柳生が自殺したなんて。なにゆえに自ら命を絶たねばならなかったのか。

「自殺の原因は、仕事上の悩み――だったそうです。つまり、創作に行きづまり、作家としての前途を悲観して、命を絶った、ということらしいです」

「遺書に、そう書いてあったんですか？」

「さあ、それは分かりません。遺書には、厭世的《えんせいてき》な短い文句が書き込んであっただけだったそうですが」

丸山はちょっと言葉を切っていたが、

「柳生さんは、どこか線の細い気弱なところがありましたよね。推理作家には珍しいほど、血腥《ちなまぐさ》いことが大きらいだったし。人から聞いた話ですが、柳生さんは自分の指についた血を見ただけで全身に悪寒《おかん》が走るんだそうです。いつだったかも、行きだおれの死体を見て貧血を起こし、病院にかつぎ込まれたこともあったとか。それに、最近は小説が書けなくて、悩み続けていたのも事実です」

「それにしても、柳生さんが……」

喫茶店「シクラメン」で会ったときの柳生照彦の生気に満ちた浅黒い顔が、明日子の眼の前に浮かび上がった。

——五、六日ほど、長野県の千曲川温泉でのんびり湯につかってきますよ。川治旅館っていう、静かな湯治場です。窓に山が迫ってましてね、裏山から猿の鳴き声が聞こえてくるんです。

——三日後の午前中に、こちらから電話します。そのときに、問題編の感想を聞かせてください。

——日にちは約束できませんが、解決編は近日中に、こちらから必ずお届けしますから。

「でも、花積さん——」

丸山の声で明日子の回想は中断した。

「自殺じゃないとすると、どういうことになるんですか。まさか、誰かに殺された、とでも……」

丸山は眼鏡の奥で、細い眼を光らせながら、物問いたげに明日子を見つめていた。

15

約束した時間に会社の地下の食堂に降りていくと、橋井真弓はすでに来ていて、いちばん奥の椅子から手をあげて明日子に合図した。

「ごめんね、お弓さん。忙しいところ」

明日子は、自動販売機で買った紙コップ入りのコーヒーを真弓の前に置いた。

真弓と明日子は同期生で、入社以来、誰よりも親しくつき合っていた。年は真弓のほうがひとつ上だが、短くかり込んだスポーティな髪型と整った小づくりの顔だちから、明日子よりは若々しく見える。入社当初、明日子は販売課に所属し、二年後に現在の雑誌課に転属したのだが、真弓は最初から週刊誌を希望し、週刊誌歴十年のベテラン記者だった。

「明日ちゃんに頼まれたこと、一応調べてみた。まずは、柳生照彦の一件だけど——」

真弓は持前のはきはきした口調で言うと、業務用の手帳を繰った。長年、週刊誌でもまれてきたせいもあるだろうが、彼女は物事をスピーディにてきぱきと処理していく女だった。上質なユーモアを持ち、明るくさっぱりとした性格で、一児の母だが、まるで女学生のような若やいだ雰囲気を持っていた。

「柳生照彦は三月一日、喫茶店『シクラメン』で、あなたと別れた足で、長野県千曲川温泉の川治旅館に投宿した――あ、はじめに断わっておくけど、話には順序ってものがあるから、明日ちゃんが知ってることでも、まあ我慢して聞いてもらうわよ」

「ええ、いいわ」

「――さて、と。柳生は五泊六日の予定で、投宿する二日前に旅館に電話をかけ、宿泊の予約を取っていたのよ。三月三日まではほとんど外出もせずに、部屋にひきこもって、書物を読んだり、書きものをしていた。外出したのは、三月四日の朝食が済んで一時間もしたころだった。白のスキーウェアを着込み、茶色のソフト帽をかぶって、行き先を告げずに、散歩に出かけるような格好でぶらりと出ていった。それっきり、柳生は帰らず、六日になって、旅館の主人が従業員の立ち会いのもとで、柳生のボストンバッグを開けてみた。そのいちばん上に、春光出版社の――つまり、うちの会社の原稿用紙が一枚、ふたつ折りにされてはいっていた。それが、遺書だった、というわけ」

「うちの原稿用紙に？　で、お弓さん、遺書の文句は？」

「死して、しのびやかに笑う……。なんと、これが、遺書の全文」

「死して……」

「死して、しのびやかに笑う、よ。辞世の句としちゃ、なんとも気どった感じね。もっとも小説家の先生ってのは、見栄っぱりが多いから」

「筆跡は、柳生さんのものだったの？」

「そう。間違いなく柳生照彦の筆跡だった」

「死して、しのびやかに笑う。これ、どういう意味かしら」

真弓は丸い澄んだ眼を、いたずらっぽく笑わせながら、

「つまり、なにがおかしいのかは知らないけれど、死んでから、ひとりでひそかに、くすくす笑おう、って意味よ」

「なによ、それ。答えになってないじゃない」

「先に進むわよ」

真弓は、手帳のページを繰った。

「旅館側は、近くの派出所に宿泊人柳生照彦の失踪届けを出した。柳生の遺品が発見されたのは、その翌日——つまり三月七日の朝。千曲川の崖っぷちの松の木の根元に、ネーム入りの柳生のソフト帽とスキーウェアが投げ出されてあった。警察では、柳生照彦がこの一、二年作品が書けずに悩み続け、加えて、あちこちの金融業者から莫大な金を借り、日夜返済を迫られていた事実を突きとめ、失意の厭世自殺と発表した」

「柳生さんがお金に困っていたことは知っていたわ」

「酒とギャンブルよ。相当にすさんだ生活だったらしいわね」

真弓はひと息つくと、コーヒーを口に運んだ。

「旅館の遺留品の中身は、確認できたの？」

明日子は訊ねた。

「できた。帳場に預けたのは、十万の現金のはいった貴重品袋だけ。ボストンバッグの中身は、あらかたが下着類だった。シャツ、パンツ、靴下、ハンカチ、手拭い。それに化粧品入りのケース、洋酒の角瓶、筆記用具、それから……」

「原稿。原稿があったはずよ」

明日子は、真弓を促すように言った。

「うん、そうだ。原稿用紙が十二枚。以上がボストンバッグの中身全部よ」

「原稿用紙？」

「そう。なにも書いてない、うちの会社の原稿用紙」

「お弓さん。もう一度、ボストンバッグの中身を言ってみて。肝心なものが抜けてるわ」

「肝心なもの？　なんなの？」

「柳生さんの原稿のコピーよ。『湖に死者たちの歌が――』って題名のはいったコピー原稿よ」

真弓はふたたび手帳を繰り、やがて顔をあげた。

「ないわ、コピー原稿なんて」

「そんなはずないわ。柳生さんは『シクラメン』でそのコピーをボストンバッグに入れて旅行に出たのよ」

「ないのよ、それが」

「それによ、お弓さん。柳生さんは旅館についてからの二日間は、外出もせずに部屋にひきこもって本を読んだり、書きものをしていた、って言ったわね。おそらく、うちの原稿用紙を使って、例の解決編を執筆していたんだと思うわ。その原稿も、どこにもなかったんでしょう？」

「そう」

「盗まれたんだわ。柳生さんが旅館を出たあと、誰かが部屋に忍び込んで、柳生さんのボストンバッグをあけたのよ。あの旅館の部屋は窓にすぐ山が迫っていて、猿の鳴き声が聞こえてくるって、柳生さんが言ってたわ。玄関からではなく、裏山からだったら人眼につかずに部屋に忍び込めるわけよ。都会の一流ホテルとは違って、山の中の湯治場だから開放的だし、それに部屋の戸締りにしたって、ルーズなところがあっても不思議じゃないわ」

「なるほど」

「あのコピー原稿と解決編の原稿を、旅館荒しのコソ泥がわざわざ盗んでいったとは考えられないわ。コソ泥にとっては、紙くず同然ですもの。けど、ある人物にとっては、何物にも代えられない貴重な品だったのよ」

「すると、明日ちゃんは、柳生照彦の『湖に死者たちの歌が――』の作中の犯人が、その盗人だって言いたいのね」

「窃盗だけじゃなく、柳生さんを殺した犯人だと思いたいわ」

「殺した？」

真弓は驚いたように、眼をむいた。

「随分と大胆な推理ね」

「原稿を盗んでも、柳生さんが生きていたら、結果は同じじゃないの」

「でもね、柳生さんのちゃんとした遺書があるじゃない」

「遺書かしら、はたして」

「それ以外に、なにが考えられるの。死にたい、っていう意思表示が、行間からにじみ出ているじゃないの――ちょっとキザな表現だけど」

真弓は肩をすくめ、白い歯をのぞかせた。

「あれは、創作中のメモだったんじゃないかしら」

「メモ？」

「作家の中には、執筆中にうまい表現が見つからなかったり、章の見出しの文句なんかを考えたりしてるとき、別紙や原稿用紙の裏に思いついた言葉を書きつけておく人が多いのよ。死して、しのびやかに笑う――なんて文句は、章の見出しなんかにぴったりだと思うの。柳生さんは以前から、そんな変わった題名や見出しを付けるのが好きだったわ。原稿を盗みにはいった人物Xは、偶然机の上のそんな書きつけを眼にとめ、遺書代わりにしようと思いつき、ふたつ折りにしてボストンバッグの中にしのび込ませておいたんだと思うわ」

「なるほどね。飛躍したところもあるけれど、おもしろい推理ね。わたし、こういう話になると、ぞくぞくしてくるわ」

プロ野球と推理小説が、メシより好きな真弓だった。

「明日ちゃんの推理だと、犯人は『湖に死者たちの歌が――』に登場する誰かだということになるわね」

「ええ、まあ」

「柳生さんが死に、解決編の原稿も盗まれた今となっては、問題編から推理するしか手がないわけね」

「あなたは推理小説ファンでしょう。原稿をぜひ読んでみてよ」

「うん、読ませてもらう。けれど、愛読者必ずしも名探偵ならず、だわ」

そのとき、社内放送用のチャイムが鳴った。週刊誌の橋井さん、大至急デスクにおもどりください、とアナウンスされ、真弓は舌を出しながら、やおら腰をあげた。

「ちょっと油売ってると、すぐこれね。どうせ、うちのデスクのくだらない用事よ。管理強化反対――これ、春闘要求に組み入れようよ」

「あ、お弓さん――」

明日子は真弓の背中に声をかけた。

「もうひとつだけ、頼みたいことがあるの。尾道由起子――ほら、テレビタレントで文筆家の――彼女のこと詳しく調べてほしいのよ」

16

「ああ、お弓さんか」

明日子あての外線電話の相手は真弓だった。

「今、出先なの。今夜会って話そうと思ったんだけど、取材が長びきそうなのよ」

「なんの取材？」

「藤倉《ふじくら》ユミの夫婦紛争の例の一件よ。記者会見の席上で離婚を発表するらしいっていうんで待機してるわけ。別れたいなら、一年間もうじうじ繰り言なんて並べてないで、さっさと別れりゃいいのにね」

いかにも真弓らしい物の言い方だった。そして、屈託のない笑いを洩らすと、

「尾道由起子の件、調べたわよ。もっとも、顔見知りの芸能記者から仕入れた情報だけれどね。電話長くなるけど、いいの?」

「かまわないわよ」

「尾道由起子はね、表面はおしとやかそうに見えるけれど、かなり男遊びをしているんじゃないかって噂よ。手口が巧妙なのか、なかなか、しっぽを掴ませないらしいけれど。かりに男漁りをするようになったとしても、まあ無理はないと思うんだけどね」

「なぜ?」

「夫の尾道繁次郎がね、お年のせいか、男性としての役割を満足に果たせないらしいのよ。いろいろな医者に診てもらっていたらしく、そのことから芸能記者にも勘づかれたようなんだけど。由起子は、それを承知で繁次郎と一緒になったという噂もあるくらいよ。由起子はどうやら、柳生照彦にも触手を伸ばしていたみたいね」

「柳生さんと——」

「ふたりの最初の出逢いは、二年前。柳生の『うつろな殺意』という作品に由起子がテレビ出演したときだったのよ。由起子が推理小説好きということもあって、それ以来ふたりはよく喫茶店なんかで話しこんでいるところを、芸能記者たちにも目撃されていたのよ。いつも親しそうに、額を寄せ合うようにしてたそうだけど」

「尾道さん自身の話とは、えらい違いね。一、二度会っただけの間柄だなんて」

明日子は、由起子のそのときの顔をあざやかに思い浮かべた。

「尾道さんの夫は、そのことを知っていたのかしら？」

「そのへんが、もうひとつ明快じゃないのよ。繁次郎は由起子に、ぞっこんだったらしいし、評判のやきもち焼きだったらしいんだけど。つまりはね、知らぬは亭主ばかりなり、ってあれじゃないかしら」

明日子は、尾道由起子が男漁りとは言わないまでも、夫の繁次郎にかくれて、適当に男遊びをしていたということは、信じるにたると思った。受話器から洩れてきた低いかすれ声と、ため息のような呼吸音は、いまだに明日子の耳朶《じだ》に残っている。愛犬のポミーの声なんかではない。由起子はあのとき、夫以外の男に背後からまつわりつかれていたのだ。

「ねえ、明日ちゃん」

ふいに、真弓の語調が、しんみりしたものに変わった。

「あした、福島へ出かけるの？」

「ええ、自分なりに調べてみたいの。このままじゃ、気持にけりがつかなくって」

「明日ちゃんは、こうと思いこむと、とことんやる人だからねえ。でもね、このことは警察に任せたほうがいいと思うんだけどな」

「時期がくれば、そうするわよ。それまでは、自分で調べてみたいの」

「わたし、恐いのよ」

「なにが?」

「明日ちゃんが、そんな探偵みたいな真似をして、誰かに命を狙われるような羽目にならないかと思って」

「取り越し苦労よ、お弓さんらしくもない」

「ゆうべ、『湖に死者たちの歌が——』を読んでみたわ」

「犯人、分かった?」

「途中までしか読めなかったけど、犯人は片桐洋子か浦西大三郎のふたりのうちのどちらかよ」

「それくらいは、誰にでも見当がつくわよ。問題は、どうやって猪苗代湖まで往復したかよ」

「分かってるわよ。明日ちゃんが福島から帰ってくるまでには、必ずちゃんとした解決編を用意しておくから」

真弓は急に口早になると、記者会見が始まるからこれで、と言って電話を切った。

17

花積明日子は上野発6時38分の「まつしま1号」に乗って、栃木県の黒磯市に向かった。

明日子は結婚当初、運転免許を取得し小型車を運転していたが、半年ほど前に対物事故を起こし、以来、免許の更新はしているものの、車を手放し、運転もさしひかえていた。事故の原因は、突然襲った上肢の震えにより、ハンドル操作を誤ったためだった。こんなとき、車があれば便利だと思ったが、長い間ハンドルを握っていない不安もあって、列車を選ぶことにしたのだ。

黒磯駅に着いたのは九時ちょっと前である。朝からどんよりと曇っていた空に、晴れ間が見えはじめ、時おり、薄い陽がさし込んでいた。やはり、東京より気温が低く、頬に当たる風もひんやりと冷たかった。冬物のコートを着てきてよかった、と明日子は思った。

駅前の交番で、黒磯市上黒磯の神永頼三の家への詳細な道順を確認すると、駅前からタクシーに乗った。東北本線の線路ぞいに走り、那珂川《なかがわ》に突き当たると左折した。川と並行した真っ直な道を一キロも走ったかと思うと、車は幅員のせばまった道の手前で急停車した。

「ここですよ、上黒磯×××番地は。神永ビニール会社は、たしかこのへんの路地のつき当たりだったと思いますがね」

運転手は会社の前まで運転するつもりらしかったが、明日子は歩いて捜すからと断わって、タクシーを降りた。川の流れが聞こえてくるような、閑静な場所だった。あちこちに雑木林が見られ、その周囲に人家がまばらに散らばっていた。

神永頼三の家は、運転手が言ったとおり、ふたつ目の路地のつき当たりにあり、がっちりとした二階建ての家が、高い樹木におおわれるようにして建っていた。同じ敷地内に工場があり、自宅の左手にモルタル二階建ての建物が見え、工場と自宅の周囲を背の高いブロック塀が囲んでいた。工場から、機械の音が断続的に聞こえていた。

明日子が工場のほうへまわろうとして、歩みかけたときだった。神永の家の木造りの玄関のドアがいきなりあいて、グレーの作業服を着た細身の男が戸外に出てきたのである。

明日子は反射的に、神永頼三に違いないと思った。四十歳前の、どこか生気のない、やせた顔の男だった。

男は眼の前に立っている明日子を認めると、怪訝《けげん》そうな表情で、軽く頭をさげた。

「失礼ですが、神永さんでいらっしゃいますか？」

「ええ、神永です」

「わたし、東京からまいりました花積という者です」

神永頼三は渡された名刺に目を通すと、不審そうな表情をしたまま、明日子を見た。

「あの雑誌は、ときたま拝見してますが。わたしにどんなご用でしょうか？」

「神永さんは、推理作家の柳生照彦さんをご存じですね？」

「――柳生照彦。ええ、よく知っています。以前に、二度ばかりこの家でお会いしたことがあります」

「二度も？」

「ええ。昨年の十一月ごろと今年に入ってすぐにもう一度……」

「お亡くなりになったことも？」

「新聞を読んで、びっくりしました。自殺するような人にはみえませんでしたが。人当たりのいい、さっぱりした人でした」

神永は故人を哀悼するかのように、骨ばった顔を歪めていた。

「柳生さんが生前、神永さんと親しくしてらしたとうかがい、いろいろお話をお聞きしたいと思い、突然おじゃましたようなわけなんです」

「それだけのことで、わざわざ東京から」

神永頼三が好人物であることは、明日子の適当な言辞を真《ま》にうけ、にこにこと相好を崩していることからも、うかがい知れる。神永を、もっとシビアな人物と思い描いていた明日子は、軽い戸惑いを感じた。

「なにしろ、男の独りぐらしですので、家の中は物置みたいになってますから、工場の応接室のほうへまいりましょう。さ、どうぞ」

門扉をあけ、明日子を中に入れると、神永は明日子を工場の二階に案内した。南向きのひと部屋が、社長室兼応接室になっていて、窓ぎわにスチール製の机が置かれていた。部屋の入口に近いところには、事務机が置かれていたが、片桐洋子らしい女の姿は、部屋には見当たらなかった。

「柳生さんとは、どういうご縁でお知り合いになったんですか？」

明日子は訊ねた。朝からの曇り空が、いつの間にか晴れわたり、明るい陽ざしが明日子の坐っている来客用のソファに照りつけていた。

神永は話し始めた。

「柳生さんから突然、電話をもらったんです。たしか、家内の四十九日の法要の済んだ翌日でしたか。あの……家内のことはお聞き及びと思いますが」

「はい」

「柳生さんは家内の事件のことで、訊きたいことがある、と言われたんです。作品は読んだことはありませんが、柳生照彦という推理作家の名前は、わたしも知っていました。犯人の逮捕に役に立つことならと思い、わたしは柳生さんに訊かれるままに、家内から届いた手紙も読んでもらいましたし、知っていることはすべてお話ししました。その後で、柳生さんは、事務員や工場長などからも、いろいろと訊き出していたようですが……」

「柳生さんは、なんの目的で奥さまの事件を調べていたんでしょうか？」

「さあ、分かりません。今年の一月にも、ひょっこりお見えになったのですが、前と同じようなことを詳しく訊ねておいででした」

「あの方が、奥さまですの？」

机の片隅に立てかけてある額入りの女の顔写真を見やりながら、明日子は訊ねた。三十二、三歳の整った顔だちの女だったが、眼や口許に勝気そうな性格が感じられた。

「家内です。もうあれから半年にもなります。早く家内を殺した奴をつかまえてほしいと、そればかり念じて暮らしてきました。捜査は続けられているはずですが、いまだになんの進展もないようです。当初は、このわたしに疑いがかけられましてね」

「あの、おさしつかえがなかったら、事件のこと詳しくお話しいただけませんかしら」

明日子は話を本題に引き入れた。

会社はそれほど忙しくないのか、これまでに社長室に出入りする人間もいず、机上の電話も鳴りをひそめていた。神永はうなずくと、来客用のケースから煙草を取り出し、口にくわえた。おっくうがる様子はみじんもなく、眼には人なつこい笑みさえ浮かべていた。

「わたしとの、ささいな喧嘩が原因で、家内がとび出していったのは、去年の九月十日のことでした」

神永は、静かな口調で語り出した。

朝江がその晩帰らなかったので、翌十一日の早朝に、青森市の朝江の実家に電話を入れたが、そこへは身を寄せていなかった。その十一日の晩になっても、朝江はもどってこなかった。翌十二日の晩も、神永は朝江の帰りを待ちながら、深更まで洋酒をあおっていた。

「その十二日の夕方だったかに、ご近所で放火騒ぎがあったとか……」

明日子は、さりげなく訊ねた。

「ああ、言い忘れてました。そうです。あれは、たしか十二日の夕方だったと思います。たぶん、新聞の拡張員のいやがらせじゃないかって、工場長も言っていました」

神永は話を続けた。

「その翌日、十三日の朝、今度はわたしのところの郵便受が同じような被害にあいましてね。気がついたのは、だいぶ後になってからでしたので、新聞は真っ黒こげ、それに配達されていた郵便物にも焼けこげがついてしまいました。幸いに、家内の手紙は端が少し燃え落ちただけでしたけれど」

朝江の封筒の中から、計三十万円の千円と五千円、それに一万円札の束が出てきたこと。その封筒の左上隅には二百円切手と六十円切手が一枚ずつ貼られてあり、消印は九月十一日の午後十二時から十八時になっていたこと。そして投函局は福島となっていたことを話した。

「その十三日の日、家内の所在がはっきりしたことで、すっかり安心し、急に疲れが出てしまい、正午前に部屋に帰り、眠ってしまったんです。目がさめたのは、夕方の四時近くでした。すぐに、工場に顔を出して、六時ごろ、家にもどりましたが、家内はまだ帰っていなかったんです。福島市の作田さんに電話をかけたのは、八時過ぎでした。それから、翁島旅館に電話を入れたんです。電話に出た帳場の男の人は、きわめて無愛想な人でしてね。帳場の宿泊者名簿には、たしかに該当する名前が載ってはいるけれども、何時ごろに旅館を出たのか、分からないと言うんですな」

「係の従業員に訊ねなかったのですか？」

柳生の小説では、その電話には、地方訛を丸出しにした、かん高い声の女の従業員が応対し、事こまかに朝江の言動を神永に伝えていたはずである。

「急用ができて、実家に帰ったとかで、係の従業員とは話ができませんでした」

と神永は言った。

「それから一週間後に家内の死体が猪苗代湖畔で発見されたんです。警察は最初、内部事情に通じた人間の犯行という捜査方針で、わたしや事務員の片桐洋子、それに工場長の浦西大三郎を徹底的に調べましてね。前後の状況から家内が凶行に遭ったのは、九月十三日の午後二時ごろと推定され、わたしにはアリバイがなかったんです。先ほどもお話ししたように、正午から四時近くまで、ベッドでぐっすりと眠りこけていたんですから。警察の捜査は執拗でした。でも最後は、わたしが車の運転ができないことと、それにタクシーを利用した証拠が見つけ出せなかったことから、やっと容疑が晴れたのですが、家内が殺されたというだけでも気が違いそうだったんですから、そのときのわたしの心中はお察しいただけると思いますが」

神永は細い顔をくもらせ、話を途切らせた。

そのとき、ノックもなしにドアがあいて、三十歳前後の背の高い男が部屋にはいってきた。男は明日子にちらっと視線を投げ、神永を手招きした。工場長の浦西大三郎だと、明日子は見当をつけていた。彫の深い男性的な容貌で、異性には好かれそうなタイプだったが、明日子の見たかぎりでは、どこか粗野で、無神経そうな印象を受けた。

神永は話が済むと、男と連れだってソファにもどってきた。

「先ほどお話しした、工場長の浦西君です。こちらは、東京の出版社の花積さん」

神永の言葉がまだ終わらないうちに、浦西大三郎はその長身を明日子の傍のソファに投げ出すようにして坐った。無遠慮に顔を間近に寄せ、明日子の全身に舐めまわすような視線を当てていた。

「亡くなった専務の事件に、興味をお持ちなんですってね」

浦西大三郎は、小馬鹿にしたような口調で言った。明日子が黙っていると、浦西は上半身を折り曲げて、明日子の顔を正面からのぞき込むように見た。

「別嬪《べっぴん》探偵ってわけか。けれど、そんなこと調べて、いったいなんの得になるっていうんです？」

「損得ではありません。自分なりに確認したいことがあるからです」

「なにを、確認したいんです？」

明日子が煙草をくわえると、浦西はさらに顔をすり寄せ、鼻先でライターを点火した。

「いろいろと」

「けれどねえ、もうわたしらに事件のことでまといついてもらいたくないですなあ。警察にも、痛くもない腹を散々さぐられた。それが下火になったと思ったら、次は柳生照彦とかいう推理作家だ。そして今度はあんた。いい加減にしてもらいたいねえ」

きつい言葉とはうらはらに、浦西の顔には独特な薄ら笑いが浮かんでいた。

「最後に、もうひとつだけお訊きしたいんですが」

明日子は浦西から身をずらしながら、神永に向きなおった。

「亡くなった奥さまは、お鮨はお好きでしたでしょうか？」

「鮨――」

と、口をはさんだのは浦西大三郎だった。

「また、鮨の話か。柳生さんも鮨の話をしてましたがね」

「家内の好物でしたよ、鮨は。夕食の支度が遅れたときなど、よく注文しましてね。わたしはいつも、並鮨でしたが、家内はあれこれとネタを指定しましてね」

と神永が答えると、傍の浦西が、

「柳生さんも訊ねていたっけ、専務は鮨を手づかみで食べる習慣があるのかって。あのきれい好きな専務が、そんな真似するわけがないって言っておきましたがね」

「わたしにも、訊ねていましたな。わたしは、鮨は手づかみで食うにかぎると思っているひとりですが、家内が不潔だと言って、とても嫌がるので、仕方なし家内の前では箸を使いましたがね」

「鮨がどうかしたんですか？　専務が鮨を手づかみで食おうと箸で食おうと、そんなことは事件と関係ないでしょうが」

と浦西が例の人を食ったような口調で言った。

「あの、片桐洋子さんとちょっとお話がしたいのですが……」

明日子は言った。

「片桐君は、金曜日はいつも午前中休みをとっていましてね。近くの病院に通ってマッサージを受けているんですよ。でも、もうアパートに帰っているかもしれませんよ」

「アパートは、近くですか？」

「ここから七、八分で行けます。この工場の裏手の道を左に曲がって、少し行きますと神社があります。片桐君のアパート――長英荘《ちょうえいそう》といいますが、そのアパートは神社のすぐ裏手になっています。夜は人通りのないさびしい道ですが、すぐにお分かりになるはずです」

と神永は言った。

腕時計を見ると、十時半をまわっていた。明日子は思わずも長居をしたことを詫び、社長室を出た。

18

片桐洋子のアパートは、途中で人に訊ねるまでもなく、すぐに捜し当てられた。

片桐は玄関のドアを半開きにして、最初は警戒するような眼つきで、明日子の話を聞いていたが、神永頼三とも会ってきた旨を説明すると、

「どうぞ、お上がりになってください」

と明日子を部屋に請じ入れた。

片桐は二十七、八歳の肉づきのいい女だった。つい先刻、写真で見た朝江とどこか似たところのある美しい顔だちをしていた。

挨拶が済むと、彼女は台所のほうへゆっくりと歩いていった。三年前の登山で岩場から

転落し、頭部に怪我をして以来、片側の上・下肢にやや不自由をきたしている、とのことだったが、なるほど、注意して見ると、軽く片方の足をひきずるようにして歩いていた。

「どうぞ――」

片桐は、コーヒーをガラス製のテーブルの上に静かに置いた。明日子は注意深く見守っていたが、先刻までとは違って、その挙措《きよそ》に、どことなくぎこちないものがあるのを感じていた。

「突然におじゃまして、申し訳ありません」

「いいえ。かまいませんわ」

片桐は軽く笑顔をつくり、傍の長椅子に腰をおろすと、両膝の上に手を組んだ。いかにも、落ち着きはらった仕草だった。つい今しがた感じた、あのどこかぎこちない、固い仕草は、この女からすっかり消えていた。

「片桐さんは、亡くなられた奥さまのお気に入りだったそうですね」

「わたしのほうからは、何もしてさしあげられませんでしたが、とてもわたしにはよくしてくださいました」

顔を真っ直に明日子のほうに向け、はきはきした口調で片桐は言った。頭の回転の速い、有能な事務員であることは、明日子にも想像がついた。

「奥さまが家を出られるとき、お会いになりましたか？」

「専務さんと——奥さまのことですが、専務さんとは、正午過ぎまで、社長室で一緒に仕事をしていました。専務さんが食事をとりに家に帰られてからは、一度も会っていません」

「奥さまにはその頃、なにか悩みごととか心配ごとがなかったでしょうか？」

「なにも聞いておりませんが、そんなご様子には見えませんでした」

「奥さまから来た例の手紙、片桐さんが開封したんですか？」

「そうです。わたし、前の日から風邪をひいていて、調子が悪かったものですから、あの十三日の日は、十一時過ぎに会社に出てきたんです。郵便受に、いやがらせの放火をされたのを知ったのは、その直後でした。そのことで気が動転していたせいだと思いますが、社長さんあての私信——つまり、専務さんからの例の手紙を間違えて勝手に開封してしまって……燃え落ちたところから、一万円札がのぞいていたんで、会社あての業者からの送金だと思ったりしたものですから、裏の差出人の名前も確認しないまま……」

「推理作家の柳生照彦さんを、ご存じですわね」

「ええ、昨年の十一月ですが、初めてお会いしました。お亡くなりになられたのを新聞で読んで、びっくりしました」

「最近、お会いになられましたか？」

「いえ、今年の一月、こちらでお会いしたのが最後でした」

「柳生さんが神永朝江さんの事件を調べ、それを小説に書いていたこと、ご存じかしら？」

「小説に――。いいえ、知りませんでした」

片桐は明日子に視線を当てたまま、静かに首を振った。

「柳生さんは、あの事件を調べ、柳生さんなりに犯人を割り出していたんです」

「犯人を――。誰なんですか？」

片桐の口調は、あくまで冷静だった。

「分かりません。肝心な解決編の部分を読むことができなかったから……。でも、あの小説をじっくり読めば、必ず犯人を推理できるはずです」

「――」

片桐は黙ったまま、コーヒーに手を伸ばした。生来が無口なのか、片桐は必要以上には、軽々しく言葉を発しない女のようだった。

アパートの住人らしい中年の女が片桐の部屋を訪ねてきたのをしおに、明日子は腰を上げた。

神社の前の狭い道を過ぎ、神永の工場のブロック塀ぞいに三つ角を曲がると、前方に長身の男が立ちふさがるように立っていた。浦西大三郎だった。

「なんなら車で送ろうか」

浦西は明日子の下半身に視線をまつわらせながら、大またに近づいてきた。

「けっこうです」

「あんた、亭主持ちかい？」

明日子が黙って首を横に振ると、

「そりゃいい。どうだろう、独り身同士で、近いうち、じっくり話し合わないか」

「考えとくわ」

腰にまわされた相手の手を振りほどき、明日子は足早に歩き出した。

「待てよ」

明日子に追いつくと、浦西は身をすり寄せ、肩口に手をかけた。

「今度の事件のことで、警察にもしゃべってないことがあるんだ。聞いたら驚くぜ」

「どんなこと？」

「いや、ただじゃ言えないよ。どうしても、って言うんなら話してもいいがね。その気になったら電話しなよ、な」

と浦西は言った。

19

駅の発車時刻板を見ると、黒磯11時57分発の仙台行の特急「ひばり7号」があった。どこかで昼食をとろうと思ったが、すでに改札が始まっていたので、ホームで駅弁とお茶を買った。福島まで行ってトンボ返りし、猪苗代湖畔の翁島温泉で一泊、翌日は早目に旅館を発ち、午後二時までには東京に帰るというのが、明日子のたてたスケジュールだった。

十三時十六分に、福島駅に着いた。黒磯よりは二、三度は気温が低い感じで、小雨まじりの冷たい風が駅舎に吹きつけていた。作田春美の家は、福島市吉倉×××。地図で確認すると、吉倉は市街地をはずれた国道4号線ぞいにあった。

福島市内にかつてある女流推理作家が住んでいて、明日子は年に一、二度はこの地を訪ねていたので、地理には明るかった。駅前からバスに乗り、国道4号線の吉倉というバス停で降りた。すぐ前に東北本線の鉄路があり、その前方に福島西のインターチェンジが見えていた。

作田春美の家は、国道から二、三十メートルはいった家並みのたてこんだ一画にあった。古い二階建ての小さな家で、正面の入口に「作田不動産」という看板がかかっていた。どこにでも見かける町の不動産屋で、はいってすぐの部屋が来客用の事務室になっていた。

事務室のソファにふんぞりかえって週刊誌を読んでいた女が、亡くなった神永朝江の同級生、作田春美だった。花札とばくに興じるというので、明日子は小またのきれあがった、粋なあねご風の女を想像していたが、春美はやせて色の浅黒い、見ばえのしない女だった。外見どおり、無愛想な女で、名刺を渡し、神永朝江さんのことでお話をうかがいたいと告げると、迷惑そうに眉根を寄せ、黙って明日子を中に案内した。

「朝江さんのなにが訊きたいんですか？　あの人のことは警察でも訊かれましたし、東京の小説家だという人にも、しつこいほど訊かれましたよ。今さら、なにもお話しするようなことはないんですが」

と春美は言った。招かれざる客には早く退散してもらいたいという表情が、その生気のない顔に露骨に浮かんでいる。

「神永朝江さんは、去年の九月十日と十一日の晩、お宅に泊っておられましたね。そのときのことをお訊ねしたいんです。朝江さんがお宅に立ち寄られたのは、なにか特別な用事でもあったからでしょうか？」

「借金とりですよ。昨年の二、三月ごろから急に不景気になったもんで、朝江さんに当座の資金を少しばかり融通してもらったんですよ。たしかに返済期日は過ぎていましたけど、なんの前ぶれもなく、いきなり訪ねてきて返済を迫られたんですから、こちらも面喰らいますわよ。それも現金でって言うんですから」

「朝江さんはあなたに、黒磯の家のことをなにか言っていませんでしたか？」

「ご主人と喧嘩をして、家を出てきたって言ってましたけど」

「朝江さんが、翌日もここに泊られたのには、なにかわけでもあったのでしょうか？」

「ですから、さっきも言ったでしょう。いきなり返済を迫られたって、おいそれというわけにはゆきませんわよ。金策に走る時間が欲しくて、わたしどもで無理やり朝江さんを引きとめたんですよ。朝江さんは歓迎されてるって思ってたらしいけど」

作田春美が朝江を快く思っていなかったことは、これまでの言辞からも充分に察しがつく。

「朝江さんはお宅にいらしてから、どこか体の具合が悪いとか言っていませんでしたか？」

「午前中から、下痢が止まらなかったなんて言ってましたけど、うちに見えてからは、きわめて健康でしたね。食欲は旺盛だし、夜中の二時過ぎまで主人たちと花札をやったのに、その翌朝は七時前に起き出して、ひとりでテレビを観てたくらいですからね」

「テレビを？」

「それも、なんか、いらいらしたように、がちゃがちゃチャンネルを切り換えて……」

春美はちょっと言葉を切ったあと、自分から口をひらいた。

「そういえば、家に来たときから、なんとなく落ち着きがなかったようね。借金の催促のときには、しゃんとしてたけど、それ以外は、なんだかうわの空って感じだったわ。しきりに、なにか考え込んでいるようなところがあって」

朝江は神永頼三といさかいを起こす前に神永に伝えたかったことがあった。朝江は作田の家にきても、そのことを考え、気をいらだたせていた、とも想像できるのだ。

「猪苗代湖畔の翁島温泉行のことを、朝江さんは誰かに話されたようなことはなかったですか？」

「警察でも、そのことは訊かれました。朝江さんに温泉の招待券のことを話すと、久しぶりに温泉につかるのも悪くないって言って喜んでいましたけれど、そのことは誰にも言っていないはずです。ご主人にあてた手紙には書いておいた、とか言っていましたがね。温泉行なんて勧めなければ、朝江さんもあんなことにはならなかったかもしれないと思うと、責任みたいなものを感じて……でも、勧めてはみたものの、朝江さんが帰りに――ご主人と喧嘩して家出したその足で、まさか温泉につかるなんて思ってもみなかったんです。招待券をさし上げたのは、不足してる利息分のせめてもの足しにっていう気持だったんですから」

「その手紙ですが、朝江さん自身で投函されたんですか？」

「ええ。朝江さんがうちに来て二日目の日、昼食が終わってすぐ、朝江さんが、ひとりで出かけて行きました。郵便局は、すぐ目と鼻の先にありますから」

「十二日の日は、何時ごろ、ここを発たれましたか？」

「朝の十時ごろだったかしら。ちょうど4号線が渋滞していたもんで、上り車線に乗り入れるのに苦労してましたわ」

「上り車線？ すると、福島西のインターチェンジから東北自動車道にはいったんじゃないんですね？」

「ええ。この前の4号線を二本松市のほうに向けて走って行きましたわ」

二本松市に向かうのなら、このすぐ先の福島西のインターチェンジに出て、東北自動車道を走行したほうが近道だし、時間もかなり短縮されるはずだった。

「なぜ、混雑する4号線を使ったんでしょうか？」

「途中、寄っていくところがあったからです」

作田春美はそろそろ応対がわずらわしくなったのか、そっけない口調で言った。

「どこへ？」

「病院、って言ってましたけど」

「病院――」

「どこの、なに病院かは訊くひまがなかったんですが、朝江さんは別れぎわに、たしかにそう言っていました」

「すると、やはり朝江さんはどこか体の具合が悪かったんでしょうか？」

「先ほども言いましたけど、朝江さんはここを発つまで健康そのものでしたわ。朝食だって、山もり二杯も平らげちゃって」

いらだたしさを押し殺すような低い、ゆっくりした口調で春美は言った。

神永朝江が復路は東北自動車道ではなく国道4号線を走行したのは、福島市から二本松市までの間にあるどこかの病院に立ち寄る目的があったからだ。だが、作田春美の言葉を信じるなら、神永朝江は食欲も旺盛できわめて健康だった。体のどこかに異状があったわけでもない。

明日子が考えをめぐらせていると、作田春美は自分から話を打ち切るように立ち上がり、隅の事務机に坐って帳簿を繰りはじめていた。明日子は礼を言って、作田の事務室を出た。国道4号線は、車が渋滞し、福島市内行のバスが来るまで、長い時間がかかった。明日子はいらいらしながら、腕時計を見やっていた。

20

福島駅から「いわて2号」に乗り、郡山駅に着いたのは、午後三時十一分だった。黒磯から福島、福島から郡山と、忙しい列車の旅で、明日子はさすがに疲れを感じていた。最後の目的地である翁島に着いたら、ゆっくりと温泉につかり、早く横になりたいと思った。

郡山の駅前から乗った会津若松市行のバスは、真っ直に延びた単調な国道49号線をのんびりと走っていた。市街地を抜けると、右手の窓に磐梯山の偉容が広がっていた。猪苗代から眺める磐梯山がいちばん美しいと聞いたことがあるが、雪をかぶった秀麗にして雄大な姿には、思わず眼を奪われた。磐梯熱海温泉の街並みを過ぎると、右手に、さえぎるものとてない広漠とした雪の平野が、遠く磐梯山の裾野のほうまで広がっていた。まるで、絵に描いたような美しい田園風景だった。

バスが志田浜《しだはま》という停留場に近づいたとき、左手の樹林の切れ目から、いきなり猪苗代湖の湖水が眼に飛び込んできた。青く澄みきった湖面は、はてしなくどこまでも続き、対岸の白く雪化粧した山々が、遠くかすんで見えていた。志田浜の停留場を出発点にして、国道49号線は湖の岸辺をなぞるようにして続いている。野口英世《のぐちひでよ》の記念館前から、団体のスキー客が乗車したため、湖上の風景がそのかげになったが、右手の磐梯山は手を伸ばせば届きそうなところにそびえて見えた。白い山肌のあちこちにナイフで切りつけたような跡が断続して連なっていた。有名な磐梯スカイラインだった。

明日子は野口記念館の次の停留場、長浜《ながはま》でバスを降りた。掃き寄せられた雪が解けかかり、道路のあちこちに黒いぬかるみができていた。この長浜からは、壮大な猪苗代湖の全容が眺望できた。ここが湖上遊覧船の発着地になっていたが、シーズンオフのこととて、遊覧船は湖岸の砂地に引きあげられ、汚れた船底をこちらに見せていた。

湖畔の閉鎖した休憩所のかげから、数羽の鳥の鳴き声を聞きつけ、明日子は雪の斜面を滑り降りて、砂地に立った。白鳥の群が、湖岸の浅瀬に浮かんでいたのだ。遠くシベリアの空から飛んできた三十数羽の白鳥は白い体をすり合わせるようにして絶え間なく動き、時おり奇異な鳴き声を発していた。三脚にカメラを据えた旅行客が、白鳥を近くに呼び寄せようとして、パンの耳を白鳥めがけて投げていた。白鳥たちは最初はその餌にはまったく眼もくれない様子だったが、旅行客が業を煮やして立ち去りかけると、いっせいに近づいてきて、奪い合うようにしてパンの耳をついばむのだった。明日子は体が冷え込んでいるのも忘れて、群泳する白鳥たちを飽かず眺めていた。

長浜から翁島温泉まで、歩いてもさほどの距離ではないと思っていたが、湖畔のみやげ物売場で道順を確認した明日子は、翁島温泉までゆうに一キロはあると聞かされ、途方にくれた。バスを待つしかなかったので、明日子はその時間をみやげ物屋の奥にある休憩室で甘酒を飲んで過ごした。

翁島温泉は、今来た国道を少しもどり、猪苗代スキー場へ通じる三叉路をバスで五、六分も走ったところにあった。左手に小高い丘陵が連なり、右手には白い雪の田園が広がっていた。翁島旅館は細い道を右に曲がった突き当たりにあり、建物の背後をうっそうとした樹林がおおっていた。古い木造二階建てに鉄筋三階建てをつぎ足したもので、建物全体の感じは貧弱な湯治場と言ったところだった。

電話で予約をとっておいたが、客の少ないシーズンのせいか、玄関に立った明日子を認めると、帳場の男は、東京の花積さんですね、と先方から声をかけてきた。通された部屋は新館三階の三一〇号室だった。階段をのぼったすぐ手前の部屋で、神永朝江の宿泊した三一二号室は、明日子の部屋のふたつ隣りの奥の角《かど》部屋らしかった。窓の外には、黄昏にかすんだ磐梯山の全容が眺められた。裏の樹林のすぐ近くに磐越西線の翁島駅があり、時おり電車の音が風に乗って聞こえてきた。

明日子を部屋に案内した女の従業員に亀岡タツのことを確認すると、

「亀岡タツは、わたしです」

と女は答えた。土地訛のあるかん高い声を出す女だった。年齢は五十前後。小皺が目立つが品のいい顔をした、愛想のよさそうな女だった。

「あとで、お訊きしたいことがあるの。手があいたときに来てくださらない?」

亀岡タツは怪訝そうな表情を見せたが、はい、と答えて、コタツの上に茶の用意をした。片隅で小さな電気ストーブが燃えていたが、八畳の和室は冷えきっていて、思わず身ぶるいが出るほどだった。明日子は丹前に着替えると、帳場に貴重品を預け、地階の浴場に降りた。まだ時間も早く、それにシーズンオフということもあって、ホテルの中は森閑とし、行き交う宿泊客の姿もなかった。浴場と書かれたドアをあけると、浴室は右と左にふたつに分かれていた。明日子はその場でしばらく戸惑っていた。男女別の表示が、どこにも見当たらなかったからだ。それぞれの更衣室をのぞいてみたが、入浴客はいないようだった。

明日子は帳場にもどり、そのことを訊ねてみた。

「あのお風呂、どちらが女湯かしら？」

「どちらでも、お好きなほうにおはいりください。別に決まっていませんから」

と番頭風の男が答えた。

「でも、それじゃ……」

明日子は驚いたが、帳場の男は平然としていた。

「まあ、いわば混浴ですよ。シーズンオフは土地者がもらい湯にくるんですよ。昔からの土地の習わしで、連中が混浴を好むもんですから」

だったら金を払って泊る客はどうでもいいと言うのか、と明日子は反撥したい気持をおさえていた。

「大丈夫ですよ。お客さまが湯舟につかっているのを眼にすれば、男のお客さんは、はいっていかないでしょうからね」

男のそんな非常識な対応に、明日子は入浴を諦めようと思ったが、一日の旅の垢を落とさないことには、気持がすっきりしなかった。湯舟は広く、神経痛等に効力のある鉱泉とあったが、鉱泉特有の異臭はどこにもたちこめていなかった。のんびりと温泉につかる目算が、混浴と聞いて、あわただしい入浴になった。いつ男性の裸体が闖入してくるやもしれず、明日子は体を洗っているときでも、浴室のドアのほうに絶えず注意を向けていた。

亀岡タツが現われたのは、夕食のときだった。彼女はお膳の料理を手際よくコタツの上に並べ終わると、徳利をとりあげて、明日子にお酌をした。

「いやに静かなようだけど、泊り客は？」

「さあ、お客さんを入れて四、五人かしら。そのうちにスキー客がお見えになると思いますけど」

「おひとついかが？」

明日子がお猪口《ちょこ》を差し出すと、亀岡タツは手と首を同時に振って辞退した。

「お酒はからっきしなんです。わたし、若いころから水商売をやっていて、だから、お酒を飲む雰囲気は嫌いじゃないんですが、自分じゃ一滴も飲めないんです。お客さんは、いけそうですねえ。あらあら、すごいわ。いい飲みっぷり」

猪口からグラスに切り換え、ぐい飲みを始めた明日子を見て、亀岡は驚嘆まじりの声を発した。

「ところでお客さん、わたしに話というのは？」

手持ちぶさたの亀岡は、そう言って明日子を促した。

「平年前の、九月十二日にここに泊った女性の客のことなの。覚えているでしょう?」

「九月十二日……ああ、またあのお客さんのことですかあ。神永朝江さんっていう女性のことでしょう?」

「ええ。あのときは、警察からもいろいろと訊かれたんでしょうね」

「ええ。あれこれと訊かれましたよ。それから、東京の小説家だっていう……昔の剣豪みたいな名前の……宮本、じゃなかったかな……」

「――柳生、柳生照彦という作家でしょう?」

「そう、そう。その柳生さんは二度もここに泊られましてね。同じようなことを幾度も訊ねていましたよ。お客さんも小説を書く人ですか?」

「いいえ、出版社の編集部員よ。柳生さんとはいろいろとお付き合いがあってね。柳生さんが自殺されたの、ご存じかしら?」

「知ってますよ。ここの奥さんから聞きましたから。役者にでもしたいようないい男で、やさしい方でしたね。でもまた、なんで自殺なんぞ……」

「わたしには自殺とは思えないの。柳生さんは神永朝江さんの事件を調べ、そのことを小説にしていたのよ。けど、肝心な最後の部分が見つからないの。柳生さんは朝江さん殺しの犯人に目星をつけていたはず。柳生さんは、そのために死ぬ羽目になったんだと思うのよ」

明日子は、神永頼三たちや作田春美の前では言えなかったことを、亀岡タツに話していた。酒の酔いも手伝っていたが、亀岡にならなにを話してもいいという安心感もあった。

「……わたしはずっと新館の係をやってましてね。神永さんを新館の三一二号室に案内したのは、わたしですが、あの方は、ここに着いたときから元気がありませんでしたよ。あいうのを不吉な予感って言うのかしら、わたしには最初から、影の薄い人に見えたんですよね」

「どんなふうに、具合が悪かったの？　たとえば頭が痛いとか、お腹がいたいとか……」

「さあ……頭とかお腹じゃなくって、なんだか体全体がおかしかったみたいで……それに、すごく緊張していた、っていうのか、興奮していたっていうのか、とにかく最初は舌がよく回らなかったみたいなんです」

「興奮……」

「夕食のときも、食欲がないのでいらないとおっしゃったんです。なにも食べないのも体に悪いと思って、にぎり鮨をお出ししたんです。ところが、そのお鮨を——」

「食べたのね、手づかみで」

「あら、知ってらしたんですか。そうなんです、いきなり手づかみで。きっとお鮨は好物だったんでしょうね。わたしだって、好きな桜もちなんかを眼の前に見たら、思わず手が出ますものね」

「お箸を使わなかったのね」

「ええ。お鮨と一緒に、旅館で用意した吸い物をお出ししたんですが、お茶会でお茶を飲むように、お椀を両手で抱えて飲んでいましたわ。具にはいっさい手をつけず、汁だけすすって」

「翌日も元気がなかったの？」

「前の晩より、顔色はよくなっていたようで、少しは食欲も回復したようです。お膳をお持ちすると、軽く一膳、召し上がりましたわ。朝は何部屋も担当しないといけないので、お膳をお出ししたら、すぐ別の部屋に行ってしまったんですが、あとで戻ってみたら、きれいに食べていて、でもおかわりはいらない、とおっしゃっていました」

と亀岡タツは言った。明日子のグラスが空《から》になっているのを眼にとめると、亀岡は新しい徳利の中身を慌ててそそぎ入れた。

「朝江さんに外から電話がかかってこなかったかしら？」

「警察でも訊かれましたけど、帳場では一度も電話はなかったと言っていましたが」

「どこかへ出かけたことは？」

「いいえ、一度も。あの人は、とにかくずっと部屋に閉じこもっておいででしたわ。部屋をあけたのは、浴室におりたときぐらいだったでしょうか」

「あのお風呂にはいったのね」

明日子は、先刻のあわただしい入浴を苦々しく思い起こした。

「いえ、湯舟にはつからなかったらしいんです。女湯に男性がまぎれ込んでいた、っておっしゃって、後で、えらく憤慨してましたわ。でもそのことは、最初に、それとなくお断わりしておいたつもりだったんですがね」

「いくら土地柄とはいえ、あんな風習は即刻改めるべきね」

いささかの義憤をこめて、明日子は言った。

「神永さんも、それと同じようなことを言って、笑っておられました」

亀岡タツは空の徳利を軽く振って、酒を追加しましょうかと目顔で言った。あと一、二本は飲めたが、疲れのせいか体調が思わしくないこともあって、明日子はこのへんでうちきることにした。

「怒ったといえば……」

「まだ、なにかあったの？」

「神永さんが浴室から引き返して、部屋にもどられたときなんです。わたし、そのとき隣りの三一一号室のベランダで片づけごとをしていたんですが、三一二号室からいきなり神永さんの声が聞こえてきたんです——他人《ひと》の部屋に勝手にはいり込んで……とか、出てってちょうだい、とか神永さんは怒鳴るような声で言っていたんですよ。そのときわたしは、おおかたの察しはついたんです。あの夜、一階の広間で地元の草野球チームの宴会があったんです。よくうちを利用してくれるんですけど、はっきり言って、柄の悪い、酒ぐせのよくない連中が何人かいて、うちの従業員も手を焼いてましてね。そんな連中のひとりが、いつもの悪い癖を出して、女性のひとり部屋にはいり込んだんじゃないか、と思ったんですが、案の定でした」

「朝江さんは、別に危害は受けなかったのね？」

「ええ。わたしが三一二号室に駆けつけますと、もうその客は姿を消していました。神永さんは、浴室からもどったら、知らない人が部屋に上がり込んでいた、とおっしゃって青い顔をしてらっしゃいました。とにかくお詫びしたんですが、神永さんは戸締りをよく確認しないで部屋を出たのがいけなかったんだって、しきりに反省してました。何か盗まれたんじゃないかと心配でしたが、調べたところ別状はなかったので、帳場には内緒にしていたんです」

「女性のひとり客には向かないわね、この旅館」

明日子は実感として言った。

「神永さんも、そんな意味のことを言ってましたわ。混浴といい、無断で部屋にはいり込まれたことといい、ひどい旅館に招待されたもんだ、って」

亀岡はそう言うと、前歯の欠けた口許に笑いを浮かべた。

「元気がないせいか、口数は少なかったんですけど、思ったことをきっぱりと言う気性の強い人でしたわ。女性のひとり客なんて、めったにないせいもありますが、今でもあの人の顔は憶えてますよ。目鼻だちの整った、きれいな顔だちで……」

「わたしも、朝江さんの写真を見たけど、もうどんな顔だったかあまり記憶にないわ。わたしって、もの憶えが悪いのね。ことに人の顔は、憶えていられないのよ」

「さっきも言いましたけど、ここで働く前、栃木県の鹿沼《かぬま》ってとこで水商売やってたおかげで、客の顔は一度見たら忘れまいって習慣がいつの間にか身についてしまったんですね」

「あなたが、朝江さんの遺体を確認したのね？」

「いいえ、ご主人とおかみさんです。わたし、神永さんがここを発たれた日の夕方から、仙台の実家に帰っていたんです。八十になる義理の母が亡くなりましてね。黒磯のご主人がわたしあてに電話をされたそうですが、ご主人も心配だったことでしょう。夕方に帰るはずの奥さんが、夜遅くなっても、もどらなかったんですから」

おかわりを断わって、明日子は箸を置いた。酒の肴《さかな》をつまんでいたので、一膳を平らげるのが精いっぱいだった。

「黒磯のご主人っていえば……」

と亀岡が言葉を続けた。

「三か月ほど前、ひょっこり、ここにお見えになったんですよ」

「ご主人が?」

「組合関係の旅行で、東山《ひがしやま》温泉に泊った帰りだとおっしゃって。二、三十分しかお話しできませんでしたが、奥さんが世話になったお礼だと言って、わたしや帳場にも心づけを置いて行かれました。やさしい、良いご主人でしたわ」

「ええ。わたしも会ったわ」

やせて、気の弱そうな神永頼三の顔が、明日子の眼の前にぼんやりと浮かび上がった。

亀岡タツはちょっと腕時計を気にしながら、食事の後片づけを始めていた。

「どうも、おそまつさまでした」

亀岡は片づけ終わると、きちんと坐りなおして、深々と頭を下げた。

「ごちそうさま。長いこと引きとめちゃって、すみませんでした」

と明日子は礼を言った。

亀岡が部屋を去ったあと、明日子はコタツを離れて窓ぎわの椅子に坐った。お茶をすすりながら、これまでの話を頭の中で順を追って整理してみた。得られた情報の中に、明日子が知らなかった事柄がいくつかあった。

明日子は手帳に、それらを順序だてて書き綴っていった。

作田春美宅において――

一、神永朝江は作田の家に着いたときから、なんとなく落ち着きがなく、しきりに考え込んでいた。夜中の二時過ぎまで花札とばくをしていたのに、翌日は朝の七時前に起き出して、ひとりでテレビのスイッチを入れ、いらいらした素振りで、チャンネルをあちこちに切り換えていた。

二、神永朝江は作田宅からの帰路を、東北自動車道ではなく、国道4号線にとっていた。その目的は、病院に立ち寄るため。だが朝江は、それまで食欲も旺盛で、きわめて健康体だったという。

翁島旅館において――

一、神永朝江は鮨を手づかみで食べ、旅館が用意した吸い物を、茶会の茶でも飲むように両手でだきかかえるようにして吸った。具は食べず、汁だけをすすっていた。

二、神永朝江は湯にはいろうとして、浴室におりたが、混浴と知って憤慨し、部屋にもどってきた。朝江が部屋をあけていたとき、宴会をやっていた地元の草野球チームのメンバーと思われる酔漢が朝江の部屋に忍び込んでいた。朝江に一喝されて酔漢は逃亡。なにも盗られたものもなく、朝江の身にも別状はなかった。

明日子は書きあげたメモを繰り返し二度も読んだ。

明日子がメモを書いている最中に、若い男の従業員の手によって寝床が敷かれていた。コタツが部屋の隅に寄せられ、そのまま足許の暖房に使われていた。明日子はふと、幼いころ母に抱かれて眠った、このコタツ寝床を思い出し、ちょっと感傷にひたっていた。明日子はそのころから、背中にうすら寒いものを感じていた。風邪の前兆のような気がし、慌ててバッグの中の風邪薬を飲んだ。

明日子が寝床に入ったのは、九時過ぎだった。早い時刻だったし、それに神経が高ぶっていたので、容易には寝つけなかった。明日子は蛍光灯を明るくすると、腹ばいになって、柳生の「湖に死者たちの歌が――」をふたたび読み始めていた。

神永頼三と翁島旅館の亀岡タツとの電話でのやりとりのくだりを読んでいるときだった。唐突に、ある考えが閃いたのだ。それまで頭の中で霧がかかったようにぼやけていたその部分が、はっきりと姿を見せて浮かび上がってきたのだった。

「だからこそ、鮨を手づかみで食べたのだ」

明日子は思わずも声に出して言った。

最大の難点に納得のいった解決がつくと、もつれた糸は苦もなく解きほぐされていった。明日子は、朝江殺しの犯人の顔をはっきりと眼の前に浮かべることができたのだ。

21

昨夜からの熱は、朝になっても下がらなかった。

猪苗代からアパートの部屋にもどったのは、きのうの午後二時だった。旅館の部屋で朝を迎えたときも、なんとなく上半身がだるく、熱っぽかったが、完全に風邪の症状を呈したのは、上りの東北本線に乗って一時間ほどたってからだった。いきなり激しい頭痛に襲われ、高熱で体じゅうの筋肉が弛緩《しかん》したようになったのだ。アパートまでタクシーをとばし、部屋にはいるとすぐ寝床にもぐり込んだが、容態はますます悪くなっていった。混浴風呂になど無理してはいらなければよかった、と明日子は後悔を繰り返していた。

とても会社に出られる状態ではなかった。十時過ぎに寝床から起き上がり、会社の編集部に電話を入れた。例によって、熊谷一男の声が受話器を伝って聞こえてきた。病気欠勤すると伝え、電話を週刊誌の橋井真弓に回してくれるように頼んだ。熊谷は、はい、はい、と二回同じ言葉を繰り返しただけで、あとはひと言も発しなかった。

週刊誌のデスクでは、はきはきした若い男が電話を取ったが、真弓は自宅から直接田無《たなし》市の彫刻家の家を訪ねているはずだと答えた。

その真弓が部屋を訪ねてきたのは、二時間後のことだった。

「会社へ連絡したら、風邪だって聞いて。心配だから、きてみたのよ。温泉につかり過ぎたんじゃないの？」

「その反対よ」

「きのう電話したのよ、横浜から」

「ああ、あなただったの。起き上がるのがめんどうだったから、出なかったの。ごめん。横浜って、仕事だったの？」

「ううん。横浜球場。大洋―阪神のオープン戦よ」

「どうりで、陽やけしてると思った。好きねえ、お弓さんも」

「ところでさ、どうだったの、みちのくひとり旅は――」

「それなりの成果はあったわ。風邪をしょい込んだのは、おまけだったけど」

「そう。聞きたいわ。でも、まずは腹につめこんでから」

真弓は買物袋を逆さにして、中身をテーブルの上にあけた。

真弓と話をしていると、気のせいか少し熱が下がり、気だるさも薄らいだような気がした。眼の前の果物やパンを眺めていると、忘れていた食欲が急にもどった感じで、明日子は思わずクリームパンに手を伸ばしていた。明日子はパンを頬ばり、コーヒー牛乳を飲みながら、旅での主だった聞き込みの概略を真弓に話した。ただ、黒磯の浦西大三郎との帰りぎわのいきさつと、翁島旅館の混浴風呂の一件は話すまでもないとはしょることにした。

「ところでね、明日ちゃん」

聞き終わると、真弓は丸い澄みきった眼を輝かしながら言った。

「柳生照彦の『湖に死者たちの歌が――』、あれ、読み終わったわよ」

「で、どうだった？」

「犯人も、そのトリックも分かった」

真弓はぐいと顎をひき、自信に満ちた表情で、ひとりで大きく肯いた。

「さすが。熱烈な推理小説ファンだけのことはあるわね。で、誰なの、犯人は？」

「いきなり犯人の名をあげちゃ、先の楽しみがないじゃない。順を追って話すから、体がきつかったら、横になってたら。話は長くなりそうだから」

「今は、大丈夫」

「じゃ、いいわね。まず、登場人物の中から容疑の薄い人物をひとりずつ消していったのよ。つまり、消去法ってやつね。除外していい人物の筆頭が、被害者の夫、神永頼三。『湖に死者たちの歌が――』って作品は、神永の視点を通して書かれているから」

「当たりまえのお話ね。ちょっぴり退屈だわ」

明日子は笑った。

「まあ、黙ってて。神永が犯人だったとしたら、いわゆる探偵イコール犯人、っていう飛びきり愉快な小説になるところなんだけれど。でもあの小説にはそういう工夫がぜんぜん見られないから、最後の章で、あっと驚く大逆転なんていう心配はないわ。つまり、読者が欺《だま》されて大喜びするってタイプの小説じゃないことはたしかよ。本格推理小説のトリック——つまり、密室だ、アリバイだっていう犯人側のトリックは、すでに限界にきてると思うの。だから、わたしはね、これからの新しい本格推理小説は作者の——」

「待った、お弓さん。その推理小説論とやらは、またの機会に頼むわ。先に進んでよ」

「あら、これからがいいところなのに」

「それに、その持論もわたしの受け売りじゃないの」

「ま、いいわ。ええと、どこまで話したっけ?」

「神永頼三が容疑者のリストから除外された、ってところまで」

「そうか。次は福島市の作田春美と、そのご亭主。動機もあり、朝江のスケジュールをたてやったのも、このふたり。でも、ふたりの九月十二日から十三日夜にかけてのアリバイは、疑う余地がないまでにちゃんとしていた。それにすぐ容疑がかかるのを承知で凶行に及ぶわけもないから、このふたりも除外できる。そうなると、残ったのは、工場長の浦西大三郎と被害者の遠縁に当たる事務員の片桐洋子のふたり。動機の点が小説には明記されていないんだけれど、朝江はふたりのうちのどちらかの秘密を握っていたと思うの。朝江がその誰かを自宅に呼びつけていたのは、それを究明するためだったのよ。夫婦喧嘩と家出という突発事によって、それは実現しなかったけれどね。朝江が作田春美の家で、なんとなく落ち着きがなく、考え込んでいたのは、その誰かの秘密についてあれこれと考えをめぐらしていたからじゃないかな」

「けれど、お弓さん。ふたりのアリバイはしっかりしてるわよ。九月十三日の日、片桐洋子は風邪のため、十一時半ごろ出社し、それ以後、退社時間の五時の一時間あとまではずっと工場の二階の事務室で仕事をしていたし、浦西大三郎も工員のひとりと一緒に宇都宮市まで車で出かけ、工場にもどったのは六時ごろ。午後二時から四時までのアリバイは、先方の会社の人によって証明されているのよ」

「そう、まさに牢固たるアリバイね。それも、作りものじゃなく、本物のね。このアリバイをいくらほじくり返しても事件の解決はつかないわ。そこで、視点を朝江の行動に切り替えて考えてみたの。翁島旅館での朝江は、にぎり鮨をいきなり手づかみで食べた――これが事件解決のカギだったのよ」

「というと？」

「朝江が鮨を手づかみで食べることなど、断じてあり得ない、と結論づけたわけ」

「なるほど。すると当然、九月十二日の夜、翁島旅館に泊ったのは、朝江ではなかった、ということになるわね」

橋井真弓の推理は、ようやく軌道に乗り始めていた。

次に真弓がなにを言おうとしているのか、明日子には手に取るように理解できたが、わざと空とぼけて話の先を促した。

「そう。泊ったのは、神永朝江になりすました犯人よ。じゃ、その犯人は誰か？」

「片桐洋子、って言いたいんでしょう？」

と明日子が言った。

「やだなあ。いいところなんだからさ、興をそぐような合いの手を入れないでよ」

「ごめん」

「――じゃ、犯人は誰か？　犯人は鮨を素手でぱくついている。係の従業員が、箸なしの鮨を運んだとは考えられない。傍に箸があるのに、係の従業員の前で女性が素手で鮨を食べるには、それなりの理由があると考えたのよ。犯人は箸を使うことによって、自分の正体を見破られることを恐れたからではないだろうか、と想像してみたの。犯人はその翌日、十三日の朝食のときも、係の従業員の前では、まったく箸を手にしていなかった。さっきの明日ちゃんの話によると、従業員が姿を消したあとで、軽く一膳食べたらしいけれど。つまり、犯人には箸を人前では使えない理由があった――としか考えられないのよ。どう、分かる？」

「うん、分かるわ。その犯人は、左利きだったのね。左利きであることをかくそうとして、人前では最後まで箸を持とうとしなかったのね」

「もう、やだなあ。ひとの科白を横どりしないでよ。つまり、片桐洋子は左利きだったのよ。というより、登山で怪我をし、右腕の自由が利かなかったんだわ」

真弓はひと息入れるために、コーヒー牛乳に手を伸ばした。

真弓のこれまでの推理は鮮やかで、明日子のそれと寸分違わぬものだった。片桐洋子が左利きである、ということを明日子は知らなかった。知っていたのは、三年前の怪我がもとで片側の上・下肢に軽い麻痺を起こしている、という簡単な事実だけである。黒磯市の彼女のアパートの客間にいるとき、片桐がテーブルにお茶を運んできた。明日子はそのとき、注意深く片桐を見守っていたが、相手の挙措に、どこかぎこちないものがあるのに気づいていた。片桐はそのとき、左手を使ってカップをテーブルに置いていたのだ。それに気づいたのは、翁島旅館の分厚く重い蒲団の中でだった。

「なるほど。お見事な推理ね。すると、神永朝江の封書が郵便受に入れられたのは、十三日じゃなく、前の日の十二日だったということになるわね」

「もちろんよ。朝江の封書は、速達便だったんだから」

速達便、という言葉に、真弓は力を入れて言っていた。

「でも、速達便だったとしたら、封筒の上のほうに赤い速達印が押されてあるはずよ」

「もちろん」

「それに、速達便なら、差出し局だけではなく、配達局——つまり黒磯局の受付印も押されてあったはずよ」

「もちろん」

真弓は手を振って明日子を制すると、話の筋道を整理するかのように、軽く眼を閉じた。

「でも、そうすると……」

「ちょっと黙っててほしいな。これから順を追って話すから」

「――片桐洋子は、会社の金を使い込んでいたんじゃないかな。朝江はうすうすそのことに気づき、片桐を詰問しようとして、あの日の午後、自宅に呼び寄せていた。夫婦喧嘩で家をとび出たとき、家の玄関先で、朝江がばったり出くわした人物は、片桐だったと思う。片桐は一度は難を逃れたものの、その後のことが心配だった。十二日の午前中、神永の家の郵便受にあった朝江からの速達便を、片桐は偶然眼にとめた。自分のことがなにか書いてあるんじゃないか、とその文面が気になり、思わずも開封してしまった。その内容を読んで、片桐は自分の秘密も隠蔽《いんぺい》でき、そしてまた大金も手にはいるという一石二鳥の目的から、すばやく朝江殺害計画を練った……」

「十二日の日、片桐洋子は、神永頼三が二日酔いの頭をかかえて十一時過ぎに工場に顔を出すと、風邪をひいて寒気がすると言って、午後から早退しているわね」

明日子は言った。

「うん。もちろん、それは口実。片桐洋子は、東北自動車道を郡山に向けて車を走らせていたんだから。翁島旅館に先まわりした片桐は、朝江の運転する車に乗り込み、隙を見て朝江を殺害し、バッグの金を奪い取った。そして、朝江の車を運転し、湖畔のクヌギ林の中に死体を遺棄し、夕方には朝江になりすまして翁島旅館の駐車場に車を停めていた。翌日の十三日、朝江の手紙の文面どおり、飯盛山を見物し、猪苗代湖で遊覧船に乗ると言い残して、十時前に旅館を発った。そして朝江の車を白鳥浜の林の中に乗り捨てると、その近くに停めておいた自分の車に乗りかえて郡山に出、東北自動車道に乗り入れた。片桐が風邪で臥っていたような顔をして工場の事務室に顔を出したのは、午前十一時半。でも、その少し前に片桐は人眼につかないようにして、工場の敷地内に足を踏み入れていたはずよ」

「なんのために?」

「もちろん、郵便受の新聞にガソリンをまき、火をつけるために。新聞の拡張員のいやがらせに見せかけるとは、実にうまい手を考えたものだわ」

「なんのために、火をつけたの?」

「分かってるくせに。朝江の封書は、速達便だったのよ。だから、配達されたのは十三日じゃなく、一日早い十二日だった。片桐の目的は、朝江の封書が普通便で、したがって配達されたのは十三日だったと思い込ませることにあったのよ……」

「先を続けて——」

「速達便を普通便に見せかけるには、どうしたらいいか——片桐洋子は頭をしぼったと思うな。速達便には、封筒の上に赤い速達印と配達局の受付印が押されてあるはず。このふたつのゴム印をうまく消さないかぎり、普通便に見せかけることはできないのよ」

「片桐洋子は、封筒の端に押された黒磯局の受付印を、前もって、マッチかなにかで焼き捨てておき、いかにも、いやがらせの放火によって燃え落ちたかのように思い込ませていたのね」

「そう。残るのは、封筒の頭に押された速達という赤いゴム印だけれど、これはいとも簡単に処理できたのよ」

「ええ。速達という赤い印をそっくりそのままハサミで切り落とせばいいんだから」

「郵便受から持ってきた、あちこちに燃えあとを残した郵便物の整理を始めた片桐は、誤って神永あての私信を開封してしまったかのように、素っ頓狂な声を上げてみせた。その封書はすでに片桐の手によって、速達という赤い印のところから、ばっさりと切り落とされていたってわけ」

真弓はしゃべりづめのせいか咽喉がかわくらしく、またコーヒー牛乳を息もつかずに飲みほした。

「片桐洋子って、頭の良い事務能力の優れた女には違いないけれど、すごく悪知恵の働く女ね。最後のツメなんて絶妙だもの」

真弓が言った。

「速達料金と普通料金の差額のことね？」

「そうよ。封筒の中に、朝江から奪った千円や五千円、それに一万円札をごっそり入れておいたのは、なかなかのアイデアだわ。朝江が花札とばくの分け前を送りつけたものと、わたしも最初は信じてしまったもの」

「ほんと。わたしも欺されたわ」

「封書の速達印と受付局印をうまく処理し、普通便に仕立て上げたまではよかったが、消印のべったりと押された二枚の切手――つまり、速達料金を加えた二百六十円の切手をはぎ取るわけにはゆかなかった。片桐洋子が考えついたのは、速達料金分に相当する重量のあるものを代わりに同封しておくことだった。千円札と五千円札と一万円札の計三十万円がそれよ。単に三十万円送るなら、一万円札を三十枚入れるのが普通でしょ。なのに、わざわざ千円札や五千円札を入れたのは、重さを調整するためよ。とまあ、以上がわたしの推理」

「さすが、お弓さんね。無駄に推理小説を読み漁ってたわけでもないのね」

「まあね」

真弓は、誇らしげに相好を崩していたが、

「あ、途中で言い忘れていたけれど、片桐洋子は神永頼三に眠り薬かなにかを飲ませていたと思うんだ」

「ええ。しかも、二度にわたってね」

「九月十二日——つまり、片桐洋子が風邪を口実に早退した日、片桐はナポレオンを会社に持参した。洋酒に目のない神永がそれを一晩で飲みほしてしまうだろうという充分な計算のもとに、片桐はその中に眠り薬を落とし込んでいたと思うの。案の定、神永はその洋酒の瓶を空にし、ために翌日工場へ顔を見せたのは、十一時過ぎという、きわめて遅い時刻だった。片桐としては、神永が郵便受の新聞を取り出す前に、火をつける必要があったから、神永に早起きされては困ることになる。それでナポレオンの中に眠り薬を仕かけておいた」

「そのとおりだと思う」

「次は、十三日の正午近く。酔いざましに熱いコーヒーを入れてやる、とかおためごかしを言って、その中にこっそりと眠り薬を落としておいた。目的は言うまでもなく、神永のアリバイを不完全なものにするためだった。なにか業務上の不正をやらかし、そのために朝江を殺し、それでも足りずに、神永頼三に罪をなすりつけようとしたんだから、片桐洋子も恐ろしい女ね」

　と真弓は言った。

　明日子は話にすっかり熱中し、風邪を引いているのを忘れていたほどだった。頭痛は残っていたが、けさ方まで続いていた風邪特有の悪寒は、いつの間にか消えうせていた。

「明日ちゃん」

しばらく沈黙したあとで、真弓は言った。

「あんた、この前、柳生照彦の自殺に疑いを持っている、って言ったわね」

「ええ。柳生さんが自殺するはずないわ」

「すると、片桐洋子が柳生照彦までも殺したと考えているのね？」

「そう考えても、不思議じゃないわ。柳生さんが事件のことをあれこれと調べ、事件のからくりを見破っていたことに、片桐洋子は気づいたのよ。柳生さんが長野県の川治旅館にこもっていたことは、自宅の留守番電話にも吹き込んであったことだし、片桐洋子も知っていたはずよ。柳生さんのボストンバッグの中の問題編のコピーと、解決編の生原稿を盗んだのは、片桐洋子をおいて他には考えられないじゃないの。片桐洋子は創作中のメモを遺書代わりにし、柳生さんを崖から突き落として殺したのよ」

「ねえ、明日ちゃん」

真弓が言った。

「この事件は、早いとこ警察に引き渡そうよ。わたしたちにできるのは、ここまでよ。あとは、警察の管轄だわ」

「もう少し待って」

「なぜ？　なぜ、待つことあるの。柳生照彦の解決編は読むことができなかったけど、彼の推理もわたしたちと同じはずよ」

「ええ……」

「明日ちゃん。あんた、まさか自分の手で殺人犯人を捕えようとしてるんじゃないでしょうね？」

「もちろん、違うわ。ただ、ひとつだけ確認したいことがあるの」

「この期に及んで、なにを確認するっていうの？」

「柳生さんが、なぜあんな小説を書いたか、よ。柳生さんは、犯人を知っていたはず。だったらどうして、直接警察に駆け込まなかったのかしら。それにどうして、犯人当てリレー小説などに仕立てる必要があったのかしら。〈探偵役〉に尾道由起子を指名したことだって、理解に苦しむわ」

「そのへんのところは、わたしも釈然としないんだけれどね」

「とにかく、もう少し時間が欲しいの」

真弓は諦めたような表情で、肩で息をつくと、傍のコートとバッグを引き寄せた。

「寝ているところを、悪かったわね。帰るわ」

「あしたは会社に出るわ」

真弓は手狭な玄関に降りると、改めて六畳の部屋を、ひとわたり眺めまわした。

「きれいな部屋ね。家具も新しいし、よく整理されてる。けど、なにかが足りないのよねえ」

「そのことなら、前にも聞いたわ。男っ気に欠ける、って言いたいんでしょう?」

「そう。早いとこ、再婚しなよ」

「そんな気にはなれないわよ、まだ」

「別れたご主人に未練でも?」

「……」

「明日ちゃんはね、男なしでは生きていけない女なのよ」

「いやらしい言い方ねえ。お弓さんとこの週刊誌の見出しみたいじゃない」

「つまり、誰かにすがりついて生きてく、ってタイプの女なのよ」

真弓はそう言うと、じゃね、と手を振って部屋を出ていった。

22

中旬になると、ほとんど編集部のデスクに坐っているひまがないほど、圧倒的に外での仕事が多かった。依頼した原稿を受領する仕事が主だったが、その場ですんなり手渡してくれる作家は三人にひとりぐらいだった。締切を過ぎてもまだ脱稿できないでいる作家には、直接家におしかけて尻を叩かねばならない。

練馬区の石神井《しやくじい》町に住む畑中新一郎《はたなかしんいちろう》も、そのひとりだった。畑中には去年から六回の予定で、本格推理小説の連載を依頼していた。名だたる遅筆家で、一回分六十枚の原稿を入手するのに、これまでに言い知れぬ苦労をさせられていた。苦労して取った原稿だが、あいにくと読者の受けがあまりよくなく、編集部内でも連載期間を短縮しようという声が出ていた。読者の反応を畑中新一郎も敏感に察知していて、ために気が乗らないのか、ふだんから遅い筆がいっそう遅くなっていた。

連載小説であるため、穴をあけるわけにはゆかない。明日子は四回目の原稿をもらうために、畑中の応接室にかれこれ二時間近くも坐り続けていた。気のいい畑中は、アルバムや雑誌などを持って、二度ばかり応接室に顔を見せていた。二度目のとき、畑中新一郎はパイプをくゆらせながら、

「あと一枚。ラストワンだよ」

と指を一本突き出し、書き上げた五十九枚の原稿を明日子の前に置いた。

あれから、すでに一時間以上たつ。明日子は腹が立つより、むしろあきれる思いがした。

時計の針は、午後八時五分を示していた。明日子は会社へはもどらず、このままアパートへ帰ろうと思い、畑中の家の電話をかりて編集部に連絡をとった。

「ああ、花さんか。ごくろうさん」

電話に出たのは、副編集長の田所《たどころ》だった。明日子は用件を告げ、留守中の外線電話を確認した。

「ああ、机の上にメモがある。こりゃ、熊さんの字だな。尾道さんより電話あり、とあるね」

「尾道――。そう、ありがとう」

明日子は電話を切り、手帳を繰って尾道由起子に電話しようとしたが、途中で思いなおした。由起子のマンションは同じ西武線の東長崎なので、石神井公園駅から池袋へ帰る途中、立ち寄ってみよう、と明日子は思ったのだ。

六十枚そろった原稿をかかえ、明日子が畑中新一郎の家を出たのは、八時半に近い時刻だった。東長崎駅で降り、商店街のいちばんはずれにある中華料理店で、明日子は遅い夕食をとった。ここから尾道由起子のマンションまで、歩いて四、五分で行ける。

駐車場からマンションを見上げると、尾道由起子の住む五階の部屋の窓には、カーテン越しにほんのりと灯がともっていた。明日子はエレベーターを五階で降り、左側の二番目の五〇二号室の前に立った。ブザーを押したが、すぐそのあとで、ブザーが故障していると言った尾道の言葉を思い出した。故障はそのままらしく、しばらく待ってもドアの背後に人の現われる気配はなかった。

明日子がドアを軽くノックしようとして、こぶしを上にしたときだった。ドアの奥で、なにか物の倒れるような音を耳にしたのである。物音は、それっきり聞こえてこなかった。明日子の右手は、無意識のうちにドアの把手を握っていた。施錠されているものとばかり思っていたドアが、静かに音もなくあいたのである。由起子が体に急変を起こし、上がり框に倒れ伏しているのではないか、と思ったが、明日子の視界には人の姿は映らなかった。奥の寝室から、ボリュームを絞ったステレオ音楽が、かすかに洩れ聞こえていた。

低いムード音楽を縫うようにして、人の呻くような声をはっきりと耳にすると、明日子は思わず身を滑らすようにして部屋の中にはいっていた。明日子の足が、瞬間その場に釘づけになったのは、とんでもない思惑違いだったことに気付いたからである。

「……ああ、ああ……」

寝室のドア越しに、きれぎれに聞こえてきたのは、まぎれもなく由起子の声だった。男の腕に抱かれ、愉悦にのたうつ、あられもない悶え声だったのだ。明日子が静かに後ずさりしかけたとき、由起子の声がひときわ高まった。

「ああっ……いやよ、もうだめ……」

「……奥さん……奥さん――」

男の声がした。なにかを口に含んでいるような、くぐもった声だった。

明日子は廊下に出ると音のしないように、そっとドアを閉じた。明日子は、なぜドアが施錠されていなかったのか理解に苦しんだ。不注意といえばそれまでだが、夫以外の男に抱かれるという部屋の中の行為が行為だけに、明日子は由起子という女の神経をいぶかった。

明日子はエレベーターは使わず、階段を足早に降りていった。由起子の恥じらいもないあえぎ声が、明日子の耳許に蘇っていた。

正面玄関のガラスドアを押しあけたとき、前の駐車場の入口から音もなく乗り入れてきた赤い外車を明日子は眼にとめた。車は玄関の前に横づけに停まると、運転手が小走りにうしろにまわって、ドアをあけた。後部座席から出てきた背の高い初老の男の横顔になにげなしに眼をやった明日子は、思わず、はっと息を呑んだ。尾道繁次郎ではないか、と一瞬思ったからだ。

夫の繁次郎とは一面識もなかったが、新聞やテレビで、時おりその顔を眼にしている。やや落ち窪んではいたが、鷲を思わせるような精悍《せいかん》な眼つきと西洋人のような高い鼻を持った白髪の男だった。男の顔をもう一度確認しようと、明日子はそのうしろ姿を見送ったが、男は背を見せたままマンションの中に消えた。薄暗い場所だったので、人違いかもしれないが、高い鼻と落ちこんだ眼許が尾道繁次郎とよく似ていると思った。

明日子はその場に立ちどまって、男が吸い込まれていったマンションの玄関を見つめていた。繁次郎本人だとしたら、その数分後に惹き起こされる事態は容易に想像がつく。明日子は、そんな事態を見守ることにしたのだ。だが、由起子の五〇二号室の窓の灯は、依然として薄暗いままだった。らせん状の非常階段を駆け降りてくる、由起子の相手の男の姿もなかった。

繁次郎とは別人だったのか。明日子は妙に気抜けのした気持で帰路についた。

23

明日子は編集部のデスクから、黒磯市の神永頼三の家に電話をかけた。これで三度目である。一昨日に一度、昨日にも一度ダイヤルを回したが、相手の応答はなかった。続けて工場の社長室にも電話したが、結果は同じだった。

呼出し音がしばらく続いた。受話器をもどしかけたとき、

「はい、神永ビニールですが」

と男の声が伝わってきた。神永頼三にしては、若やいだ声で、語調もどこか粗野な感じだった。

「東京の花積と申しますが。春光出版社の花積です」

「ああ、あの別嬪さんか」

その瞬間、相手が浦西大三郎だったことに明日子は気づいた。

「おれだよ、浦西だよ。憶えてるだろう？」

「はい。神永さんをお願いします」

「なあんだ。おれに用事じゃなかったのかい。さっそくデートのお申し込みかと思ったぜ」

「あの、神永さんと代わってください」

明日子は語気を強めて言った。

「社長は留守だよ」

「留守――。どらちかへお出かけなんですか？　この二、三日何度も電話してるんですけど」

「うちの事務員が死んだんだ。その葬式のことやなんかでね」

「――事務員って、誰ですの？」

事務員と呼ばれている人間は、あの工場にはひとりしかいないはずだった。

「――まさか、片桐洋子さんが……」

「そうだ。亡くなったのは、その片桐洋子だよ」

「片桐さんが、亡くなった……」

明日子は思わず、小さくつぶやいた。すぐには信じられなかった。浦西大三郎が悪い冗談を言っているのかと思った。

「ほんと、ほんとなのね？」

「こんなことで嘘をいう奴がいるかい。片桐洋子が殺されたんだよ」

「殺された――」

明日子は強い衝撃で、胸の動悸がさらに高まっていた。

片桐洋子が殺された――。

「いつのこと？」

明日子は、ようやく言葉を発した。

「二日前だ。アパートの近くの神社の境内でね」

「なぜ、なぜ……」

「それは、分からない。警察では、いろいろと調べてるようだけどね。どうだい、近いうち黒磯へ来ないか。例の、警察にもしゃべってないって話、聞かせてやろうかと思ってさ。もっとも、あんたがその気になったらの話だが。おれの言ってる意味分かるだろう？」

明日子は、黙って電話を切った。

24

明日子は出先から編集部に電話を入れ、午後は休暇をとるからと告げて、上野駅から仙台行の特急に乗った。黒磯の駅からタクシーに乗り、上黒磯の神永頼三の家に着いたのは、午後二時半だった。

朝のうちに電話しておいたので、神永は自宅で明日子を待っていた。身寄りのない片桐洋子の遺骨は、頼三の家の居間の片隅に安置してあった。黒縁の額にはいった洋子の顔写真は、心持ち首をかしげ、白い歯を見せて笑っていた。生前、洋子の笑顔を見たことのない明日子には、別人のような気がした。

明日子は焼香をし、果物と香典を仏前にそなえた。

「お電話してよいものかどうか、迷っていましてね。わざわざおいでいただいて、恐縮です」

頼三は応接室に明日子を案内すると、ていねいに一礼した。グリーンのシャツの上に赤いカーディガンを着こんだ彼は、その服装のせいか、前に会ったときより若々しく見えた。

「三日前の朝でした、片桐君の死体が発見されたのは」

と彼は言った。

「黒磯署から電話をもらったのは、朝の七時前でした。片桐君のアパートのすぐ近くの神社の境内で、片桐君らしい女性が死んでいる、という内容の電話でした。わたしはびっくりして、すぐに駆けつけたんです。片桐君は、頭と顔を血に染めて死んでいたんです。殺されたのは、前の晩の七時ごろだったそうです。あの日は、いつものように後片づけなどもあって会社を出たのは六時半になっていたのですが、片桐君は六時ごろから、妙にそわそわして、時間を気にしていたようでした。だから、誰かと約束でもしていたんだと思いますが」

「誰に会うとか言っていなかったでしょうか？」

頼三は細い骨ばった顔に皺を刻み、首を振った。

「余計なことは口にしない人でしたからね」

「なにか、ふだんと変わっていたことに気づかれませんでしたか？」

「表情を顔に出さない人でしたから、詳しいことは分かりませんが」

彼は傍のポットを引き寄せ、不器用な手つきで茶の用意をした。

「花積さん」

頼三は茶をひと口すすると、正面の壁にかかった風景画にじっと見入った。

「あなたに、お訊ねしたいことがあるんです」

「なんでしょうか？」

「あなたは小説家の柳生さんと同じように、家内の事件のことを調べておられた。だから、知っていることを話してほしいんです」

「ええ」

頼三には、これまでのことをすっかり話すつもりだった。

「柳生照彦さんは、朝江さんの事件を詳しく調べ、そのことを小説にして、わたしどもの編集部に持ち込まれたんです。わたしが読んだのは問題編だけで、残りの、いわば解決編に当たる部分の原稿をちょうだいできないまま、柳生さんが亡くなってしまいました。でも、原稿はなくても、柳生さんが指摘しようとした犯人は、わたしにも分かったんです」

「犯人？　誰です、それは？」

「亡くなった片桐洋子さんです。たぶん、柳生さんの解決編の原稿でも、そうなっていたはずです」

「片桐君が——片桐君が家内を殺したっていうんですか？」

頼三は腰を浮かすようにし、呆然と明日子に見入っていた。

「あの原稿を読んだかぎりでは、犯人は、片桐洋子さんです」

「——信じられない。あの片桐君が家内を殺したなんて」

「最初から、お話しします」

明日子は言った。

柳生照彦の小説、「湖に死者たちの歌が――」の概略を述べはじめた明日子を、頼三はじっと見つめて聞き入っていた。明日子が自分の知り得た内容を確認するため、黒磯と福島、それに猪苗代湖に旅行したこと。そして、橋井真弓とふたりで犯人を指摘したことを、要領よく話した。たっぷり半時間はかかったが、彼はその間、ひと言も言葉を発しなかった。

「たしかに、片桐君は右腕が不自由だった……」

頼三が、ぽつりと言った。

「それに、なるほど動機もあったと思います。片桐君は、あなたが想像されたような会社の金ではなく、家内の個人的な金――つまり、金融資金の一部を勝手に利用していたんです。片桐君は家内のそんな副業の経理も任されていたんです」

「じゃ、神永さんは片桐さんの不正をご存じだったんですか？」

「ええ。家内が死んだあとで、帳簿を調べていて気がついたんです。二百万ばかり、付け落ちがあったんです」

「そのことを片桐さんには……」

「言っていません。家内個人の金のことですし、家内が亡くなった今、それをむし返しても仕方ないと思ったからです。それに、あれだけ仕事のできる人間を、ろくな金も払わずに五年間もこき使っていたんですから、ボーナス代わりにとも思って……」

「そうでしたか」

彼は嘘をつけるような、目はしの利く人間ではない。明日子は、神永頼三の人となりを改めて思い知らされていた。

「すると、朝江さんが家を出られたとき、玄関先でばったり出くわした人物は、やはり片桐洋子さんだったんですね」

「だと思いますが」

「朝江さんの手紙の、『帰ったら、あなたにぜひとも聞かせてあげたい話がある……』とかいう文面は、そのことを指していたんですね」

「いいや、それは違うと思います。家内は短気で、すぐにかあっとなる気性ですが、そのことをいつまでも考えめぐらせているようなタイプの女じゃないんです。わたしに聞かせたい話というのは、だから、もっと別のことだったはずですよ」

頼三はそう言うと、真剣な面持で明日子を見た。

「片桐君が家内を殺したなんて、とてもわたしには信じられません。そんな血腥い、無思慮なことをする人間じゃないんですよ、片桐君は。着服した金にしても、なんとか話し合いで済ませていたと思うんです」

「朝江さんはあのとき、六百万近い現金を持っていたんです。片桐さんは——」

「片桐君はね、やみくもに金を欲しがるようなタイプの人間じゃないんです。着服した二百万にしても、やむにやまれぬ事情があったはずです」

頼三はめずらしく語調を強め、頬を紅潮させていた。

明日子はかなり以前から、背後のダイニングキッチンで時折小さな物音がするのを耳にしていた。

誰かが、ふたりの話を盗み聞きしているような気がしてならなかった。

「わたしはね、朝江を殺した犯人は、別にいると思いますね。これはあくまでも想像ですが、片桐君はもしかしたら、その犯人に殺されたのかもしれません……」

と頼三は言った。

ダイニングキッチンの床を静かに踏みしめるような音が、明日子の耳に伝わった。

25

神永頼三の家を辞したのは、午後四時半ごろだった。頬をなでる風は生ぬるく、むし暑い夕刻だった。明日子が途中でコートを脱ぎ、歩きかけようとしたとき、すぐ背後でいきなり車の警報が鳴った。びっくりして振り返ると、ブルーのクーペが道の真ん中に停まっていた。

「車で送るよ」

運転席から、浦西大三郎が身を乗り出していた。

「けっこうよ、バスで帰るから」

「話があるんだ」

「またの機会にお願いするわ」

明日子は、そう言い捨てて歩き出した。浦西がそんな言葉ぐらいで引きさがらないのは、分かっていた。思ったとおり、浦西は車を発進させると、明日子の前方で停め、運転席から降りてきたのだ。

「さっきの、あんたと社長の話を、聞かせてもらったよ」

浦西は男らしい浅黒い顔に、ちらっと笑みを刻んだ。その風貌からは、女の尻を執拗に追いかけまわす軽薄な男とは、とても思えなかった。

「やはり、あなただったのね。盗み聞きするなんて最低ね」

「別嬪探偵の名推理を、たっぷり聞かせてもらったよ」

「感想は、それだけ?」

「いや、他にもあるさ。車の中で話すよ。さあ、乗れよ」

浦西は明日子の腕を摑んだ。引きずるようにして、助手席のドアをあけ明日子の体を強引に押し入れようとした。明日子は抵抗しても無駄と諦め、おとなしく助手席に坐った。車の中には、むっとするような浦西の体臭がたちこめていた。

「なんなら、東京まで送ろうか」

運転席に坐ると、浦西はいきなり上半身を明日子にもたせかけてきた。はだけた赤い開襟シャツから、毛むくじゃらの、がっしりとした胸がのぞいていた。

「駅までで、けっこう」

「なんだ、震えてるのかい。つんつんしてるけど、案外うぶなんだな」

浦西は左腕を明日子の背後にまわすと、腕のつけ根をぐっと摑みながら、右手で明日子のブラウスの端をもてあそんでいた。

「思ってたよりいい体してんね、あんた」

「車を出して。じゃなかったら、降りるわよ」

「分かったよ」

浦西は上体を起こすと、後部座席からコーラの瓶と紙コップを取り出した。

「どうだい、冷えてて、うまいぜ」

紙コップにそそいだコーラを明日子に手渡すと、自分は瓶ごとラッパ飲みにした。

「さあ、飲みなよ」

浦西が言った。

明日子は神永を相手にしゃべりづめにしゃべったあとだけに、咽喉が渇き切っていた。だが、紙コップの縁に軽く唇を触れただけで、明日子はそれを浦西の眼の前に突き出していた。

「これ、あなたから先に飲んでもらうわ」

「なに？」

「さあ、飲んで」

「なぜ、そんなことを――」

「もちろん、要心のためよ。前後不覚に眠りたくないから」

浦西の顔に、狼狽《ろうばい》の色が走った。

「あんた、知ってたのか――」

「どこまで卑劣なの、あんたって」

明日子は紙コップの中身を浦西の顔にぶっかけ、ドアの把手を摑んだ。

「負けたよ。きょうのところは、おれの完敗ってとこかな」

ドアを開けようとした明日子の腕を、浦西の骨ばった手がわし摑みにした。

「はなしてよ」

「そう慌てなさんな。こうなりゃ、約束どおり、こちらの話を聞かせてやるから」

「聞きたくもないわ、あんたの話なんて」

明日子は摑まれた腕を、乱暴に振りはらった。

「あんたの推理は、先刻も言ったとおり、台所で聞いた。でも、このままじゃ、その名推理も行きづまりだ」

「大きなお世話よ」

「片桐洋子が犯人だって思い込んでいるんだ、あんたは。でも、片桐は犯人じゃない」

明日子はもう口もききたくなかったが、浦西がなにを言い出すのか、聞くだけは聞こうと思いなおしていた。片桐洋子が犯人ではないと断言する以上、浦西なりの裏づけがあるはずだった。

26

「片桐はね、女房も子供もいる四十男に惚れていたんだ。あのしっかり者の片桐が男の口車に乗せられ、言いなりになっていたんだから、世の中は、分からねえよ。おまけに片桐は男にみついでいたんだ。朝江の——つまり、専務の副業の経理を任されていたんで、その気になれば、金の工面は簡単についたはずだ。専務は金銭面には細かいお人だ。片桐の帳簿のごまかしにも気づき、おまけに片桐の相手の男が誰か、おおよその見当をつけていたってわけさ。専務の口ぶりから、おれにだって、それくらいの察しはついたさ。片桐は慌てた。あの専務だったら、相手の男にねじ込みかねないからな。悪いことに、その相手の男ってのは、神永ビニールの下請け会社の社長さ。そうなれば、出入りさし止めは、火を見るより明らかだ」

浦西は濡れた口許に煙草をくわえた。

「片桐は男にふりかかる火の粉を、ただ振りはらおうとしただけだったんだ。九月十二日の午前中のことだったよ。片桐が郵便受から速達便を取り出したのを、おれは偶然、眼にとめたんだ。そのときの様子がおかしかったんで、おれはすぐ、ぴんときたんだよ。片桐が部屋をあけた隙を狙って、おれは机の抽出しから専務の手紙を捜し出したのさ」

あんたの仕出かしそうなことだわ。明日子は腹の中で苦々しくつぶやいていた。

「片桐は専務が帰ってくるまで、待てなかったんだよ。帰ってきて、社長にいっさいを告げられたら、おしまいだと思ったんだ。だから、猪苗代湖まで出かけていったんだ。ただし、専務を殺すためにじゃない。専務の前にひざまずいて、慈悲を乞うためにだ。おれは、片桐が十二日の日の午後、風邪だとか嘘を言って、車で出かけていったのを知っているんだ。おれは、夜の七時ごろ、片桐のアパートに電話してみた。専務の手紙のことも、猪苗代湖まで出かけたこともみんな知ってる、と言ったら、片桐が泣き出したんだ。専務が大変なことになった、と言ってね。おれはすぐ片桐のアパートへ出かけていったよ」

浦西は明日子の反応を確かめでもするような眼つきになり、言葉を切った。

「翁島旅館の駐車場の片隅に、専務のパルサーを確認すると、片桐は専務の泊っている部屋に、いきなり上がっていったんだ。だが、専務はいなかった。片桐は、風呂にでもはいっているんだろうと思い、部屋で待った。待つほどもなく、部屋のドアがあいて、手拭いをぶらさげた女が部屋にもどってきた。だが、専務と思ったのは、まったくの別人で、片桐の見知らぬ三十前後の女だったんだ」

「――」

明日子は話につり込まれ、思わず浦西の顔を見たが、すぐに視線をそらした。

「その女は片桐を見ると、びっくりし、無断で他人の部屋にはいり込んで、とか言って、片桐を厳しく叱りつけたんだそうだ。びっくりしたのは、その女だけじゃないさ。片桐は部屋を間違えたのかと思ったが、窓ぎわの椅子の背に掛けてあった薄桃色のコートは、明らかに専務のものだった。片桐はその女が専務の同行者ではないかと思ったんだ。専務がなにかの事情で、友人か誰かと宿を共にしたとも考えられたからだ。だが、その女は、専務なんて人は知らない、ひとり旅だと答えて、片桐にそれ以上口をきかせず、部屋から追い出したんだ。片桐は専務の身になにか変事が起きた、とこのとき直感したんだよ」

「――」

「専務が殺されていたとしたら、その行動を知っていたおれたちに容疑がかかる。ことに片桐は十二日に配達された専務からの速達便を勝手に開封して、猪苗代湖まで往復していたんだからな。おれは、片桐のピンチを救ってやろうと思ったのさ」

浦西の話を信用するとすれば、三一二号室に忍び込んでいたのは、亀岡タツが言うような地元の草野球チームの酔漢などではなかったことになる。

「おれは最初は、専務の手紙を焼き捨ててしまおうかと思った。だが、福島市の作田とかいう専務の同級生が、専務が社長あてに手紙を出していたことを知っているかもしれないと、すぐに考えなおしたんだ。その手紙がどこにもないと分かれば、ますます疑いを呼ぶことになる。おれは専務の手紙をそのままにしておくことにしたんだ。動機はあっても、アリバイさえあれば安全だと思って、その手紙を利用する手を考え出したんだよ。悪知恵は、おれの専売特許だからな」

浦西の顔には、例の独特な笑みが浮かんでいた。

「速達便を、普通便に仕立て上げれば、万事がうまくいくと思ったんだ。速達っていう赤いゴム印と、黒磯局の受付印を消してしまい、封書の中に切手の代金に相当するなにか重みのあるものを入れておけば、普通便になると考えたんだよ。頭をしぼったのは、黒磯局の受付印をどうやって消すかだった。考えをめぐらしていたとき、一年ぐらい前に隣りの町で、小学生が親にいやがらせをしようとして、郵便受にガソリンをまき、新聞を黒こげにした事件を思い出したんだよ。おれは、これを使おうと思った。あの十二日の夜、近所の郵便受に放火した事件があったのは、偶然じゃないよ。変に疑いを起こさせたくなかったんで、念には念を入れようと思って、おれが自分でやったことなんだから。社長も警察もおれの思いどおり、新聞拡張員のいやがらせと簡単に思い込んじまったよ。だが、あんたには感心した。速達便のトリックを簡単に見破っていたんだからな」

女をくどくことだけが生きがいのようなこの男のどこに、そんな知恵がかくされているのだろうか。

「あんたの推理には、拍手喝采したよ。ただ、ひとつだけ間違えていたのは、すべてを片桐が考え出し、そして実行していた、という点だ。工場の郵便受に火をつけたのだって、このおれがやったことだ。社長がぐっすり眠っている間にね」

「神永さんに眠り薬を飲ませたのも、あんたの差し金ね」

明日子は言った。

「十三日の朝にかぎって、社長に早起きされたんじゃ、計画がおじゃんになるからさ。おれは工場でそれなりの仕事をしているつもりだ。社長に食わしてもらってるなんて、思ってもいないさ。個人的には恨みつらみはないが、十三日の昼、コーヒーに一服盛ったのは、行きがけの駄賃ってやつだよ。社長に容疑が向けられれば、おれたちの立場は、それだけ安泰になるじゃないか。だから眠らせて、アリバイを奪ったってわけさ」

浦西はそう言うと、また言葉を続けた。

「専務を殺したのは、片桐洋子じゃない。犯人は、翁島旅館の三一二号室に泊っていた女だ。その女は、猪苗代湖で専務を殺し、専務のような顔をして泊ったんだ。女はそのとき、片桐に顔を見られていた。だから、片桐を殺したのも、その女だよ。片桐はな、その女の顔を今でもはっきりと憶えていると言っていた。会えば、必ず分かるってな。片桐はきっと、つい最近、その女と会っていたんだ」

「その女は、左利きだったって言うの？　それとも、片桐洋子に罪を着せようとして、そうしたとでも言うの？」

浦西に向けた言葉ではなかった。明日子自身の疑問を、口に出したまでだった。

「その女が左利きだったとしても、それを係の従業員の前で、ことさら隠す必要はなかったはずだ。ましてや、片桐洋子に罪を着せようとしたなんて。その女は片桐とは赤の他人で、片桐の名前すら知らなかったんだから。その女にはつまり、箸を使いたくても、使えない事情があったとしか考えられない」

「……」

「あんたの話を聞き、おれはおれなりに考えついたことがあるんだ。どうだい、聞きたいかい？」

明日子は、黙っていた。浦西への蔑視はそのままだったが、相手の話に引きずり込まれている自分を、はっきりと意識していた。

「専務が福島の作田春美の家で、気が落ち着かずになにか考えにふけっていた、って話におれは興味を覚えたね。専務が考え込んでいたのは、片桐洋子の使い込みのことなんかじゃなかったんだ。さっき、社長も言っていたようだけど、専務はね、単細胞な人種だったよ。すぐかっと頭に血をのぼらせていたが、そのことをいつまでも、うじうじと根に持ってるような人じゃなかったってことさ。ましてや、旅先の友人の家にいるときまで、片桐洋子の仕出かしたことを、あれこれ思い続けていたなんて、おれには考えられない。専務の手紙にあった『帰ったら、ぜひとも聞かせたい話……』ってのは、まったく別のことだったんだ」

「なんだったって言いたいの？」

浦西は、にやりと笑った。

「そこまでは、分からんさ。そこから先を推理するのは、あんたの役目だ。推理するに必要なデータは、充分なはずだからな」

浦西は言った。その眼には、狂気じみたものが輝いていた。

「おれの話は、これで終わりだ」

「帰るわ」

明日子はコートとバッグを手にし、浦西に背を向けた。

「あんた……」

浦西の興奮した吐息が、明日子の襟許をかすめていった。明日子は、夢中で車の外に飛び出していた。

27

印刷所に渡す原稿に朱筆を入れ終わると、明日子は受話器を取った。尾道由起子は、すぐに電話に出た。明日子が会いたい旨を伝えると、由起子は快く承諾して、都合がよければ、今すぐでもいい、と言った。明日子は印刷所に電話を入れ、原稿についての細かい打ち合わせを済ませたあとで会社を出た。

尾道由起子の部屋の前に立つと、明日子はドアをノックしかけた手をとめ、傍のブザーを押した。修理したとみえて、部屋の中からかすかにブザーの音が聞こえた。

「いらっしゃい。お待ちしてたわ」

由起子は執筆でもしていたらしく、片手にボールペンを弄《もてあそ》びながら、明日子を迎えた。

「お仕事中だったんですか？」

「いいのよ。ちょうどお茶にしようと思っていたところだから」

明日子を先日の応接室に通すと、由起子はダイニングルームで茶の用意を始めた。

「四日ほど前にも、お訪ねしたんですが。石神井まで用事で来てたものですから、その帰りに」

明日子はダイニングルームのほうに顔を向け、そう声をかけた。

「あら、そう。留守にしてたのかしら」

「おやすみだったんじゃないですか。窓に灯がともっていましたので、おいでかと思いましたが」

「何時ごろ？」

「九時ちょっと前でした」

その表情は確認できなかったが、由起子は一瞬動作をとめ、言葉を途切らせていた。

「ああ、あのときね。ちょうど原稿書いていたのよ。めずらしく興に乗ってたもんで、ノックの音も聞こえなかったんだわ、きっと」

由起子は明日子のほうに振り向くと、口早にそう言った。下手な言い訳だ。男の愛撫に歓喜しながら、ベッドで原稿を書いていた、とでもいうのだろうか。玄関にはいり込み、寝室での悶え声をいやというほど耳にした——と告げたら、由起子はいったいどんな顔をするだろう、と明日子は思った。

由起子は、明日子の前に紅茶とケーキを置いた。紅茶茶碗は、最初のときに出してくれたスイス製の美麗な焼物とは比較にならないような、安手な市販品だった。

「柳生照彦さんのこと、新聞で読んだわ」

サイドボードから舶来のウイスキーを取り出すと、由起子が言った。

「びっくりしたわ。柳生さんの原稿のことといい、自殺といい、なにがどうなっているのか、さっぱり分からなくなっちゃって。それで、あなたに電話したのよ。あなたからの筋の通ったお話を聞きたいと思って」

「柳生さんの死には、いくつかの疑問が残されています」

「疑問？」

「柳生さんは、『湖に死者たちの歌が——』という例の原稿のコピーを持って、その解決編の原稿を書くために、あの山奥の温泉に宿をとっていたんです。でも、柳生さんの遺留品の中には、コピー原稿も、書き上げていたと思われる解決編の生原稿も発見されていないんです」

「変ね。どういうことかしら？」

「盗まれたんだと思います。それらの原稿は、ある人物にとっては危険な代物だったからです」

「ある人物って、神永朝江殺しの犯人のこと？」

「そうです」

「犯人は誰なの？」

「最初からお話しします」

明日子はその話を詳細にむし返すのがおっくうだったが、今後の話に関連することだったので、止むを得なかった。黒磯や福島で聞いたことも、明日子は話の最後に付け加えた。

「すると、片桐洋子さんが柳生さんの原稿を盗んだのね？」

由起子は訊いた。

「最初は、そう考えていました」

「じゃ、違うの？」

「片桐洋子は殺されました。自宅付近の神社の境内で、誰かに頭を打ち割られて――」

「殺された――」

「片桐洋子は神永朝江に弱味を握られていたんです。片桐はそのことを社長である神永頼三に知られる前に、朝江を説得しようとして、翁島旅館まで車を飛ばしていったんです。でも、泊っていたのは朝江ではなく、見ず知らずの女でした。朝江はそのときすでに殺されていたんです」

明日子の眼の前に、浦西大三郎の浅黒い顔が浮かび、執拗に消え去らなかった。

「――すると、柳生さんは犯人を勘違いしていたことになるわね」

と由起子が言った。

「とも言えます。でも逆に、柳生さんは真犯人を承知のうえで、わざとあんな小説を書いたとも思えるんです」

「なぜ？」

「今はうまく言えないんですが、わたしにはそんな気がしてならないんです。福島などでいろいろと調べてみたことなどを考え合わせると……」

明日子はゆっくり言った。

「いずれにせよ、朝江殺しの犯人は、翁島旅館に泊っていた女なのね」

「ええ」

「でも、ちょっと変ねえ」

「なにがですか？」

「神永朝江の事件は、半年も前のことだわ。犯人はなぜ、今ごろになって片桐洋子を殺したのかしら？」

「柳生さんが事件の真相究明に乗り出したからです。柳生さんが事件の真相を見きわめようとしなかったら、犯人は悠然と手をこまねいていたはずです。犯人は片桐洋子に、その顔を見られています。片桐は、その女の顔を今でもはっきり憶えていると言っていたそうです。会えば、必ず分かると——」

そう言っていた浦西大三郎の赤い唇を、明日子は一瞬眼に浮かべた。

「その女は、いったいどこで神永朝江と接触を持ったのかしら？」

「朝江の行動をあらかじめ知り得ていたのは、ごく限られた人物です。その女が神永朝江になりすまして翁島旅館に泊ったのは、朝江の手紙を読んだからではなく、朝江自身の口から、それを聞いていたからだと思います」

明日子が、ウイスキー入りの紅茶をゆっくり飲みほすのを、由起子は息をつめるような表情で見守っていた。

「花積さん。あなた、その女の正体に気づいているのね？」

「ぼんやりと、ですが」

「話してくださらない」

由起子は右手でブラウスの襟許をきつく握りしめ、目顔でふたたび明日子を促していた。

「最初から、順を追ってお話しします」

明日子は言った。話の順序は、昨夜来、充分に練ってあった。

「さっきもお話ししましたが、神永朝江は福島の作田春美の家では、気が落ち着かず、しきりとなにか考えにふけっていたということです。わたしは最初、朝江が片桐洋子の使い込みのことを考えていたのかと思ったのですが、それが間違いであることに気づいたんです。朝江はきわめて単細胞な人間で、すぐかっと頭に血をのぼらせはしたが、そのことをいつまでも根に持っているようなことはない、と工場関係の人間も言っていました。それに朝江は、そのときすでに使い込みの事実を完全につきとめていたんですから、旅先の友人の家に行ってまで、そのことをあれこれ思いめぐらせていたとは、ちょっと考えられないのです。つまり、朝江の手紙の中の、ぜひとも聞かせてあげたい話、というのは、それとはまったく別の内容だったんです」

「じゃ、朝江が伝えたかった話って、なんなの？」

「その旅先で思いがけず出くわしたなにか、としか考えられません」

「旅先で出くわしたなにか――」

「朝江のあの手紙にも書いてあるとおり、朝江は車を東北自動車道に乗り入れ、黒磯から二本松まで車をノンストップで走らせています。そして、二本松から国道4号線に出て、沿道から少しはいった所にあるレストランに入ったのです。朝江がなにかに出くわした場所は、だから国道4号線の二本松から福島の間のどこかだった、ということになります。可能性としては、なによりもまず、そのレストランがあげられると思います。そのレストランで、朝江はなにかを見るか、聞くか、あるいは誰かと話をしていたんだと思います。わたしは、誰かと偶然出くわしていた、と考えてみたんです。そうです、そう考えれば、すべてがすっきりするんです」

「――」

明日子を凝視する由起子の眼に、なにか異様な光が宿っていた。

「朝江はそのレストランの中か外かで、ある人物と会った。けれど、朝江はその人物の名前を知らなかったんです。朝江はその人物をどこかで見たことがある、と思い、作田春美の家に着いても、ずっとそのことを考えていたんだと思います。だからこそ、朝江は早朝からテレビなんか観るつもりになったんです」

「なぜ、テレビを――」

「つまり、朝江はテレビのブラウン管で、その人物を観たことがある、と思いついたからじゃないでしょうか。朝江はそのとき、チャンネルをせわしなく、がちゃがちゃ切り換えていました。尾道さん、これにはどういう意味があったか、お分かりでしょうか？」

いきなり問われた由起子は、少しうろたえ気味に眼をしばたたいていたが、

「目的の画面が、なかなか捜し出せなかったから、じゃないの」

と言った。

「でも、あの朝の七時からは、どの局でも同じ内容のものを放送していたはずです。つまり、その前の晩に発生した、例の都心の高層ホテルの火災事件を、番組を変更して流していたと思うんです。火災の惨事のシーンの中に、朝江が目的の人物を捜し出そうとしていたとは、ちょっと考えられないことです」

「じゃ……」

「答えはひとつです。朝江は、コマーシャルを観たかったんだと思います。だからせわしなく、ひっきりなしにチャンネルを切り換える必要があったんです」

「コマーシャル——」

「ええ。朝江が出会った人物は、なにかのコマーシャルに出演していたんだと思います」

「——」

「朝江が作田春美の家を発つさい、福島西のインターチェンジから東北自動車道にはいろうとせず、混雑する国道４号線を走ったのは、病院に立ち寄るためでした。朝江はそのとき、別に体調が悪かったり、怪我をしていたわけではなく、きわめて元気で健康だったのです。病院に寄った目的は、だから、その病院の中にいる誰かに用事があったため、と考えても差しつかえないと思います。朝江が名前を思い出そうとしていた人物が、つまり、テレビのコマーシャルに出演していた人物が、その病院の中にいた、とは考えられないでしょうか」

「——」

「そうだとすると、朝江の行動を知ることができた人物は、神永頼三、片桐洋子、浦西大三郎、それに作田夫婦だけではなかった可能性が出てきます。その病院にいた人物も、その中に加えることができるかもしれない。朝江はその相手に、問わず語りにでも、洗いざらい話をしていたかもしれないからです」

「——」

「神永朝江を殺し、翁島旅館に神永朝江として泊った人物——つまり、三一二号室の女は、そのコマーシャルに出ていた女だった、とは考えられないでしょうか」

「――」

「朝江の手紙の最後のほうにある、『帰ったら、あなたにぜひとも聞かせてあげたい話があるんです』という文章は、片桐洋子の使い込みのことではなく、コマーシャルの女との偶然の出会いを意味していたのではないでしょうか」

由起子は、かたくなに沈黙を続けていた。持ち前のにこやかな表情はとうに消え、固くこわばった顔に時おり小さな痙攣《けいれん》が走っていた。

「朝江は、単にコマーシャルの女と偶然出くわしただけではなかったと思います。その女と短い会話を交わしたぐらいで、そのことをわざわざ神永頼三あての手紙の中に書きしるすなんて、あまりにも大人げないと思うからです。朝江とコマーシャルの女との間には、そのときなにか重大な事態が生じていたと考えたほうが自然です。夫の神永にぜひとも聞かせてやりたいようなある出来事が、そのふたりの間に起こっていたと思うんです。朝江が命を落とすような羽目になったのも、あるいは、そのためかもしれないのです」

明日子はそう言って、由起子を見やった。

「とても、おもしろいお話ね」

かすれたような声で、由起子が言った。

「でも、花積さん。そうすると、そのコマーシャルの女は、左利きだったっていうの？

それとも、片桐洋子に罪を着せようと思って、左利きを装ったとでもいうの？」

「その女が仮に左利きだったとしても、それを旅館の部屋係の前で、ことさら隠す必要はなかったはずです。ましてや、片桐洋子に罪をなすりつけようなんて、まったく論外です。その女は片桐洋子とは赤の他人で、その名前すら知らなかったはずですから」

「だったら、どうして——」

「その女には、箸を使いたくても、使えない事情があったとしか考えられません。たとえば、そのとき右腕に怪我をしていたとか……」

「花積さん——」

由起子はいきなり腰を上げると、明日子に背を向け、二十号の暗い風景画の前に立った。

「あなた、その女が誰なのか、ご存じなのね？」

「これまでの話は、みんなわたしの推測です。その女のことも、推測でしか言えませんが——」

「その推測とやらでけっこうよ。話してくださらない？」

「尾道さんです。その女は、尾道由起子さんだったと思うんです」

由起子は黙って風景画を見上げるようにしていたが、突然、小さな笑い声を洩らした。

「とんでもないことになったものね。あなたに人殺し呼ばわりされるなんて、思ってもみなかったわ」

「尾道さんは、わたしに嘘をついていましたわ」

と明日子は言った。

「嘘を？　なんのことかしら」

由起子は笑みを残した顔で、明日子のほうを振り返った。

「柳生照彦さんのことです。パーティーかなにかで一、二度話しただけの間柄とかおっしゃって。柳生さんとは、それ以外の場所でも何度か親しく会ってらしたはずですが」

「柳生さんのプライドを守るために、あの場合、そう言うしかなかったのよ」

「プライド？」

「柳生さんは、勝手にわたしに熱を上げていたからよ。わたしには、れっきとした主人がいるわ」

なにを今さら――明日子は心の中で嘲笑った。その主人の眼をかすめ、他の男を寝室に誘い入れていたのは誰なのか。男の愛撫に身も世もない声を発して、ベッドでのたうっていたのは誰なのか。

「その柳生照彦さんは、尾道さんのテレビドラマのロケに同行したことがありましたわね。柳生さんの原作の『赤い迷路』という作品でしたわ」

「それが、どうかしたの？　原作者がロケに随行することなんて、ざらにあるわよ」

「ロケ地は、福島県の飯坂《いいざか》温泉。日にちは、去年の九月六日から十日にかけての五日間でしたわ」

「よく調べたものね。だから、どうだっていうの？」

「場所も同じ福島県下。それに、十日という日にちも符合しますわ」

「わたしが、神永朝江とどこかで遭遇する可能性があった、と言いたいのね？」

「ロケの帰りに、あなたがレストラン『峠』に立ち寄っていたとしたらですが」

由起子はソファにもどると、傍のポミーを抱き上げて頬ずりした。

「残念だけど、わたし、そんなレストランなんかには寄らなかったわ。車で帰ったんだけど、飯坂温泉から真っ直に東北自動車道にはいったわ。4号線を走らなかったんだから、そんなレストランに顔を出せるわけがないじゃないの」

「柳生さんの運転する車だったんですね？」

由起子はすぐには言葉を返さなかった。じゃれついているポミーになにか囁くようにしていたが、やがて、

「そうよ、柳生さんの車だったわ。柳生さんにしきりに誘われたんで、仕方なしに乗ったまでよ」

と言った。そして、思い出したように壁に据え付けられた時計を見上げ、

「きょうじゅうに、残りの原稿を書き上げなくちゃいけないの。これくらいで、お引きとり願えないかしら」

「お忙しいところ、失礼しました」

明日子は一礼し、先になって応接室を出た。

「この原稿、お返しするわ。わたしには用のないものだし、それに、あなたともこれっきりでお会いすることもないと思うから」

会社の封筒にはいった柳生照彦のコピー原稿を、由起子は玄関先で明日子に手渡そうとした。おだやかな口調だったが、表情は棘々しいものに一変していた。

「いえ、けっこうです。会社に生原稿がありますから」

「あなたの話からすると、柳生さんは結局、真犯人を指摘していなかったことになるわね」

と由起子が言った。明日子が黙っているのを横目で見ながら、由起子は重ねて言った。

「それとも、柳生さんの盗まれたとかいう解決編の原稿には、想像もしなかったような真犯人が描かれている、とでもおっしゃりたいのかしら」

28

明日子は上野発9時36分の「まつしま3号」で、福島県の二本松市に向かった。現在は大阪に転居しているが、この二本松市は兄夫婦が住んでいた間、何度となく往復していたので、市内の地理には明るかった。半年前、明日子が体に変調をきたし、会社を休職して静養していたのも、この二本松市だった。

「4号線を走ってちょうだい。下り車線に『峠』っていうお店があるはずなんだけど」

明日子は駅前からタクシーに乗り、運転手に行き先を告げた。

「ああ、それなら知ってます。4号線にはいって五、六分も行ったところにあったかな」

と運転手は言った。そして、バック・ミラーで明日子の顔を捉えると、なぜかにやりと白い歯を見せて、

「おひとりですかい?」

と訊いた。

質問の意図がよく呑み込めなかったし、また話し相手になるのも面倒だと思ったので、明日子はあいまいにうなずいただけで黙っていた。正直なところ、口をきくのがつらいほどに明日子は気だるさを覚えていたのだった。昨夜から頭痛がし、下痢症状が続いていたのだ。二本松行は来週に延期しようと思ったが、けさになったら下痢だけは止まっていたので、思い切って予定どおり決行したのである。頭痛と下腹部の痛みは昨夜からの生理によるものだが、全身の気だるさは風邪の症状に似ていた。

車は二本松市の市街を抜けた地点で左折し、国道4号線にはいった。広漠とした平野を

二、三分も走ると、前方に小高い丘陵が近づいてきた。沿道に高い樹木がおい繁り、道は夕刻のように薄暗かった。車は国道を左折し、幅員のせばまった急勾配の砂利道をのぼっていった。砂利道をのぼりきったところに、レストラン「峠」はあった。しゃれた山荘風の、がっしりとした木造二階建てで、その周囲には趣向をこらした庭園が広がっていた。

料金を払って車を降りたとき、明日子は先刻の運転手の見せた笑いの意味を理解した。レストランの建物に隣接して、入口にホテル「峠」というネオン看板をかかげた広大な敷地を眼にしたからだった。敷地内には、赤、青、黄色の三原色に色わけされたカラフルな屋根のついた、一戸建ての山荘風の建物があちこちに立ち並んでいたのだ。つまり、国道ぞいによく見かける、いわゆるモーテルである。

明日子はホテル「峠」を左手に見ながら、レストランの木造りの重い扉を押しあけた。店内は広々とし、採光がきいて、眩《まば》ゆいくらいに明るかった。昼どきだったが、客の姿はまばらだった。明日子は窓ぎわに席をとると、野菜サンドとブランデー入りの紅茶を注文した。朝食はトースト一枚だけだったのに、いまだに食欲は回復していなかった。

運ばれてきた野菜サンドは、パンの質が悪く、明日子はふた切れほどつまむと、皿を脇に押しやって煙草をくわえた。二本松市の郊外くんだりまで来た目的は、尾道由起子がこのレストランに立ち寄ったことを確認するためだった。

「ちょっとお訊ねしたいんですが」

入口のすぐわきのレジに坐っている女に、明日子は声をかけた。肥った若い女は、大儀そうに読みかけの週刊誌から眼を上げた。

「半年前——去年の九月十日ごろですが、この女性が、ここで食事をしたと思うんですが、憶えていませんかしら」

明日子は、尾道由起子のスチール写真を女の前に置いた。

「去年の九月——」

そんな古いことは憶えていない、といったニュアンスをこめて、女は写真に眼を落とした。そして、すぐに眼を上げると、

「憶えてませんわ」

と太い首を横に振った。

「お店に、古くからいらっしゃるの？」

「高校を出るとすぐに。だから、もう三年になりますわ」

「店員さんは、あなたひとり？」

「いいえ。遅番の人がもうひとりいますけど、その人、先月はいったばかりのパートです」

「そう……」

「なんなら、主任《チーフ》に訊ねてみたらどうですか」

女は調理場のほうに顔を向けた。狭い調理場には、料理帽をかぶったふたりの男が所在なげに立っていた。明日子は年輩の男のほうに近づき、写真を見せて同じ質問を繰り返した。

「どこかで見たことのある顔ですがねえ」

四十前後の男は、そう言って首をかしげた。

「九月中旬ごろ、この店で食事をしたはずなんです。あるいはもうひとり、同年配ぐらいの女性が一緒の席にいたかもしれませんが」

「半年も前のことですからねえ」

男はそう言うと、傍の若い料理人の鼻先に写真をかざすようにした。若い男は写真に見入っていたが、黙って首を振った。

「わたしども調理場の人間は、直接お客さまと接触がありませんからねえ」

男は写真を明日子に手渡すと、

「もしなんなら、裏の者にも訊ねてみたらどうですかね」

と言った。

「裏?」

「ええ、この裏のホテルです。この店からも建物づたいに行けるようになってましてね。食事のあとで利用なさるお客さんも多いんですよ。ドライブ疲れしたおひとりのお客さんも、たまに休憩されることなんかありましてね」

「そうですか」

明日子は礼を言って、席にもどった。成果がなかったせいもあるが、頭痛と腹痛はさらに高じ、明日子は重く熱っぽい体を椅子に寄りかからせていた。

ホテルを訪ねてみようと思いたったのは、そんな明日子の体調のせいだった。ベッドで一時間ほど体を横たえてから帰路についても、15時12分発の上野行特急「ひばり20号」には充分間に合うはずだった。

ホテルは調理場の主任が言ったように、レストランと建物つづきになっていた。玄関の横の廊下を標識に従って二度、三度と曲がって進むと、その正面にホテルの敷地が見えていた。明日子は、すぐ正面にある「安達太良山荘《あだたら》」と看板のかかった赤い建物のドアをあけ、薄暗い室内にはいった。はいってすぐの部屋は、飾りつけの暖炉のある八畳ほどの洋間だった。洋間のドアをあけると、絨毯《じゅうたん》を敷きつめた小部屋があり、黒い裸木で造った頑丈そうなダブルベッドが据えられてあった。室内の灯をつけたとき、テレビの傍の電話が周囲をはばかるように低く鳴った。

「ご利用いただきまして、ありがとうございます。すぐに係の者をさし向けますので、お待ちください」

土地訛のある、きわめて事務的な中年の男の声がした。電話が切れて、ものの一分とたたないうちに、ドアがノックされ、女の声が聞こえた。

「あら、おひとりですか？」

五十年配の品の悪い顔だちの女は、挨拶が済むと、まじまじと明日子を見つめた。

「一時間ほど休みたいの。ひとりでもふたりでも、料金は同じなんでしょう」

明日子は、計算書に記入された三千円の代金を女に手渡した。

「男性のおひとり客は、たまにありますけど、女性の方はめったにありませんのよ。あなたのようなおきれいな方が、おひとりでなんて、もったいない話ですわねえ」

女は紙幣をエプロンのポケットにねじ入れて、部屋を出かかったが、

「そういえば、去年も一度、女性の方が休まれたことがありますわ。やはりきれいな方で。なんでも下痢をしたっておっしゃって……」

「あの、ちょっと――」

明日子は、女を呼びとめていた。下痢という言葉を耳にした瞬間、明日子は神永朝江を連想していたからだ。

「それ、いつのことかしら」

「去年の九月ですよ」

女は言下に答えた。

「その女性、いくつぐらいでした？」

「ちょうど、あなたと同じくらいの年齢でしたわ。やはりお店のほうから建物づたいにお見えになったんですがね。なんでも、福島市まで行かれる途中だとかで……」

やはり、神永朝江だ。朝江はレストランで食事したあと、このホテルの一室で体を休めていたのだ。

「さっきも、お店のほうで訊ねたんですけどね……」

明日子は由起子の写真を取り出し、女に手渡した。

「この女性を見かけなかったかしら？」

女は近視なのか、顔のすぐ前に写真を近づけ、ためつすがめつ見入っていた。

「……ええ、なんとなく似ているようですが、どうもはっきりとは憶えていなくて……」

「――似ているって、誰に？」

「いえね、あの日――ほら、福島市まで行かれるっていう女性がここで休まれた日ですがね、ちょっとした騒動が起こりましてねえ」

「騒動って、どんな？」

「ええ、それがね……」

女は言葉を切ると、意味ありげに笑った。

「お客さんのプライバシーに関することですし、わたしの口からは、ちょっと……」

明日子は手早く二、三枚の紙幣を取り出し、女のエプロンにねじ入れた。

「さ、聞かせてくださいな」

女はばつの悪そうな笑みをたたえ、洋間の椅子に腰をおろした。

「あの日、吾妻《あずま》山荘——このすぐ裏手にある、いちばん料金の高いお部屋ですが。そこで休憩された女性の方が、急に腹いたを起こされたんですよ。二時間の休憩時間が過ぎても、お帰りにならなかったんで、主任《チーフ》がお部屋に電話を入れたんです。そしたら、電話に出た女性の方が、電話口で、うんうん唸ってらしたんです。主任に言われ、わたしが吾妻山荘に駆けつけますと、女性の方がドアから転げるようにして飛び出してきたんです。慌てて衣服をつけたらしく、あちこちのホックがはずれていて……わたしは最初はてっきり、痴話喧嘩でも始まって、女性が逃げ出してきたんだとばかり思ってましたが……よくあるんですよ、近ごろ。先月なんか、パンツ一枚の男が登山ナイフを持って、女を追いかけまわし、パトカーを呼んだこともありましてねえ……」

「で、どうなったんですか、その女性は」

明日子は話の先を促した。

「お腹が痛いと言ったきり、その場にうずくまってしまったんです。声もろくに出せないほどで、それはひどく苦しそうでしたわ。わたしは救急車をお呼びしましょうかって言ったんですが、女の方は何度も首を振って断わっておいででした。無理はないんです、こういう場所を利用するカップルは、大抵はお忍びですからね」

と女は言った。

「相手の男は、どうしたんですか？」

「部屋にこもったきり、顔を見せませんでしたよ。人眼につきたくなかったんでしょうね。代わりに飛び出してきたのが、先ほどお話しした、福島市まで行かれる予定の、女性のひとり客だったんですよ。そのお客さんはわたしから事情を聞くと、車で最寄りの病院へ送ると言われ、わたしに病人の身のまわりの物をそろえておくように言いました。すごく機転のきく、てきぱきした方で、わたしどもも大助かりでしたわ」

「その病人が、この写真の人だったんですね？」

明日子は確認した。

「ええ、似てますわ。テレビで観たことがあるような、とてもきれいな方でした」

と女は答えた。

尾道由起子は、やはり神永朝江と接触を持っていたのだ。東北自動車道ではなく、国道4号線を走行し、途中でこのホテル「峠」の部屋で男と一緒に情事を楽しんでいたのだ。

「で、相手の男性って、どんな人でした？」

「わたしが病人の手荷物を取りに吾妻山荘にはいりますと、相手の男の方は、まだベッドで眠っていたんですよ。いいえ、もちろん夕ヌキですわよ。わたしの声が聞こえないわけないんですもの。気の毒だから、そのままにしときましたけどね。三十前後の若い人でしたよ。髪の毛を短く刈りこんだ……横顔しか見ませんでしたけど、鼻の高い、男っぷりのいい……」

柳生照彦ではないのか。年齢も風貌も、ぴったりと当てはまるのだ。

「どこの病院だか、分かっているんですね？」

「さあ、それは分かりませんわ」

「じゃ、その運転していった女性からは、その後なにも連絡がなかったんですか？」

「そうなんですよ。部屋の男の方あてに電話をかけてくるんじゃないかと思ったんですが、それっきりなんにも。それに男の方も、いつの間にかいなくなってしまって。ちょうど新しいお客さんが着いたときで、事務所に出ますと、吾妻山荘の前に停めてあった車が見えなくなっていたんです。一時間の超過料金を踏み倒された、って主任はおかんむりでしたわ」

二本松市まで足を運んだ甲斐があった、と明日子はこのホテルの女との幸運なめぐり合わせを神に感謝したい気持だった。明日子は小型冷蔵庫からビールを取り出し、女にもグラスを手渡した。

「一杯いかが？」

「いただきますわ。でも、申し上げにくいんですが、その前にお代金を――」

明日子は五百円札をテーブルに置くと、ビールをひと息に飲みほし、腰を上げた。

あとは、尾道由起子が運び込まれた病院をつきとめることだけだ。ここから二本松市内にかけての国道4号線ぞいの病院をしらみつぶしに当たれば、必ず尾道由起子名義のカルテが見つけ出されるはずだった。この捜査は警察の手にゆだねよう、と明日子は思った。

29

電話の呼出し音で、明日子は目を覚ました。二本松市から中野《なかの》のアパートにもどり、長椅子で横になっている間に、いつしか眠ってしまったのだ。時計を見ると、夜の八時を過ぎていた。

「花積さんね」

受話器を取ると同時に、女の声がした。

「わたしよ。誰だか、分かるでしょう?」

声の主は、尾道由起子だった。

「ええ」

「どうだったの、二本松での調べは?」

「ご存じでしたの?」

「やっぱり、行ってらしたのね、二本松へ。じゃ、すっかり調べがついたのね？」

「ええ。すっかり」

「参考までにお訊きしていいかしら？」

由起子は酒でも飲んでいるのか、いつになく重たい口調で、語尾も聞きとりにくかった。

「尾道さん。あなたはやはり、国道4号線を使って帰られたんですわ」

「そうだったかしら。半年も前のことなんて、よく憶えてないわ」

「酔ってらっしゃるんですか？」

「酔うほど飲んでないわ」

「あの日のことは、忘れようにも忘れられないはずですわ。あなた方の車が、わざわざ国道4号線を走っていたのは、途中どこかでふたりだけの時間を持ちたかったからです。おふたりが選んだ場所は、ホテル『峠』でした。ちょうどそのころ、そのホテルの一室に、神永朝江さんが休憩されていたんです。それだけでしたら、あなたと朝江さんはこれまでどおりの赤の他人で終わっていたはずです。あなたの腹痛さえ起こらなかったら、あなたがお腹をかかえて外に飛び出したりさえしなかったら、朝江さんはひとり静かに部屋で過ごしていられたんです」

「そんな話を、誰から聞いたの？」

「あなただって見憶えがあるはずです。ホテルの事務所の品の悪い顔だちの女からです」

「じゃ、そのホテルで休んだのね」

「ええ。やはり朝江さんのように体の調子が悪かったからです。今にして思えば、朝江さんの引き合わせかもしれませんわ」

「――」

「朝江さんは、あなたの苦しむ声を聞きつけて、部屋から飛び出してきたんです。そして、見るに見かねて、自分の車で近くの病院まであなたを運んでいったんです。救急車や医者など呼んでもらいたくなかったあなたにしたら、まさに渡りに舟だったはずです。どこの何病院かは知りませんが、あなたはその病室のベッドで二昼夜過ごしていたはずです。朝江さんはやがて、あなたが誰であるかを思い出し、帰りにその病院に立ち寄ったばっかりに、命を落としてしまったんです」

「なぜ、殺されたっていうの？」

「理由は簡単です。決して名誉とはいえない事実を、朝江さんに知られてしまったから。ちゃんとした主人を持った女が、他の男とホテルに行くのを浮気って言うくらい、今じゃ小さな子供でも知っていますわ」

「それだけのことで、人を殺したりするかしら？」

「秘密を握っている相手にもよるでしょうね。朝江さんを、あなたは恐いと思ったんじゃないんですか？　朝江さんにしたら他意のない言葉の端々が、あなたには逆におどしに聞こえてしまったんですよ。秘密を握られ、なおかつ、恐喝でもされるとしたら、禍は早くにその根を断つにかぎる、とあなたは考えたんです」

「恩を仇で返す、ってまさにこのことね。人間って、そんなに都合よく頭を切りかえられるものかしら？」

由起子はそう言って、小さく笑ったが、明日子は無視して話を続けた。

「九月十二日、神永朝江さんが病院を訪ねた日、あなたは退院することになっていました。朝江さんはあなたをふたたび車に乗せて、二本松の駅まで送っていったと思うんです。あなたはなにか口実をつくって――おそらく、猪苗代湖を見たいとか言って、そのまま朝江さんと同行したんです。そして、人気のない湖畔に車を停めさせると、隙を見て朝江さんの頭をなぐりつけ、首を絞めて殺してしまったんです。朝江さんのハンドバッグから現金を盗んだのは、通りすがりの流しの犯行に見せかけるため。あれこれ話を聞かされていたあなたが、彼女のその予定どおりに、翁島旅館に泊ったのは、言うまでもないことですが、万が一に備えてアリバイを作るためでした」

「柳生照彦と片桐洋子を殺したのも、わたしだって言うのね？」

「柳生さんの原稿を読み、あなたは不安におののいたはずです。柳生さんがわざわざあんな原稿を書いたのは、あなたの罪を告発するつもりだとあなたは理解していたはずです。あなたは問題編を読み、犯人は見当もつかないとわたしにおっしゃっていましたが、下手な嘘だったと思います。あなたは問題編の犯人が片桐洋子だと、ちゃんと推理できていたんだと思います」

「前にも言ったけど、すべてはあなたの単なる推測ね。わたしが犯人だっていう証拠はどこにもないじゃないの」

「二本松市のどこかの病院に、カルテが残されているはずです。それに、そんな手間をかけなくても、あなたの写真を見せれば、あの夜、翁島旅館に泊った女だと即座に指摘してくれる人物もいますわ」

「誰なの？」

「今では、あなたがいちばん恐れている人物――翁島旅館の亀岡タツです」

「ああ、あの人――」

「あなたの顔をはっきり憶えているはずです」

「でも、それは今となっては無理ね」

「なぜ？」

「まだご存じなかったようね。きょう、偶然テレビのニュースで観たんだけど……」

「ニュースで――」

明日子は、にわかに胸騒ぎを覚えた。

「亀岡タツは、死んだのよ」

「死んだ――」

「旅館の近くを歩いていたとき、うしろからきた乗用車にはねられて、頭の骨を折って……轢《ひ》き逃げだってニュースでは言っていたわ。きのうのことよ」

「轢き逃げ――」

亀岡の小皺の寄った顔が、明日子の脳裏に浮かび上がっていた。土地訛を丸出しにし、かん高い声で愛想よくしゃべっていた亀岡タツ。

「尾道さん。まさか、あなたが――」

明日子は心に萌《きざ》した疑惑を、そのまま言葉に出した。

「わたしが轢き殺した、というのね。なぜ、わたしがそんな真似をしなければいけないの？　亀岡なんて、会ったこともないし、わたしには縁もゆかりもない人じゃないの」

「あなたは、彼女が旅館に泊った女の顔を今でも忘れず、はっきりと憶えていることを、わたしから聞いて知っていたはずじゃありませんか。わたし、もう許せないわ。ちゃんとした証拠を摑んでからと思っていたけど、もう待てない。警察に、なにもかも話をするわ」

由起子に対する激しい怒りで、受話器を持つ手が小刻みに震えていた。

「待って、花積さん――」

由起子が決めつけるような、厳しい口調で言った。

「待てないわ」

「警察へ駆け込むのを止めているわけじゃないの。それはあなたの自由だから、とやかく口出しはしないわ。でも、その前にわたしの話を聞いてほしいの」

と由起子は言った。これまでの、はぐらかすような口調とは打って変わり、有無《うむ》を言わせぬ強い響きがこめられていた。

「なにを今さら、話なんて――」

「この二、三日はずっと家にいるから、あなたの都合のいいときに訪ねてきてほしいの。ほんとのことを、すっかりお話しするから」

「今、この場でも話はできるはずよ」

「少し考える時間がほしいの。だから、わたしの部屋で――」

「亀岡タツの二の舞なんて、ごめんだわ。あなたが、なにを目論《もくろ》んでいるか、分からないとでも思っているの?」

「疑ぐり深い人ね。じゃ、家の近くの喫茶店かどこかで落ちあうことにするわ。あなたの好きな時間に、そこから電話をちょうだい」

明日子は、相手の申し出を受け入れることに決めた。警察に足を運ぶのは、由起子の話とやらを聞いてからでも遅くはないと思ったからだ。

「じゃ、そのとき」

明日子の沈黙を了解の意味に取ったらしく、由起子はそう言うと一方的に電話を切った。

30

その日、明日子は編集部の机に坐ると、週刊誌の橋井真弓の内線ダイヤルをまわした。受話器を取ったのは真弓ではなく、編集長の岡沢《おかざわ》だった。

「お弓さんなら、きょうから関西に飛んでるよ。人妻強姦殺人の事件《やま》を担当してもらったんでね。予定では、帰りは四日後になってる」

明日子は真弓が身近にいないと知ったとたん、新たな不安が胸をよぎった。由起子との会見に、真弓にも同行してもらおうと思っていたからだ。明日子はしかし、すぐに気をとりなおしていた。不安は残ったが、由起子の話を聞きたいという気持のほうが強かった。

午後の二時まで、机に坐って校正刷の赤字照合をし、二時から七時半までは、印刷所の出張校正室で校正刷を繰って過ごした。明日子が池袋から西武線で東長崎に出て、駅前の喫茶店から尾道由起子に連絡をとったのは、夜の八時半ごろだった。

「駅前の『パルコ』ね。知ってるわよ。そうね、二十分もしないで行けると思う。もし、遅れるようだったら店に電話するわ」

と由起子は言った。

トーストとゆでタマゴをゆっくりと食べ、煙草を灰皿にもみ消したとき、約束の二十分が過ぎていた。明日子が店の自動ドアが見とおせる向かいの座席に位置を変えて、三本目の煙草をくわえたとき、腕時計の針は、九時二十分を指していた。

約束の時間を三十分も超過しているのに、尾道由起子は姿を見せなかったのである。カウンターの電話が鳴るたびに、明日子は思わず腰を浮かせるようにしていた。遅れる旨の断わりの電話もかかってこなかったのだ。

由起子に適当にからかわれていたのではないか、と明日子が思いはじめたのは、店にきて一時間近くたったときだった。そうに違いないと考えると、明日子は伝票を摑んで立ち上がっていた。電話で問いつめようとも思ったが、由起子とじかに顔を合わせないことには、腹の虫がおさまらなかった。

足早に商店街を抜け、由起子のマンションのすぐ近くの通りまできたとき、明日子はふと、その足をとめていた。マンションの周辺に、異様な人だかりを見たからだった。右手の目白通りからはパトカーのサイレンが聞こえてきた。

岡持《おかもち》を下げた店員風の男と、中年の女が明日子の傍を駆け抜けていった。

「五階の、尾道さんの奥さんだってさ」

店員風の男の声が、明日子の耳を打った。

「テレビで観たことあるわ。なんで、死んじゃったのかしら」

女の声はすぐ背後に近づいてきたパトカーのサイレン音で半ばかき消されたが、死んだという言葉は、はっきりと聞きとれた。

――尾道由起子が死んだ。

明日子は夜空にそびえ立つ十階建てのマンションを見上げ、いつまでもその場に立ちすくんでいた。

捜査

1

三月二十三日。

秀穂マンション五〇二号室の住人である尾道由起子の死体を最初に発見したのは、岸本《きしもと》秋男《あきお》という初老の男だった。岸本は脇役専門の、あまりぱっとしないテレビタレントで、由起子と同じ階の五〇九号室に住んでいた。同業のよしみから、彼女とはこのマンションでも比較的親しく往き来している間柄だった。

岸本が仕事上の用事で由起子の部屋を訪ねたのは、夜の九時少し前だった。ブザーを押しても応答がなく、もどりかけようとしたとき、ドアの内側から飼い犬のポミーの物悲しげな鳴き声が聞こえてきたのだった。ポミーはドアに爪をたて、なにかを訴えるように、しきりに鳴き続けていた。岸本は犬の鳴き方に異様なものを感じ、思わずドアの把手に手をかけた。ドアは施錠されておらず、あいたドアの隙間からポミーが飛び出てきたのだ。足許にまつわりついたポミーはいつになく激しく尾を振り、悲しげに声をたてながら体を岸本にこすりつけていた。岸本は部屋の中で、なにか異変が起こっていると直感すると、ポミーを抱いて、急ぎ足で室内にはいっていった。

ダイニングルームから奥の洋間をのぞき込んだ岸本は、思わずあっと叫んで、その場に立ちすくんでしまった。洋間の赤い絨毯の上に、由起子が仰向けに倒れていたからだった。唇から垂れ落ちた一条の血痕を眼にとめると、岸本はポミーを床にほうり出し、一階の管理人室に駆け降りていった。新宿署の係員が到着したのは、その十五分後である。

2

「青酸カリによる中毒死ですね」

死体の顔をのぞき込んでいた係員が、背後の原口《はらぐち》警部に言った。

こげ茶色のガウンをまとった死体は、長椅子から転がり落ちたような格好で、両脚を長椅子のすぐ傍に投げ出し、仰向けに横たわっていた。死後一時間とは経っていず、死体の顔や手には、かすかな温《ぬく》もりが残っていた。死体の右腕の付け根のあたりに、ふたつに割れた紅茶茶碗が転がり、中身の液体が絨毯にしみついていた。その茶碗は、あまり見かけたことのない、いかにも高価そうな代物だった。ミカン色一色に彩《いろど》られ、表面に雪をいただいた山と湖が白く描かれていた。

「めずらしい茶碗だな」

原口は背をこごめ、仔細に茶碗を観察した。死体の頭のすぐ近くに、中身のつまったピースの罐《かん》が横倒しになっていて、四、五本の煙草が縦に並んで床に転がり出ていた。係員が一様に奇異に思ったのは、死体の右の掌にしっかりと握られていた三本の煙草だった。

「妙なもの、握ってますね」

と係員のひとりが言った。原口警部は煙草から眼を離すと、改めて死顔に見入った。ブラウン管で見かけるよりはやや老けて見えるその顔には、入念に化粧がほどこされていた。

「きみ、ちょっと脱がせてくれ」

原口警部は傍の係員にそう命じた。係員の手で薄いガウンの前がはだけられると、肌がすけて見えるような薄い水色のネグリジェが現われた。

いい女だな、と四十八歳のやもめ暮しの原口はひそかに感嘆の声をもらした。全体に肉づきのいい、なまめいた肢体の中で、とりわけ胸許のふたつの隆起はみごとなものだった。むっちりと盛り上がった下腹部を、花柄模様の薄いパンティーがぴっちりとおおっていた。

「別に、外傷はないようだね」

原口は死体から顔を上げると、ガウンの前を合わせ、毛布をかけてから洋間を離れた。

リビングルームを除くと、部屋は全部で四つあったが、いずれも家具や装飾品に贅《ぜい》をこらしてあった。玄関をはいってすぐ右手の六畳の洋間が、由起子の書斎にあてられていた。部屋の三方の壁に据えられた背の高い書架には、文学書がやや乱雑に立てかけてあり、並べきれなかった書物が床のあちこちにばらばらに積み上げられていた。

「なにか見つかったかね?」

若い中丸《なかまる》刑事の背中に、原口が声をかけた。木造りの机の抽出しをのぞき込んでいた中丸は、そのままの姿勢で首を振った。

「遺書らしいものは、なにも。いずれも書き損じの原稿ばかりです」

「主任——」

背後で、清原《きよはら》刑事の声がした。

「現場の洋間の長椅子の下に、こんなものがあったんですが」

清原は分厚くふくらんだB判の封筒を、原口に示した。

「なんだね?」

「どうやら原稿のコピーのようですね」

「原稿——」

「しかも、他人の原稿ですね。著者は——柳生照彦とありますな。柳生——」

そこで清原は、何か思い出したようだった。

「二十日ほど前、長野県の千曲川温泉で、旅館に遺書を残したまま消息を絶った推理作家が、たしか柳生といいましたね」

「そうだったかな——」

「これは、コピーのようですね。郵送してきたのは、春光出版社の編集部ですな」

清原は、封筒を原口に手渡した。表の宛名は、尾道由起子様、と書かれ、出版社の住所と社名を印刷した左下の欄に、「推理世界」編集部　花積明日子、という差出人の名が、宛名と同様にやや乱れた文字で記されていた。

「なんで他人の原稿がここにあるんだろうね？」

と原口は訊いた。

「そうですね。柳生照彦のコピー原稿がここにあるのは、ちょっと不思議ですね」

清原刑事は文学好きな青年で、ことに推理小説にかけてはいっぱしの通を自任していた。

原口はさして興味もないままに、ふたつ折りにとじてある原稿を手に取った。

湖に死者たちの歌が――　　柳生照彦

四百字詰原稿用紙の右半面の中央に、極太の万年筆で、そう大書されてあった。字画のしっかりとした楷書体の文字だった。原口は、その一見活字を思わせるような文字に魅かれ、ページを繰ってみた。次のページにも、同じような几帳面な文字が並んでいた。活字体のような文字は、最後の五十八ページにいたるまで、いささかの崩れを見せることもなく書き綴られてあった。

原口が原稿を封筒にしまうと、

「自殺だとお考えですか、主任は？」

と清原が言った。

「まだ、分からん。ちょっと気になるのは、彼女の身支度だ。きれいに化粧をし、すけすけのネグリジェを着ていた。パンティーは花柄で、これまた、すけすけ、全部が丸見えって代物だ。自殺しようとする女性にしちゃ、色気を発散させ過ぎてるよ。洋間の長椅子で青酸カリなんかあおるより、ベッドで赤マムシのドリンクでも飲んでたほうが、ずっと似合ってるっていう格好だ」

「それに遺書がないのも変ですね。小説家と名のつく人間が自殺する場合、九十九パーセントは遺書を残すといいますよ」

清原が言った。

「もうひとつ解せないのは、あの煙草だよ。ピースの罐が転がっていたっていうのは分からなくはないが、なぜその中の三本が彼女の手に握られていたんだ」

「あの世へ持って行こう、なんて解釈は、しゃれにもなりませんね。それに彼女は、たしか喫煙の習慣はなかったはずですから」

清原が雑誌からでも仕入れたのだろうか、得意げに知識を披露しながら、笑いかけたとき、玄関のドアがいきなりひらき、太い男の声がした。

「由起子――」

原口が玄関に立つと、小太りの男が警部を突きとばすようにして奥へ駆け込んだ。夫の繁次郎だった。

「由起子――」

妻の名をふりしぼるようにして呼ぶと、繁次郎は膝を折って、床に両手をついた。首許まで毛布の掛けられた遺体を、いつまでも眺めやっていた。

3

尾道繁次郎は両脚を広げ、胸をそらせた格好で、原口たちの前に腰をおろしていた。傲《ごう》然《ぜん》たる態度だったが、落ち着きのない眼の動きが、その興奮の度合いをはっきりと物語っていた。

「きょう、奥さんと最後に会われたのは何時ごろでしたか?」

原口が訊ねた。

「きょうは会っておらん。きのうの朝から大阪へ出張しておったんだ。大阪から、けさ由起子に電話をかけたが、由起子の声を聞いたのは、それが最後になった」

繁次郎は原口の頭越しに壁の風景画を見やり、悠然たる口調で答えた。彫の深い、精悍な顔つきの男だった。角ばった顔の中で鋭い眼が黒く光っている。ややちぢれた白髪を除けば、とても六十三歳とは思えない、若々しい活力に満ちた男である。

「電話での奥さんの様子に、なにか変わったところはありませんでしたか？」

と原口が言った。

「なにもなかった。いつもの由起子だった」

「最近、奥さんがなにかで思い悩んでいるようなことは？」

「なかったはずだ。もっとも、小説かなんかを書いているときは別だが」

「奥さんは今夜、誰かと会う約束でもしておられませんでしたか？」

繁次郎はやや時間をおいてから、猪首をゆっくりと左右に振った。

「別に、聞いておらんが」

「つかぬことをお訊ねしますが、奥さんはお寝みになるとき、いつも、ああいう……つまり――」

「あの花柄の下着のことかね」

不興そうな顔つきで、繁次郎は言った。

「由起子がいつもどんな身なりで寝ていたのか知らんが、別に珍しいことでもあるまい」

繁次郎は風景画から視線をそらすと、煙草に火をつけた。

「奥さんには、喫煙の習慣はなかったそうですが、そうすると、洋間に転がっていた煙草は尾道さんのものですね？」

このとき、繁次郎の鋭い眼になにか光るものが走った。

「ああ。貰い物だ。来客用にと思って、洋間のサイドテーブルに置いていたものだ」

「奥さんは亡くなる間ぎわに、あの煙草の罐に手を伸ばし、そのうちの三本をわし摑みにされていたんですが、なにかそのことでお気づきのことはございませんか？」

「煙草を三本？　さあ、由起子がなぜ、煙草など握っていたのか、わしには分からん」

「これはあくまで想像ですが、奥さんはあの煙草を握りしめることによって、誰かを告発しようとしたとは考えられませんか？」

繁次郎は黒光りのする眼を、いっぱいに見ひらいた。

「きみは、由起子が誰かに殺されたとでも言うのかね」

「ですから、あくまでも想像です」

「少し言葉が過ぎるぞ。わしの煙草を握っていたから、犯人がわしみたいな言い方じゃないか」

「そんなつもりじゃありません。ただ……」

原口が少し慌て気味に弁解しようとしたとき、

「尾道さん――」

と傍から、清原刑事が声をかけた。

「洋間に転がっていた紅茶茶碗は、大変珍しい品ですが、いつも奥さんが愛用されていたものですか？」

「わしは由起子と違って、陶器なんぞには興味はない。由起子があれをスイスかどこかで買ってきたのは知っとる。セットになっていて、食器棚の抽出しの中にケースごとしまっておいたらしいが、いつも使っていたかどうかは分からん」

繁次郎は額に垂れさがった白髪を、うるさそうにかき上げた。

「尾道さんは、柳生照彦という作家をご存じでしょうか？」

と清原が訊ねた。

繁次郎は黙ってふたたび風景画に視線を置いていたが、やがて、

「知っとる。一、二度どこかで挨拶したこともある。自殺したことも、新聞で読んだ」

「奥さんは柳生照彦原作のドラマに幾度か出演したことがありますね。テレビで偶然、拝見したんですが」

「ああ、知っとる」

「『湖に死者たちの歌が――』という作品をお読みになったことはございませんか？」

「読んどらん。柳生とかいう作家にかぎらず、小説本など手にしたことはない。そんなものにうつつを抜かすほどひまではないからだ。だが、その小説がどうかしたのかね。由起

子の死となにか関係でもあるというのかね」

繁次郎は不機嫌そうな表情で、清原を睨《ね》めつけた。

「洋間の長椅子の下に、その『湖に死者たちの歌が――』というコピー原稿が落ちていたからです。二十日ほど前に、春光出版社の編集部から郵送されたもののようですが」

「さあ。由起子はなにがおもしろいのか、よくコピーのような原稿を机で読んでいた。春光出版社という名も、由起子の口から聞いたことがある」

「柳生照彦について、なにか聞いていませんでしたか？」

「彼となにか競作の話が持ちこまれたが、断わった。それくらいの話しか聞いてはおらんが」

「競作――」

「ああ、それ以上詳しくは知らん」

繁次郎はそう言い捨てると、腰を上げ、暖炉の前に立った。

「尾道さん。お気を悪くされては困りますが、捜査の必要上、お訊ねします」

原口は繁次郎の背後に歩み寄った。

「奥さんは、尾道さん以外の男性と特別な交際を持っていなかったでしょうか？」

繁次郎は首だけねじ曲げて、原口を見た。

「由起子が浮気をしていた、とでも思っとるのかね」

その薄い口の端に、奇妙な笑みが走った。

「由起子があんなはしたない格好をしていたのは、男を待っていたとでも思っとるのかね」

「参考までに、お訊ねしているのです」

「下衆《げす》の勘ぐりとは、まさにこのことだ。由起子は他の男と情を交わすような尻軽な女じゃない。由起子が今夜待っていたのは、このわしだよ」

「そうでしたか」

原口はゆっくりとソファにもどり、繁次郎を見上げた。彼はさらになにか言いかけようとした言葉を呑み込むと、持前の射るような眸で原口を凝視していた。

4

翌朝、原口警部は自席につくとすぐに、受話器を取って春光出版社のダイヤルを回した。交換台に「推理世界」編集部の花積明日子の名前を告げると、やがて静かな男の声が聞こえてきた。

「編集長の松沼です。新宿署の方ですね」

「ええ。原口という者ですが、花積明日子さんをお願いします」

と原口は言った。相手が返事をするまで、短い時間があった。

「花積は、ただ今、入院しておりますが……」

「入院──ご病気ですか?」

「いえ……交通事故に遭いまして……かなりの重傷を負って、まだ意識がもどらないんです」

「いつのことですか?」

「昨夜です。目白通りからわき道にはいったところで、乗用車にはねられたんです。轢き逃げなんです」

「轢き逃げ──」

「実は、こちらから連絡しようと思っていたところです。お話ししたいことがあるんです」

「こちらも、同様です。都合のよい時間に、会社のほうへおじゃましますよ」

松沼は、いつでもいいから、と言って電話を切った。

「主任──」

背後に、清原刑事が立っていた。

「花積明日子は轢き逃げに遭って、重傷を負ったそうだ。昨夜、目白通りの近くで」

「目白通りといえば、尾道由起子のマンションの近くも走っていますね」

と清原は言った。

「そういえば、そうだな」

清原は小脇にかかえた封筒から、柳生照彦のコピー原稿を取り出した。

「ゆうべ遅くまでかかって、この原稿を読んでみたんですがね。こりゃ、単なる推理小説じゃありませんね。今資料室で調べてみて、はっきりしたんですが、去年の九月に福島県の猪苗代湖畔で起こった実際の事件を、そのまま書き綴ったものなんです。被害者は、栃木県の黒磯市に住んでいた神永朝江という女性ですが、事件関係者の名前もすべて実名で書かれているんです」

と清原は言った。

5

「松沼と申します」

縁なし眼鏡をかけた松沼健次《けんじ》は、「推理世界」編集長、という肩書入りの名刺を清原たちの前に置いた。四十二、三歳の品のいい、ちょびひげをたくわえた口許に、柔和な笑みを漂わせた男だった。

「さっそくですが、作家の尾道由起子さんが亡くなられたことは、ご存じでしょうね」

と同行した中丸が切り出した。

「はい。けさ、新聞を読んで……」

「こちらの編集部で、最近、尾道さんに原稿を依頼されましたね」

「はい。順を追ってお話しします。一か月ほど前――二月中旬ごろでしたが、作家の柳生照彦さんから持ち込み原稿の話があったんです。直接担当したのは花積明日子ですが、変わった企画でおもしろいということで、掲載することに決まったんです。その企画というのは、犯人当てリレー小説とでも言いましょうか、柳生さんが問題編を書いて、別の作家が推理し、解決編を執筆する、といったものだったんです」

「なるほど、それで、あの原稿は中途半端なところで終わっていたんですね。すると、解決編を執筆する予定だった作家は尾道由起子さんだったんですな」

「そうなんです。花積は、とりあえず柳生さんから問題編の原稿だけを貰い、それをコピーして尾道さんに郵送していたんです。わたしは以前から約束していたある作家と一週間ほど北海道に取材旅行をしていましたが、北海道から帰ってきますと、花積が柳生さんの原稿をわたしに見せ、これは活字にはできないと言ってきたんです」

「そうでしょうね。あの原稿は猪苗代湖畔で実際に起こったことを、そのまま書いたものでしたからね」

と中丸が口をはさんだ。

「ご存じだったんですか。そうなんです。花積から話を聞き、わたしもびっくりしました。もっとも、そうでなくとも、あの企画は流れていたはずです。柳生さんが自殺し、解決編の原稿も入手できなくなったんですから」

「しかし、花積さんは、よく柳生さんの原稿の内容を見抜いたものですね」

と清原が言った。

「猪苗代湖畔の事件のあったころ、花積は体をこわして、福島県の二本松市にある兄さんの家で養生し、短い期間、市内の病院に入院していたからです。地元紙に載った記事を、記憶していたんですよ。花積はさらに確認するために、地方紙に当たって確認をとっていたようです」

「熱心なことですな」

「花積は、そういう性質なんです。探究心が旺盛というか、疑問をそのままにしておけないたちなんです」

そのとき、応接室のドアに軽いノックの音が聞こえた。はいってきたのは、目鼻だちのきりっとした三十歳前後のチャーミングな女性だった。

「ああ、きみか。ちょうどいいところへ来てくれた」

松沼は、「推理世界」の編集部員、橋井真弓です、と清原たちに紹介した。

「花積と同期生で、入社以来の親友です。警察の方に話したいことがあると言うものですから」

「橋井真弓です。よろしく」

女はドアを背にしたまま、一礼すると、松沼の傍の椅子に坐って、清原たちを等分に見やった。物おじしない、てきぱきした挙措は、いかにも辣腕《らつわん》の編集者の片鱗《へんりん》をうかがわせていた。

「わたしどもに、お話というのは？」

清原は相手を促した。

「その前に、お訊ねしたいことがあるんです」

真弓は、音調の高いはっきりとした口調で言った。

「なんでしょうか？」

「尾道由起子さんの死を、新聞では変死と言葉を濁らせていましたが、すると、他殺の疑いもあるということですね？」

「捜査が継続中のことで、はっきりとは申せませんが……」

清原は、あいまいに答えてお茶を濁した。

「わたし、明日ちゃんが――いえ、花積が交通事故に遭ったのは、偶然ではないような気がするんです」

「と、言われると？」

「花積はあのとき、尾道さんのマンションを訪ねようとしていたんじゃないかと思うんです。その途中で誰かに――」

「誰かに――」

「うまく言えないんですが、花積は、事件をひとりで解決しようとやっきになっていました。わたしは警察に任せたほうがいいって何度も言ったんですが。だから、いつか、こんな目に遭うんじゃないかと、そればかりが心配だったんです」

「事件というのは、もちろん猪苗代湖畔の神永朝江殺しの一件ですね」

「ええ」

「ご存じのことを詳しく話してみてください」

真弓はショートカットの髪型とよく調和した丸い顔を心持ちかしげながら、話をはじめた。

「わたし、花積に頼まれて柳生照彦の事件を調べたんです。柳生の遺留品の中に、問題編のコピーと、解決編の生原稿がなかったことから、わたしと花積は柳生が神永朝江殺しの犯人の手にかかり、殺されたものと確信するようになったんです。花積は解決編の原稿がない以上、問題編から犯人を割り出そうと言い、わたしにその生原稿を貸してくれたんです」

「つまり、おふたりで推理されたわけですな。で、その結果はどうでしたか？」

清原が言った。

「わたしも花積も、同一の犯人を指摘していました。つまり、片桐洋子をです」

橋井真弓は、ちょっと得意そうに相好を崩した。

「わたしも昨晩、あの原稿を読み、推理を働かせてみました。あなた方と同じ結論でした。あの原稿を読んだかぎりでは、片桐洋子以外に犯人は考えられません」

「それ以後、花積とは会う機会がなかったんです。でも、彼女は、ひょっとして黒磯市へ出かけていったのかもしれません、片桐洋子に会うために」

「でしょうね。しかし、片桐洋子に会えたかどうかは、ちょっと疑問ですがね」

清原が言うと、橋井真弓は澄んだ眼を不審そうにしばたたいた。

「なぜですの？」

「先ほど黒磯署に照会して分かったことなんですが、片桐洋子は三月十三日の夜、アパートの近くの神社の境内で、頭をなぐられて殺されていたからですよ」

「片桐洋子が殺された――」

橋井真弓は叫ぶように言うと、清原と中丸を交互に見つめた。

「誰に、誰に殺されたんですか？」

「分かりません。黒磯署では、捜査を続けていますが、これといった成果はないようです」

「もしかして、神永朝江殺しと関連があるんじゃ……」

「ええ、考えられます。つまり、神永朝江を殺したのは、片桐洋子ではなかった、という仮説も成り立つわけです。となると当然、翁島旅館に泊った女は、片桐洋子じゃなかった、という結論が得られるわけです」

「花積も、きっとそう考えたに違いありませんわ。そしてまた、真犯人を追いかけて——」

「橋井さん」

と清原が言った。

「あなたは、亀岡タツ、という名前に記憶がありませんか？」

「亀岡タツ……もしかしたら、あの小説の中の……」

「そうです。翁島旅館の客室係の従業員です」

「その亀岡さんが——」

「福島県の会津若松署に電話で問い合わせて分かったことなんですが、片桐が殺された翌日、十四日の夜、頭の骨を折って死亡しているんです」

「死んだ……」

「旅館の近くの車道を歩いていて、殴り殺されたんです。片桐洋子と同じように」

「殺された……」

「独立した事件なのか、あるいは神永朝江事件に関連があるのか、今のところは分かりませんがね」

「別個の事件なんかじゃありません。亀岡タツは翁島旅館に泊った女の顔を憶えていたんです。だから、口を封じられたんです」

橋井真弓は興奮した口調で言った。

6

清原と中丸は春光出版社を出ると、中丸の運転する車で、花積明日子の入院している聖母病院に向かった。

後部座席には、編集長の松沼健次が坐っていた。松沼も病床を訪ねる矢先だったらしく、清原たちの誘いに応じて同行したのである。

聖母病院は、新宿区中落合にある。目白通りを中野方面に向けて進むと、山手《やまて》通りとの交差点にぶつかる。その手前を左折し、狭い道を少し行ったところにレンガ造りの聖母病院の建物があった。

　三階の外科病棟の受付で名刺を出し、看護婦に案内された医局でしばらく待っていると、担当の外科医が姿を見せた。

「今のところ、生命に別状はありません。左大腿部を車体にぶつけており、複雑骨折しています。それに、左側腹部にも裂傷があり、かなりの重傷でした」

　長身の青年医師は、清原を見おろすようにしてそう言った。

「意識はまだもどらないんですか？」

　松沼が訊ねた。

「かなり強く頭部を打っていましたからね。時おり、昏睡から目覚めることがありますが、それもごく短い時間です」

「話ができるのは、いつごろになりますか？」

　清原が言った。

「さあ。いつとは、はっきり申し上げられませんが、少なくともこの一週間は絶対安静です」

「患者は、なにかうわ言のようなものを言っていませんか？」

「ええ、時に意味のない言葉を発することはあります。痛みの訴えが大半ですが、人の名前と思われる言葉も……」

「どんな?」

「オノミチ……オノミチとかいう言葉をしきりに」

「尾道由起子のことでしょうね」

「その他には、ユキオ……たしかユキオとか」

「ユキオ――」

「もしかしたら、加倉井行男のことかもしれません」

と編集長の松沼が傍から言った。

「何者ですか、それは?」

「花積君の別れたご主人です。たしか行男という名前でしたが」

「身内の方も、そう言っていましたよ。関西に住んでいるとかで、連絡をとっていたようですが、まだお見えになってはいないようですね」

と外科医が言った。

「離婚されていたんですか、花積さんは」

清原は松沼のほうに顔を向けた。

「ええ。もう十か月も前になりますかね。ひと粒種のお子さんが亡くなりましてね、それが引き金になって、急に夫婦仲が冷たくなってしまって。でも、離婚の原因はご主人の側にもあったんです。どこかやくざっぽいタイプの男でしてね、離婚したあとも、事業資金ご主人に用立ててやったようです」

と松沼は言った。実直そうな人柄の松沼にしては、棘を含んだ言葉だった。

「花積さんにしたら、まだ別れたご主人に未練があったのかもしれませんね」

と中丸が言った。

「さあ、そのへんのところはなんとも言えませんが。いずれにせよ、花積君は亡くされたお子さんやご主人のことで、言い知れぬ苦しみを味わっていたはずです。アルコールに親しむようになったのも、ひとつには、そのせいなんです」

「そういえば——」

話から取り残された形の外科医が、ふと口をはさんだ。

「事故に遭ったとき、患者はかなり酒気を帯びていましてね」

「酒を飲んでいたんですか？」

信じられない、という面持で中丸が言った。

「ええ。車にはねられたのは、酒に足をとられていたからじゃないかと思いますが。患者を病院に運び込んだ現場付近の住人の話では、患者はかなり不安定な足どりで道を歩いていたそうです。事故に遭ったのは、その直後のことらしいんです」

と外科医は言った。

「なにかショックを受けたんですよ、花積君は」

松沼が誰にともなく言った。

「花積君は、精神的な緊張を強《し》いられたり、興奮したりすると、持病の神経疾患が起こるらしいんです。その症状をやわらげるために、よく酒を口にしていました。勤務にさしさわりのない程度の酒量でしたので、わたしどもも黙認していたんです。花積君もそのことは充分に承知していて、以前から配置転換を希望していました。つまり、編集部のような外部接触の多い部署ではなく、事務系統の仕事につきたかったようです」

「花積さんは事故に遭った夜、おそらく尾道由起子のマンションを訪ねていますね。花積さんがショックを受けたのは、尾道の死を知ったがためではないでしょうか」

と中丸が言った。が、清原は小首をかしげていた。

「彼女の死を知ったくらいで、足をとられるほどに酒を飲むかね。もしかしたら、花積さんは現場に足を踏み入れていたのかもしれんな」

7

尾道由起子の死は自殺とも他殺とも断定されかね、変死という線で捜査が継続されていた。現場の割れた紅茶茶碗から青酸カリと由起子の指紋が検出されているが、毒物の包装紙は、部屋からは見つかっていない。

柳生照彦を受け持った千野《ちの》刑事が、原口に報告した。

「柳生照彦の当時の足どりは、これまでに報告のあったとおりです。三月一日の午後一時ごろ、柳生は杉並区方南町の自宅付近の喫茶店『シクラメン』で春光出版社の花積明日子と会い、約束した原稿を渡しています。柳生はコピー原稿をボストンバッグにしまうと、花積と別れ、長野県の千曲川温泉へ旅立ったのですが、ここまでのことは青山堂という書店の主人から確認したことなんですが」

「その書店の主人とかいうのは？」

原口が訊ねた。

「柳生照彦の自宅の近辺にある書店の主人です。頭は悪くなさそうなんですが、ぺらぺらとよくしゃべる、推理小説好きなおやじで、柳生とは以前からかなり親しい間柄だったようです。その書店はコピーサービスもやってましてね。柳生は出版社に渡す原稿を、以前からいつもその店でコピーしていたらしいんです。あの日も、柳生は原稿のコピーを依頼し、そのまま喫茶店に出向いていったんです。書店の主人は生原稿とコピー原稿を封筒に入れて、約束した時間にその喫茶店まで届けたんですが、柳生にすすめられて、片隅でトマトジュースかなにかを飲んでいたんだそうです。花積と柳生の話は聞くとはなしに耳にはいったと言っていましたが」

「なるほど」

「主人は以前から柳生の作品を愛読していましてね。彼の女房がこぼしてましたが、柳生の原稿は必ず一通余分にコピーして、その場で読んでいたほどの熱の入れようだったとか。推理小説好きだけに、事件のことを逆に根ほり葉ほり訊かれましてね。あげくには、犯人は誰もが疑っていない意外な人物だなんて、つぶやくように言ってましたが、まさに推理小説の読み過ぎってやつですな」

千野はひと息つくと、

「これは、その喫茶店の店員から聞いた話ですがね。書店の主人は、柳生と別れたあとすぐに喫茶店を出たのですが、花積明日子はそのあと二時間近く、そこで柳生の原稿を読んでいたそうです」

「二時間近くも？　たかだか五十何枚だかの原稿をねえ」

「原稿を幾度も読み返し、内容をチェックしていたんだろうと思いますが、それにしても、熱心な編集者ですねえ。それから、彼女は二杯目のコーヒーを注文したんですが……」

「わかった。ところで、柳生の千曲川温泉での宿泊予定は、五泊六日だったね。三月三日までは部屋にこもりきりで、読書やら執筆に励んでいたんだろうが、四日の午前中にぶらりと旅館を出たきり、消息を絶った。部屋の遺留品は？」

「ごく普通のものばかりです。しかし、五十何枚かのコピー原稿と、部屋で書いていたはずの生原稿は発見されていません。原稿の代わりに、春光出版社の原稿用紙に書きしるした遺書のようなものが見つかっていますが。柳生の直筆で、『死して、しのびやかに笑う』っていう文句ですがね」

「変わった文句だな」

「柳生の身につけていた品が、千曲川の崖っぷちで発見されたのは、その三日後です。千曲川に身を投げたと思われるのですが、一週間にわたって捜査したにもかかわらず、遺体は発見されませんでした。あの場所は有名な自殺の名所で、今年にはいって四人もの投身者があったそうですが、川底から引き上げられたのは、わずか一体だけでした」

「柳生照彦には、自殺の動機があったのかね?」

「それなりの動機はあったようです。彼は三、四年前、ある雑誌の懸賞で二席に入選し、推理文壇にデビューしたんですが、マスコミにもてはやされたのは、わずか二年足らずの短い期間だったんです。柳生は筆で食える自信があったらしく、それまで勤めていた貿易会社を辞めてましたので、原稿料が途絶えるということは、彼にとっては死活問題です。ですから、細々ながらも原稿を執筆して食いつないでいたんですが、一年半ぐらい前から、ぷっつりと筆を断ってしまったんです。体《てい》よく言えば、創作上の行きづまりというやつですが、なけなしの才能をすっからかんにはたき出してしまったためだとも一部では言われています。作品が書けなくなり、彼なりに苦悩していたことは事実のようですが」

「つまり、創作上の煩悶《はんもん》か」

「加えて、金銭上の問題も生じていたようです。柳生は、きわめてギャンブル好きな男だったんです。一応ハンサムで、女にもてることもあって、そちらのほうの出費もかさんでいたらしく、所轄署の調べで分かったことですが、金融業者からの借入れが四千万ほどにふくれ上がっていたんです。長野県の山奥の温泉にこもって執筆に専念するなんて、まったくの口実で、本当は金融業者の執拗な督促から身をくらますためだったんじゃないか、という見方が強いですよ。真の自殺の原因は、案外そのへんにあったんじゃないでしょうか。杉並区の自宅マンションを調べたところ、金目のものはすっかり処分されていて、部屋もきれいに掃除されていたそうです」

と千野は説明を終えた。

8

福島県会津若松署の刑事が新宿署の捜査本部に現われたのは、千野刑事の報告が済んで半時間もたったときだった。阿久井英吾《あくいえいご》、と印刷された名刺を受け取った原口は、改めて相手の顔に見入った。柳生照彦の小説に登場する会津若松署の刑事は、たしか川上といったはずである。まるまるとした小さな顔、生気のない鈍重そうな薄い眼、そしてちんまりとしたうわ向きの鼻を持った五十年配の刑事――と柳生は書いていた。その描写は眼の前の阿久井そのもので、風貌の特徴をもののみごとに活写していた。訛のある言葉や、毛髪らしきものが見当たらない禿頭も、彼の描写どおりだった。柳生が小説にするときに、名前を変えたのだろうか。しかし、ほかの人名はすべて実名を使っているのに、と原口は首をひねった。

「話はうちの署長から聞きました。ちょうど本庁へ出張する用事がありましたので、わざわざうちの署までお越しいただくこともないと思い、おじゃましたようなしだいです。神永朝江事件を直接担当しておりましたので、なにかのお役に立てればと思いまして」

と阿久井刑事は言った。原口は会津若松署の刑事を、奥の来客用のソファに案内した。

「時間があまりありませんので、さっそく本題にはいらせていただきますが」

出された茶をひと口すると、阿久井は気ぜわしそうに手帳を繰った。

「神永朝江事件が起こったとき、捜査員の誰もが最初に疑いの眼を向けたのは、神永ビニール会社の社長、神永頼三でした。神永にはそれなりの動機があり、またしっかりしたアリバイもなかったからです。しかし神永は車を運転することができず、また現場までタクシーを利用したという証拠も見つけ出せませんでした。しかし、このわたしは最初から、工場長の浦西大三郎と事務員の片桐洋子のふたりに眼をつけていたんです。ふたりのアリバイが、あまりにも完璧すぎたからです。わたしは最初から事件を考えなおし、あの神永朝江の手紙になにか、からくりがあるに違いない、と結論を下したんです」

ここで阿久井刑事は浦西たちのトリックを説明してきかせた。

「わたしたちが速達便と普通便のトリックを見破ったのも、封筒に入っていた札《さつ》の種類に疑問を感じたからです。ふつうなら、全部一万円札で入れるでしょう。ところがその封筒には五千円札や千円札までまじっていたというじゃないですか。これは札の数を増やして重さを出し、料金をごまかすためだったんじゃないか、と思いついたときには子供のようにはしゃぎまわったものでしたよ。神永朝江の死体を見て、翁島旅館に泊っていた女だと確認したのは、旅館の経営者夫婦です。部屋の係だった亀岡タツという女は、急用ができて、九月十三日の夕方から仙台の実家に帰っていたんです。そのとき亀岡が死体を確認していたら、入れ替えのトリックをすぐに見破っていたはずなんです。わたしは亀岡に、神永朝江の顔写真を見せたんです――事件から三か月も経過したときでしたが、彼女は首を横に振って、あの日泊ったのは、この女性ではないと断言するように言ったのです。亀岡は長年の水商売の経験から、客の顔は一度見たら忘れないという優れた記憶力を持った女でした。わたしは続いて、片桐洋子の写真を見せたのです。すると、彼女は前と同じように首を振って、この人もあの日の客ではないと言ったんです」

阿久井はふたたび茶をすすり、口許を手の甲で拭うと、せわしそうに話を続けた。

「その女が、神永朝江でもなく、片桐洋子でもないとしたら、いったい誰だったのか——当然のことながら、その解答は容易には得られませんでした。わたしはしかし、片桐が、九月十二日の日、猪苗代湖に姿を見せていたという考えを捨て切れないでいたんです。亀岡の話を幾度か頭の中で思い起こしているうちに、神永朝江が浴室におりていった留守に、部屋にはいり込んでいた人間こそ片桐だったに違いないと思いついたんです。わたしは、その夜宴会をもよおしていた地元の草野球チームのひとりひとりに当たってみたんです。宴会のメンバーは十人でしたが、誰ひとりとして三一二号室に忍び込んでいたという人物はいなかったのです。わたしは片桐を問いつめましたが、彼女はあの日の午後はアパートの部屋で臥っていたの一点ばりで、否認しつづけていたのです。申し立てるアリバイも、あいまいなものでした。アパートの住人の中で、その日の午後、片桐を見かけたという人間はひとりもいなかったからです」

阿久井はまた気ぜわしい手つきで手帳を繰った。

「片桐が殺害されたのは、ご存じのように三月十三日の夜七時ごろです。黒磯署から連絡を受けたのは、事件の五日後でしたが、わたしは取るものも取りあえず、黒磯署に駆けつけました。わたしは、片桐を殺したのは、浦西大三郎だと信じて疑わなかったからです。黒磯署では、わたしの思惑とはまったく関係のない観点から、浦西を重要参考人として署に召喚していたんです。殺される前の日、工場の中で浦西と片桐が摑み合わんばかりの大喧嘩をしていたという事実が明らかにされていたからなんです。黒磯署では、ふたりが以前から深い仲だったこと、最近になり、片桐が浦西を疎《うと》んじるようになっていたことを摑んでいましたが、そのことは、最初の捜査のときに、わたしも見抜いていましたよ」

阿久井は丸い小さな顔に、初めて笑いを浮かべた。

「わたしは、浦西を厳しく詮議しました。彼は殺人の容疑がかけられていることで、すっかり怖気《おじけ》づいてしまい、あっさりと口を割ったんです。九月十二日の午前中に、ふたりは神永朝江の速達便を盗み読んで、殺害計画をたて、その日の午後、浦西の運転する車で猪苗代湖に向かっていたんです。ふたりの到着が予定どおりだったとしたら、朝江は浦西の手にかかって殺されていたはずなんです。ですが、郡山から猪苗代湖に向かう途中の49号線で、居眠り運転のトラックが対向車線に飛び込み、乗用車と正面衝突するという思わぬ事故によって、ふたりの計画は挫折してしまったのです。翁島旅館に着いてみたら、朝江の運転するパルサーは、すでに駐車場に停まっていたため、旅館までの途中の道で殺害するという当初の計画は変更を余儀なくされたのです。旅館にはいっていったのは、やはり片桐でした。彼女が朝江を外へ誘い出し、浦西が殺害する手はずだったのですが、ここでも思いもかけなかった事態に出くわし、ふたりの計画は完全におじゃんになってしまったというわけです。申し上げるまでもなく、三一二号室の女が朝江とは似ても似つかぬ別人だったからです。ふたりは所持金を強奪するという目的は達せられませんでしたが、朝江が死んだことで、ほっと安堵していたはずです。片桐は朝江の個人的な金の経理を任せられていたのをいいことに、帳簿をごまかして、浦西にみついでいたんです。浦西は片桐との結婚資金にすると欺して、その金を遊興費にあてていたんですから、ひどい男ですよ。片桐が浦西と別れたのは、朝江の事件後まもなくのことで、そんな浦西にすっかり嫌気がさしたとも考えられますが、妻子のある新しい恋人ができたためという話もあり、現在調査中です」

阿久井は指先を舐め、手帳のページをめくった。

「片桐の死体が発見された場所は、彼女のアパートからさほど離れていない神社の境内でした。彼女はその日、いつものように午後六時半ごろ会社の仕事を終え、七時ごろ帰路についたのですが、その途中で凶行に遭ったものと思われます。石のようなもので殴りつけられた跡が、後頭部に三箇所発見されています。社長の神永頼三氏にも会って話を聞いたのですが、その夜、片桐は誰かと約束をしていたらしく、しきりに帰りの時間を気にしていたということです。それに、彼女は最近、なにか考え込むことが多く、どことなく落ち着かない素振りだったとも言っていました」

「何か気にかかることがあったのかな――」

原口が首をひねったきり、黙っているのを見ると、

「次に翁島旅館の亀岡タツの一件について、簡単にご説明します」

と阿久井は言って、ちらっと腕時計に眼を走らせた。

「亀岡の死体が発見されたのは、片桐の遺体が発見された翌日でした。場所は、猪苗代湖畔の49号線から翁島温泉に至る道ばたのクヌギ林の中です。死後一日経過していて、頭の骨が陥没していました。道路からクヌギ林に死体を引きずっていった痕跡も発見されています。殺されたんです。背後からこれも石のようなもので撲殺されたものと断定されました。殺された日、被害者は夜の七時半ごろ、用事があると主人に断わって旅館を出ていたんです。なんの用事だったかは、はっきりしませんが、その日の午後七時ごろ、彼女が調理場で膳を片づけていたとき、電話がかかってきたんだそうです。亀岡自身が直接受話器を取ったのですが、電話を切るとすぐ、外出着に着替えてそそくさと旅館を出ていき、それっきりもどってこなかったというわけです。旅館の主人たちの話を聞くと、さらに不可解な点が出てきました」

「といいますと?」

原口が新しい茶をつぎ足そうとすると、会津若松署の刑事は手を振ってそれを制し、ふたたび腕時計に眼を落とした。

「その日の朝九時ごろのことなんです。亀岡は玄関先で掃除をしていたんですが、やがて、なにかびっくりしたような顔をして、高箒《たかぼうき》を片手に持ったまま玄関へはいってくると、いきなり帳場の宿泊者名簿を繰りはじめたんだそうです。主人が何事が起こったのかと訊ねても、彼女は上の空で、名簿から眼を上げようともしなかったそうです。それを繰り終わると、彼女は『ちょっと知ってる顔を見かけたもんですから』とか言って、帳場を離れたそうです。わたしはこの話を聞き、その日の宿帳を一枚一枚チェックしてみたんです」

阿久井はそう言うと、手帳の細かい鉛筆文字に眼を近づけた。

「当日はシーズンオフのこともあって、宿泊者は全部で八人でした。宿帳を見るかぎりでは、夫婦者と思われる二組のカップルと、四人の家族づれだけです。そこで、わたしはその三組の宿泊者を当たってみたんです。しかし三組とも、翁島旅館の常連客で、亀岡とも数年来の顔見知りの間柄だったんですよ」

「すると、彼女はいったいなにを――」

「宿泊客ではなく、戸外にいた誰かを見て、不審に思ったとしか考えられません。彼女が玄関先を掃除しているとき、びっくりするような人物を偶然目撃したんだと思いますね」

阿久井刑事は音をたてて手帳を閉じると、帰りの列車の切符を買ってありますので、と小声で告げて腰を上げた。

9

原口警部は係員を三つの班に分け、それぞれの調査に当たらせた。黒磯班が中丸と和田《わだ》。猪苗代班が佐藤《さとう》と木嶋《きじま》、そして、福島での調査を清原刑事に割りふっていた。黒磯と猪苗代での調査は、会津若松署の阿久井刑事のそれと重複することになるが、万全を信条とする原口にしてみたら、手を抜くことはできなかった。

その日の夜に、ふたつの班の調査報告がなされたが、目新しいものはなにもなかった。すべてが阿久井刑事の捜査どおりであり、その報告から洩れているような事項はなかった。ただひとつ、どちらの班の報告にも、最近になって週刊誌の記者と名乗る男が取材に現われた、とあるのが気になった。

調査報告が済むと、原口は聖母病院に電話をし、外科病棟につないでもらった。担当の外科医は留守で、代わりに看護婦長が原口に応対した。

花積明日子の容態を訊ねると、

「以前より意識は少しずつ回復しています。ですが、まだお話しするのは無理ですわ」

と看護婦長は事務的な口調で言った。

原口が受話器を置いたところへ、福島県の二本松市に単身出張していた清原刑事がもどってきた。

「ごくろうさん。大変だったね」

壁の時計は、十時を指していた。

「福島市の作田草太郎《そうたろう》の家を訪ねたんですが、妻の春美というのは無愛想な女でしてね。警察に調べられるのは、これで四回目だとか言って、さんざん愚痴っていましたっけ。警察のほかにも、柳生照彦の訪問を受けたらしく、もう訊問はこりごりだって顔をして、さっさと奥へ引っこんでしまいましてね。そういえば、その後、もうひとり、東京から来たという男が何か訊いていったというんですが、これは誰なんですかね。ま、ともかくもっぱら主人の草太郎から話を聞いたんですが、神永朝江は作田の家では、なんとなく落ち着かぬ様子だったと言っていました。おしゃべりな朝江にしては珍しく、なにか考え込んでいたらしいんですが、主人の話から想像するに、朝江は福島市に来る途中で誰かと会っていたらしいんですよ。九月十一日の午前中、女房の春美が買物に出かけて留守のときに、朝江は事務所のソファに坐って雑誌かなにかを読んでいたんですが、ふいに草太郎に向かって、『ここへ来る途中、おもしろいことに出合ったのよ』とか言って、ひとりでくすくす笑っていたんだそうです。草太郎が、なにがおもしろかったのかと訊ねると、彼女は、『モーテルで休憩したなんてうちの主人に言ったら、いったいどんな顔するかしらね』と言ったので、あっけにとられて、すぐには言葉を返せなかったそうです。主人はなおも聞き出そうとしたらしいんですが、彼女はただ笑っているばかりで、それには答えなかったんです。朝江はその翌日――九月十二日ですが、作田の家を出るとき、病院に寄っていくと言って、東北自動車道に出ずに、4号線で二本松市へ向かったんです。朝江はそのとき、きわめて健康だったそうで、なにゆえに病院に寄る必要があったのか、そのときは理解できませんでしたが、あとになってそんな彼女の行動にも納得がいったんです。わたしは作田の家からの帰り、4号線で二本松市に向かったんですが、朝江が休憩したというモーテルはすぐに分かりましたよ。レストラン『峠』のすぐ隣りにありました。彼女は体調を崩して、作田の家へ行く途中、その山荘風のモーテルの一室でひとりで休んでいたんです。朝江のことは、その従業員もことのほか、よく記憶していましたよ。それというのも、記憶に残るような出来事があったからなんです」

吾妻山荘という名の部屋から、女が激しい腹痛を訴えて転がるように飛び出してきた、と清原は話を続けていた。

「その腹痛の女を車で最寄りの病院に運んだのが、神永朝江だったんです。彼女はその女の容態が気がかりで、作田の家の帰りに、その病院へ寄っていたんだと思います」

「その腹痛を起こした女というのは？」

原口が訊ねた。

「年は三十二、三歳。きれいな女だったそうです」

「で、その病院は分かっていたのかね？」

「いいえ。その女からも、朝江からも、モーテルにはなんの連絡もなかったそうです」

「相手の男というのは？」

「そんな騒ぎがあっても、男は部屋から出てこなかったそうですが、年齢は三十歳ぐらい、髪を短くかり込んだ、鼻の高いハンサムな男だったそうです」

「ふうん」

「主任。この人相は、ぴったり柳生照彦に当てはまるんですよ」

「柳生か——。すると、問題は、腹痛を起こして部屋から転がり出てきた女だな……」

そのとき、なんの脈絡もなく、薄い透明なネグリジェに包まれた豊満な女の肢体が、原口の脳裏をよぎっていった。

10

反応があったのは、四度目に電話をかけた医療法人桜田川《さくらだがわ》病院だった。病院の場所は、福島県二本松市。内科、外科、整形外科、産科の診療科と七十八の病床数を持ち、救急病院に指定されている。

「お待たせしました」

内科医長と名のる中年の男の声が五、六分後にもどってきた。

「やはり、わたしの記憶に間違いはありませんでした。ここに、そのカルテがあります。日付も、九月十日になっています」

「患者の名前と住所を聞かせてください」

緊張したときのくせで、原口は汗ばんだ受話器を思わず持ち替えていた。

「尾道由起子、三十四歳、となっています」

「尾道由起子、三十四歳——」

「住所は、東京都新宿区西落合×××、秀穂マンション五〇二号——」

「で、病気はなんだったんですか？」

「急性胃炎です。詳しくは、急性単純性胃炎ですね。暴食とかアルコール飲料の飲み過ぎによって起こる病気です。患者は腹部の疼痛《とうつう》と吐き気を訴えていましたので、コリオパンを注射し緊急入院させたんです」

「救急車で運ばれてきたんですか？」

「いいえ。患者の知人とかいう人の車でです。女性の方で、なんでも旅先で偶然一緒になったとか言っていたようでしたが」

「退院された日は？」

「ええと……九月十二日の午前中ですね。やはり、その知人の女性の方が病院にお見えになっていました」

「その知人以外に、病室を訪ねていた人はいませんでしたか？」

無理な質問だっただけに、内科医長から返事が返ってくるまでに短い間があった。

「さあ、それはちょっと分かりませんが、なんなら、看護婦に訊ねてみてもいいんですが……」

その労を取る気がないらしいことは、内科医長の言葉の調子から原口には理解できた。

「それには及びません。こちらから係員をさし向けますから」

原口は丁重に礼を述べて、電話を切ると、

「きみ、二本松市へ行ってくれないか。桜田川病院だ」

と背後に立っていた木嶋刑事に命じた。

11

中落合の聖母病院から電話を受けたのは、木嶋刑事が二本松市へ発って一時間もしたころだった。相手は、例の青年外科医である。

「患者の容態が、だいぶ良くなりましてね。短い時間でしたら、話ができると思いますが」

と外科医は言った。

「それはどうも。花積さんは、気がつかれたんですね?」

「ええ。あなたがたのことを伝えますと、お会いしたいと言うものですから。痛み止めの注射をしたばかりですので、できれば、今すぐのほうがよろしいかと思いますが」

「すぐに、伺います」

原口は電話を切ると、清原刑事を目顔で呼び寄せた。

清原と和田が警察車で聖母病院に着いたのは、その二十分後のことだった。「花積明日子」というネームのかかった個室をノックすると、例の青年外科医がドアをあけて、ふたりを中に請じ入れた。

「電話でも申し上げましたが、意識がもどったばかりですから、あまり患者には負担をかけないようにしてください。お話もせいぜい十五分ぐらいで切り上げてほしいのです」

と、医師はおさだまりの注意を与えて、部屋を出ていった。

カーテンを引いた明るい窓ぎわのベッドに、女が横たわっていた。

「花積明日子さんですね。はじめまして、新宿署の清原です」

清原が挨拶すると、明日子は黙って顔をうなずかせ、眼許に弱々しい笑みを浮かべた。頭部にも外傷を受けていたことは医師から聞いていたが、額から後頭部にかけて真っ白な包帯が痛々しい感じで幾重にも巻かれていた。眼には生気がなく、両頰も蒼白くやつれて見えたが、目鼻だちの整った知的な感じの女だった。

清原が和田を紹介すると、明日子は窓ぎわの椅子を指さし、どうぞ、と小声で言った。

「とんだ災難でしたね。でも、怪我だけですんで、なによりでした」

「不注意だったんです、わたしが……」

と明日子は言った。言葉を発するのが苦痛らしく、時おり顔を小さく歪め、その声も痰《たん》がからまっていて聞き取りにくかった。

「あなたに落度はありません。運転者の前方不注意です。ところで、車種なんかを憶えておられますか？」

「はねられる瞬間、車を眼にしていましたが、今はなにも……」

「話は変わりますが、尾道由起子さんを、ご存じですね？」

「ええ……」

「マンションの部屋で、青酸カリを飲んで亡くなられたことも？」

明日子は掛蒲団の上に出した両手の指を、なにか祈るようにしっかりと組み合わせていた。そして、眼を閉じると、ええ、と小声で言った。

「あの夜、かなりお酒を飲んでおられましたね。なにかショックなことがあったからですか?」

「……尾道さんが亡くなって……」

「マンションを訪ねていたんですね。で、死体をごらんになったんですか?」

明日子は肯定とも否定ともとれる、あいまいな動かし方で、首をかすかに振った。

「わたしどもは、柳生照彦の例の原稿のことも、あなたが単独であちこち調べまわっていたことも、すべて調べがついています。あなたが尾道さんのマンションを訪ねた目的も、おおかたの察しはついていますよ」

「——」

明日子は、なぜか疑わしそうな眼つきで清原を見守っていた。

「報道関係には内密にしてあるんですが、このたび、うちの署に捜査本部が設けられましてね」

「捜査本部——。じゃ……」

「尾道さんの事件は、いちがいに自殺とは考えにくい点もありましてね。誰かに、毒を盛られた疑いもあるんですよ」

「でも、でも……だとしても、殺したのは……わたしじゃありません」

明日子は明らかに興奮し、自由の利かない体をもがくようにして起き上がろうとした。

清原は慌てて、思わず明日子の上半身を抱きかかえた。

「落ち着いて。これからお訊きするのはごく形式的な質問ですから。どうか気を静めてください」

清原は苦笑したが、明日子がかなり精神的に参っていることを実感として受け取っていた。

「わたしどもがお訪ねしたのは、あなたがどの程度まで、この事件を調べておられたのか、それをお訊きしたかったからなんです。捜査に参考になることがあれば、と思いましてね」

「すいません。神経が昂ぶっているものですから、つい取り乱してしまって……」

明日子は頰を紅潮させ、かすかに白い歯を見せて微笑んだ。

「わたし、神永朝江さん殺しの犯人は片桐洋子だと推理したのですが、その片桐が殺され、翁島旅館に泊った女が彼女でなかったと知ったとき、この事件を最初から考えなおしてみたんです」

明日子は言葉を選ぶようにして、ゆっくりと話しはじめた。

「福島市の作田春美さんからいろいろ話を聞き、神永朝江さんが作田さんの家へ来る途中で、誰かと会っていたらしい事実を摑んだんです。ホテル『峠』で、幸運にもその事実を確認できたのですが、朝江さんは腹痛を起こした女を、車で最寄りのどこかの病院へ運び込んでいたんです。その女は――」

「尾道由起子さんですね。それで、病院は確認できたんですか?」

「いいえ……」

「その病院は、二本松市の桜田川病院です」

「桜田川病院――」

おうむ返しに言うと、明日子はじっと天井の一隅を見つめていた。

「ご存じですか、その病院?」

二本松市の実兄の家に寄宿し、短い期間、市内の病院に入院していたことがあったという明日子が、もしかしたら、その病院を知っているのではないかと清原は思ったのだ。

「ええ、名前だけは……」

明日子は痛みに耐えているかのように、白い額に縦皺を刻んでいた。

「尾道さんは、急性胃炎を起こしていたんです。その病院で二晩過ごし、九月十二日の午前中に退院しています」

「やはり……朝江さんはその退院の日に、また病院に立ち寄っていたはずですが……」

「そのようですね」

「わたしの考えは、やはり正しかったんですわ」

明日子は言った。

「尾道さんが、翁島旅館に泊った女だったんです。……追いつめられて、だから、自殺したんじゃないでしょうか」

「あのう、花積さん」

清原が黙っていると、傍の和田刑事が初めて、持前ののんびりした口調で言葉をかけた。

「お疲れのところ申し訳ありませんが、もうひとつだけお訊ねしたいのですが」

「はい……」

「柳生照彦は、なぜあんな原稿を書いたのでしょうか？」

「ひとつには、犯人を指摘したかったから……」

「でも、花積さん。あの五十八枚の問題編の原稿からは、片桐洋子以外の犯人は割り出せませんよ。仮に、解決編があったとしても、結末は同じだったと思います。しかし、彼女は猪苗代湖まで往復はしたものの、朝江を殺してはいず、あまつさえ殺されてしまいました。すると、柳生の推理は、まるで的はずれだったということになりますねえ」

明日子はなにか言いたそうな表情をしたが、口はつぐんだままだった。

「しかしですね、花積さん。柳生は福島市の作田夫妻にも会っています。そして花積さんやわたしが聞いたのと同じ内容のことを、彼らから聞き出していたはずです。だとしたら、朝江がどこで誰と顔を合わせていたかは容易に調べがついたと思うんです。しかし柳生は、これらの事実をあの小説の中にはまったく取り入れていなかったんです。理解に苦しむのは、このことなんですよ」

和田はまるで別人のように、語気を強めて流暢に言った。

12

係員の大半が、尾道由起子犯人説を唱え、同時に自殺説に傾いていた。

由起子は新進作家であるとともに、今売り出し中のテレビタレントで、昨今はやりの、二足のわらじをはいた知名人である。こういう人種にとっては、男女間のスキャンダルは致命的だ。若い男とモーテルで過ごした事実を、神永朝江に握られていたのだから、由起子がやっきになって、その口を封じようとしたとしても、不思議ではない。彼女にしたら、朝江にわが身の奇禍を救ってもらったことを、あとで大いに悔んでいたとも思えるのだ。夫の繁次郎の眼をかすめて、柳生と深い関係を持ったが、やがてなんらかの事情が生じて、彼を袖にした。柳生があのような小説を書き、由起子を〈探偵役〉に指名したのは、振られた意趣返しと見てもよい。

由起子は、柳生が事件の真相を見抜いているのではないかと、恐れおののいた。柳生の解決編の原稿を盗み、自殺に偽装して、千曲川に突き落としたのも由起子だ。

だがそれだけでは安心できなかった。片桐洋子と亀岡タツを殺したのは、言うまでもなく、翁島旅館でふたりにその顔を目の当《ま》たりに見られていたからだ。

——このような意見を交互に述べ、係員たちは尾道由起子犯人説を一様に主張していた。

「尾道は、編集者の花積明日子に追いつめられていたはずです。自殺したのは、花積に抜きさしならぬ証拠を突きつけられ、進退きわまったからでしょう」

最後をしめくくって、中丸刑事が言った。

「三一二号室の女が尾道由起子だったとすると、彼女は左利きか、あるいはそのとき、なんらかの事情で右手が使えなかったことになるが……」

と水をさしたのは、清原刑事だった。

「尾道は、れっきとした右利きです。それに、右腕に怪我をしていたわけでもありません」

中丸が言った。

「うん。するとだね……」

「清原さんは、尾道のテレビコマーシャルを観たことがありますか?」

中丸が、清原の追及をそらすように言った。

「いや、観たことはない」

「梅干の宣伝なんです。赤えぼし、っていう北海道産の梅干ですが、『亭主の好きな赤烏《え》帽子《ぼし》――これは、主人が好むならどんな変わったものでも、家族はこれに従うというたとえですが、この赤えぼしなら、誰でもいっぺんに好きになっちゃうわよ……』っていうような、科白入りでしてね」

中丸が持前の剽軽《ひょうきん》さで、おどけた声音を使ったため、周囲に低い笑い声が起こった。

「尾道はそう言ったあとで、湯気の立ったご飯に梅干をのせ、うまそうにふた口、三口箸を使うんです。そして最後に、『あなた、あなたの好きな赤えぼしよお』って亭主に呼びかけるんですよ。まあ、最近よく見かける、ちゃちな語呂合わせのコマーシャルですがね」

「その赤えぼしとかが、なにか関係あるのかね」

清原は言った。

「つまりです。尾道が翁島旅館の亀岡タツの前で、箸を使わなかったのは、自分の素性がばれるのを恐れたからだ、と言いたかったのです。箸を手にして飯を食べるポーズから、ブラウン管の自分を連想されはしまいか、と尾道は心配になったからですよ」

と中丸は言った。

「なるほど。それなりに、おもしろい発想だね。すると、にぎり鮨をいきなり手づかみにしたことは、どう説明するんだね?」

清原の問いに、中丸はちょっと渋面をつくったが、

「人前で箸を使いたくなかったことには、変わりはありませんよ」

「なるほどね」

清原はうなずいてみせたが、納得のいかないような表情はそのまま残っていた。

「とにかく、尾道由起子の九月十二日のアリバイを当たってみよう。六か月以上も前のことだから、さして期待は持てんがね」

と清原は言った。

二本松市の桜田川病院を訪ねていた木嶋刑事がもどってきたのは、捜査会議が終わって、原口が煙草をくゆらせていたときだった。

「尾道由起子は三階の内科病棟の三〇六号室に入院していたんです。最初の日は、下痢や嘔吐が続き、苦しがっていたそうですが、二日目からは薬がきいたのか、見違えるように元気を取りもどしていたようです」

若い木嶋は、日帰り出張の疲れも見せず、童顔を輝かすようにして、元気に話していた。

「尾道の病室は六人部屋でしたが、患者は尾道を含めて三人だけだったそうで、尾道はその患者たちと話をしたり、テレビを観たりして過ごしていたらしいです。九月十二日の午前中に退院したのですが、退院する一時間ほど前に、神永朝江と思われる女性が病室を訪ねております。患者に付添ってきた女性だったと看護婦も言ってましたから、朝江に間違いないと思います」

「うん」

「係の看護婦が朝江をよく記憶していたのは、ひとつには、彼女が話し好きな女だったからです。夫婦喧嘩をして家を飛び出してきたことなど、病室の他の患者の前でぺらぺらとしゃべっていたそうです。福島市の帰りに、また立ち寄ると言って、病室を出ていったそうですが」

「なるほど。いわば、あけっぴろげな女だったわけか」

「朝江は尾道の肩を抱きかかえるようにして病院を出ると、駐車場に停めてあった自分の車に尾道を乗せてやっています。これは、朝江の車まで患者を見送った看護婦の証言ですが、尾道は後部座席に腰かけて、別れぎわに看護婦にも手を振っていたそうです」

「尾道は後部座席に乗ったのかね？」

「看護婦は、そう言っていました。車に乗ったのを見とどけると、看護婦はそのまま病室にもどったので、車がどちらの方向へ向かったかは憶えていないと言っていましたが」

「そうか。で、入院中に、誰か訪ねていかなかったろうか」

「ええ、そのことなんですがね。入院の間には誰も訪ねてはこなかったらしいんですが、尾道が、救急外来で治療を受けていたとき、つまり、病院に運び込まれて間もなくのことなんですが、ひとりの男が外来の受付に顔を見せていたんですよ」

と木嶋は言った。

「白髪の、六十四、五歳の男だったとか――」

「恐いくらいに眼つきの鋭い男だったので、受付の人間もよく憶えていたらしいんですが」

「眼つきの鋭い男――」

「その男は救急外来の受付で、治療を受けている患者のことを、あれこれ訊ねていたということです」

原口の背後で清原の声がした。

「六十四、五歳の眼つきの鋭い白髪の男――つい最近、お目にかかったことのある人物とそっくり共通してますね」

「尾道繁次郎だ」

「その男が病院に現われたのは、由起子が運び込まれて間もなくだったとすると、それまで、ずっと彼女の身近にいたと考えられますね」

と清原は、原口の顔を見すえながら、

「主任。もしかしたら、尾道繁次郎は由起子のあとをずっと尾《つ》けていたんじゃないでしょうか。由起子が男とホテル『峠』で過ごしていたことも、知っていたに違いありませんよ。

そうでなければ、あの病院を突きとめることはできませんから」

原口は、尾道の鷲を思わせるような、特異な面貌を思い浮かべていた。由起子の不倫をにおわせたとき、彼は口端に奇妙な笑いを浮かべ、下衆の勘ぐりだとか言って、とりあわなかった。だが、彼は妻と柳生との関係を、かなり以前から知っていたのだ。

13

二日間の日時が費やされ、尾道由起子に関するアリバイが徹底的に捜査された。焦点ともいえる神永朝江殺し――つまり、昨年九月十二日と十三日のアリバイに関しては、残念ながらはっきりした確証は得られないままに終わっていた。尾道が翁島旅館にいた女だったとしたら、十二日はもとよりのこと、翌十三日も午後一時以前には東京のマンションにもどれなかったはずである。出版社と新聞社、それにテレビ局などの多くの関係者に当ってみたが、九月十二日から十三日の午後にかけて、彼女と会っていたとか電話で話をしたとかいう人物は見つけ出せなかったのだ。

アリバイ捜査は功を奏さなかったが、尾道がテレビドラマのロケで、九月六日から十日にかけて福島県の飯坂温泉に滞在していた事実が判明した。このロケには、原作者の柳生が同行し、帰りは柳生の運転する車に由起子が同乗していた事実も浮かび上がっていた。

「尾道由起子は、ひょっとすると、本犯人《ほんぼし》じゃないかもしれませんねえ」

と、つぶやくように言ったのは、中丸刑事だった。

「三月十三日のアリバイは、ちゃんとしているんですよ。東洋出版社でひらかれた女流作家四人による雑誌の座談会に出席していたんです。テーマは『男のそんな性癖《くせ》がきらい』とかいうんですが、午後五時に始まり、終わったのが七時半ごろだったそうです。そのあと、出席した三人の女流作家と連れだって、新宿歌舞伎町《かぶきちよう》のゲイバーに行き、九時過ぎまで飲んでいます。編集者や女流作家たちの証言は、いずれも一致していて疑う余地はありません」

と中丸は言った。三月十三日とは、黒磯市の神社の境内で片桐洋子が殺害された日で、死亡推定時刻は七時ごろである。そのころ座談会に出席していた尾道由起子に、黒磯市を往復するような時間的余裕がなかったのは当然である。

「それに、翁島旅館の亀岡タツを殺害した犯人としても、尾道由起子は除外しなくてはなりませんよ」

続いて、佐藤刑事が言った。

「翌日の三月十四日、尾道由起子はテレビのビデオどりがあって、午後二時から翌朝の九時近くまで、テレビ局のスタジオにカンヅメになっていたんです。亀岡タツが殴られたのは、夜の八時ごろ。尾道由起子はそのころ、スタジオで中年の舞台俳優を相手にベッドシーンを演じていたそうです」

そう言うと、処置なしといった様子で、両手を広げ肩をすくめて見せた。

捜査室の中に、重い沈黙がたちこめた。原口と清原の顔を交互に眺めていた木嶋が、やがて、つぶやくように言った。

「尾道由起子の犯行じゃないとすると、じゃ、いったい誰が――」

その言葉を、清原がもぎ取るようにして、

「まだ、尾道繁次郎が残っているじゃないか」

と言った。

「尾道繁次郎――」

「そうさ。由起子と同じように、繁次郎も神永朝江に対して動機を持っていたからだよ。繁次郎はかねてから、由起子と柳生の関係を疑っていた。二本松市でその確証を摑んだものの、同時にその秘密を第三者の神永朝江に握られていることを知った。繁次郎のような社会的に地位のある人間にとっては、妻のスキャンダルはそのまま、繁次郎自身のスキャンダルに通じる。彼が由起子に代わって、朝江の口をふさごうとしても、不思議はない」

と清原は言った。

「じゃ、片桐洋子や亀岡タツを手にかけたのも、繁次郎だったと……」

「繁次郎が由起子を神永朝江の身代わりに仕立て上げていたとしたら、その顔を憶えている片桐と亀岡は、繁次郎にとっては危険な存在だったはずだからね」

「とにかく、尾道繁次郎を徹底的に洗ってみよう」

と原口が言って、電話に手を伸ばしかけたときだった。

「あのう、主任――」

と、遠慮がちに初めて声を発したのは、中年の和田刑事だった。

「なんだね？」

原口は受話器に手をかけたまま、和田を振り返った。

「尾道由起子の死体の傍に割れて転がっていた、あの紅茶茶碗のことなんですが……」

持前の一語ずつ噛みしめるような、のんびりとした口調でそう言った。和田は敏腕とは言えないまでも、仕事が丁寧で、粘りを信条とした刑事だったが、暗闇から引っぱり出した牛のようなヌーボーとしたところがあり、時として歯車の噛み合わないような苛立ちを相手に与える男だった。

「あの茶碗が、どうかしたのかい」

「ええ。雑誌社の連中を当たっているとき、ふと耳にしたことなんですが、あの紅茶茶碗は、由起子がスイスのどこかで手に入れた品で……」

「そのことなら知っている」

原口の口調は、思わずも少し棘々しいものになっていた。

「……つまり、由起子の自慢の品だったそうで……由起子はいつも、初めてマンションを訪ねてきた珍客に、あの茶碗を使っていたということなんです……」

「——」

原口の手が電話から離れ、和田の分厚い唇を見守った。

「雑誌社の主だった連中の何人かも、初めて由起子のマンションを訪ねた折、あの茶碗でブランデー入りの紅茶かなにかをごちそうになったと言っています。二度目のときからは、安物の茶碗で、ブランデー抜きの出がらしの紅茶だったとか……」

原口は和田のまだるっこい話の途中で、視線を清原に移していた。

「清原君。あの茶碗からは、由起子の指紋と青酸カリが検出されている……すると、由起子はあのとき……」

「あの茶碗に、そんないわれがあったとしたら、自殺説は崩れ去ったようですね。彼女は毒殺されたんですよ。それも、彼女のマンションを初めて訪れた人物によって、ということになります」

と清原は言って、大きくうなずいていた。

14

港区高輪《たかなわ》にある大日本建設の応接室は、建物の美麗な外観に相応《ふさわ》しく、思わず眼を見はるほどにりっぱなものだった。

清原と佐藤は黒いレザーばりのソファに坐って、尾道繁次郎を待っていた。どうせしばらくは待たされるものと思い、清原が煙草をのんびりくゆらせていたとき、いきなりドアがあいて、尾道が悠然と姿を見せたのだった。

「なにか特別な用事とみえるが、あいにくと時間がない。十五分できりあげてくれたまえ」

尾道繁次郎はふたりの前に腰をおろすやいなや、不興げな顔でそう言った。

ダークブルーの三つ揃いの背広に、赤い水玉模様のネクタイという服装のせいか、先日の印象よりも、はるかに若々しく見えた。

「奥さんの事件のことで、いくつかお訊ねしたいことがありまして」

と清原が言った。

「そのことは、電話で聞いた。だが、今さらなにを訊ねたいというのかね」

尾道はソファの背にゆったりと身を沈め、腕組みをしたまま、ふたりを見おろすようにしていた。

「尾道さんは、柳生照彦という作家をご存じですね？」

「知ってる、と先日も言ったはずだが」

「彼の書いた『湖に死者たちの歌が――』という作品――つまり、奥さんが亡くなられた夜、長椅子の下にあったコピー原稿ですが、お読みになったことがありますか？」

「その質問にも、答えとるはずだ。読んでおらんと」

「奥さんから、その原稿の内容についてなにか聞かされていませんでしたか？」

「なにも聞いとらん」

尾道は先刻からの姿勢を崩さず、めんどうくさそうに短く受け答えしていた。

「去年の九月十日は、どちらにおいででしたか？」

「……わしが、どこにおったかと訊ねておるのかね？」

「そうです」

「そんなことを訊いてどうするのかね。それに、いきなり去年の何月何日といわれても、すぐに受け答えできるわけでもあるまいが」

「九月十日です。思い出しやすいように、ヒントをさし上げますが、奥さんが飯坂温泉でのテレビのロケを終わり、東京に向かわれた日です。こう申し上げれば、お分かりかと思いますが」

尾道は腕組みを解くと、椅子の背からゆっくりと上体を起こした。

「憶えておらんな」

「お時間もないようですので、こちらから申し上げましょう。あなたはあの日、福島県二本松市の桜田川病院に行かれましたね。言うまでもなく、桜田川病院というのは、奥さんが急性胃炎で入院されていた病院ですが」

「そんな病院など知らんね」

尾道はいきなり顔をそむけ、窓の一隅に視線を据えた。

「それでは、『峠』というホテルをご存じありませんかね。桜田川病院から、さして遠くないところにあるモーテルですが」

「知らん。モーテルなど、このわしには用のない場所だ」

「あなたにはなくても、奥さんには用のある場所だったんです。九月十日、奥さんは飯坂温泉からの帰り、その一戸建てのモーテルの一棟で、男性と一緒に休憩されていたんですよ」

「――――」

「男性は、奥さんのロケ先に同行していた柳生照彦です。その部屋で奥さんは急性胃炎を起こしたんです。奥さんが助けを求めようと部屋から転がり出てきたところへ、ちょうどそのモーテルの一室でひとりで休んでいた神永朝江が駆けつけてきたんです。朝江は自分の車に奥さんを乗せ、運び込んだ病院が、二本松市の郊外にある桜田川病院だったんです」

「——」

尾道は眼を閉じたまま、言葉を発しなかった。

「モーテルでのこれらの出来事を、あなたはその眼にとめておられたはずです。おそらく、柳生の車のあとを尾け、その車がモーテルに乗り入れるのを見とどけると、あなたもモーテルの一室にはいり、ふたりの様子をうかがっていたんだと思います。そうでなければ、奥さんが救急外来へ運び込まれて間もなくに、あなたがあの病院に姿を現わせるはずがないからです」

清原は言葉を切り、尾道を見守りながら、

「尾道さん。これまでの話で、なにか訂正なさりたいところがありますか?」

と言った。

「すべてが、でたらめだ。たわごとばかりぬかしおって——」

尊大な態度はそのままだったが、その声には例の相手を威圧するような響きは感じられなかった。

「朝江は二日後の九月十二日に、奥さんと同じ部屋の患者にも告げていたとおり、ふたたび病院に姿を見せています」

清原は委細かまわず、話を続けた。

「朝江はあとになって、自分が病院に運んだ女性がテレビタレントの尾道由起子だったと分かり、その好奇心からなおのこと病院を訪ねずにはいられなかったんだろうと思います。つまらぬ好奇心を起こしたばっかりに、朝江は命を落とす羽目になったんです。彼女は二本松の駅まで送り届けるため、退院した奥さんを自分の車に乗せ、病院を出ました。その車のすぐあとを、あなたの車が尾けていたことなど、夢にも思わなかったはずです。朝江は奥さんを病院へ運び入れたとき、救急外来の受付かどこかで、駆けつけてきたあなたと顔を合わせ、言葉を交わしていたはずです。朝江はそのとき、あなたがどんな気持をいだいていたか、想像もし得なかったと思うんです」

「――待ちたまえ」

いきなり尾道が鋭い声を上げた。

「わしが、その女に殺意を持っていた、とでも言うつもりなのか」

「あなたは、それを実行に移したんです。妻の不祥事が朝江の口から明るみに出るのを防ぐために」

「ばかな――」

尾道は短く、吐き捨てるように言った。

「このわしが、神永朝江とかいう女を殺したとでもいうのか——」

「二本松の駅で奥さんを呼び止めたあなたは、慌てた奥さんの下手な弁解を聞くより先に、神永朝江について詳しく問い質していたはずです。そしてあなたは、自分の車に奥さんを乗せると、朝江の車を追って、郡山から猪苗代湖へ向かったんです。奥さんに翁島旅館に泊るよう強いたのは、言うまでもなく、万が一の事態を考慮していたためです。朝江が九月十三日の午後まで生きていたように思わせ、そのアリバイによって、身の安全をはかろうとしたんです」

「愚にもつかん空想だ。わしは猪苗代湖などには行ってもおらんし、由起子をそんな旅館に泊らせた憶えもない」

「春光出版社の編集部から、奥さんあてに柳生の例の原稿が送られてきたとき、あなたと奥さんは肝を冷やしたことだろうと思いますね。あなたがたの犯行のすべてを見破られているんじゃないか、と心配になったはずです。柳生の死が、自殺か他殺かの論議はさておき、いずれにせよ、あなたがたは彼がこの世からいなくなったことで、安堵の胸をなでおろしていたと思います。と言っても、あなたがたの不安がきれいに一掃されたわけではなかったのです。それは、翁島旅館に泊った奥さんの顔を、片桐洋子と亀岡タツが憶えているかもしれない、という不安です。あなたがたは、その危険性を無視することができなかったんです」

「わしが、その片桐洋子とかいう女を殺した——と言うんだな」

「亀岡タツも、持って生まれた抜群の記憶力のために、片桐洋子と同じ運命を辿ってしまったのです。亀岡は、三月十四日の朝、玄関先を掃除していたんですが、顔色を変えて帳場にはいると、宿泊者名簿を繰りはじめたんだそうです。彼女が玄関先で眼にしたのは、奥さんだったと思います。奥さんは自分の顔を憶えられているかどうかを確認するために翁島旅館まで出向き、玄関先に立っていたんだと思います。亀岡が奥さんを見て、明らかな反応を示したことから、あなたは彼女もほうってはおけなかったんです。さっそくその晩、電話で彼女を呼び出し、背後から殴り殺したのは、あなたです」

清原の話の途中から、応接室の片隅に置かれた卓上電話が静かに鳴り続けていた。清原の話が途切れ、ややしばらくしてから、尾道は腰を上げて受話器を耳に当てた。

「わたしだ……ああ、そうか。すぐに行く」

鷹揚に言って、受話器を叩きつけるように置くと、

「会議が始まる。あんたがたのたわ言を、これ以上聞いてるひまはない」

眼許がさらに険しくなり、言葉にも怒気が含まれていた。

「黙って聞いておれば、世迷《よま》い言ばかりほざきおって。わしが三人もの人間を殺したなぞと、よくもぬけぬけと……このままでは、すまさん」

「尾道さん——」

尾道の背中に声をかけたのは、佐藤だった。

「話はまだ終わっていません。お坐りになってください」

「いいかげんにせんか」

「奥さんのことです。奥さんが、なぜ亡くなられたのか、お話ししたいのです」

「由起子のこと――」

尾道は足をとめ、佐藤を振り返った。

「尾道さん。あなたは最近、奥さんがあなた以外の男と親しくしているのに気がついておられましたね？　奥さんの浮気を知ってらしたはずですが」

「由起子が浮気――。きみらは、まだそんなことを言っておるのか。前にも言ったはずだ。由起子は、わしにかくれて浮気など――」

「柳生との一件も、否定なさるおつもりですか？」

「柳生――。柳生のことは……あれは……」

尾道はめずらしく言葉をつまらせ、言いかけた言葉をつばと一緒に呑み込んでいた。

「奥さんが亡くなられた日のことですが、奥さんは、その夜に誰か来客があるようなことを言っていませんでしたか？」

「同じことを何度も訊かんでくれ。前にも言ったはずだ。客がくる話など、聞いておらんと」

「しかし、その夜、来客はあったんですよ。あなたの留守に、誰かが奥さんを訪ねていたんです」

「なぜ、そんなことが分かるんだ」

「あの紅茶茶碗です」

「紅茶茶碗？　なんのことだ」

尾道は不審そうな表情で佐藤を見つめ、ゆっくりとした足どりでソファにもどってきた。

「奥さんの死体の傍に、ふたつに割れて転がっていた、あの紅茶茶碗です。あなたは、あの茶碗のことについて、なにか知っておられますか？」

「由起子がスイスで買ってきたものだ。このことも、前に話したはずだ。わしは西洋の陶器などに興味はない。由起子があの茶碗を使っていたことも知らなかった」

「しょっちゅう使用されていたわけではありません。奥さんは、初めてマンションの部屋に請じ入れた特定の客に対してだけ、あの茶碗を使っていたんですよ」

「――」

「あのふたつに割れた紅茶茶碗からは、奥さんの指紋と青酸カリが検出されています。奥さんが、あの茶碗の中身を飲んで死んだことはまぎれもない事実です。しかしですね、奥さんが自分の意志で命を絶とうとした場合、わざわざ来客用のあの特別な茶碗を使う必要があったでしょうか？　しかも、これは、あなたがご自分の口から言われたことですが、あの紅茶茶碗はセットになって、台所の食器棚の抽出しの中に、ケースごとしまい込まれてあったものなのです。それを取り出す手間ひまを考えたら、そこいらにあるコップを使っていても不思議はなかったんです。にもかかわらず、あの茶碗が使われていたということは、あの夜、あなたの留守に訪問客が――初めての特定な客があったからだとしか考えられません」

「初めての客――」

「もうお分かりだと思いますが、奥さんの死は自殺じゃありません。誰かに毒入りの紅茶を飲まされたんです」

「由起子が――」

と言って、尾道は絶句した。口許は半びらきになっていたが、その表情は驚きと困惑が入り混じったような複雑なものだった。

「……じゃ、由起子はその客に毒を飲まされた、と言うんだな」

と尾道は言った。

「それが、いちばん簡単な解決です。しかし、もうひとつの紅茶茶碗――つまり来客が口にしていたと思われる茶碗のことを考えると、その推理は成り立たなくなるんですよ」

「どうしてだ」

尾道が不思議そうな顔をした。

「死体現場にあったのは、割れた奥さん用の紅茶茶碗だけでした。訪問客が犯人だとしたら、そして、奥さんの死を自殺に見せかけようとしたら、当然、自分が使用した茶碗を現場にそのまま残しておくわけはありません。水道の水で丁寧に洗うかして、元の場所に納めておくはずです。しかし、この場合、問題になるのが、茶碗がしまってあった、その元の場所です。先刻も話しましたように、それはケースに納められ、食器棚の抽出しの中に入れられてあったんです。初めてマンションの敷居をまたいだ訪問客が、はたしてそんなことを知っているでしょうか」

「――」

「奥さん以外に、茶碗のしまい場所を知っているのは、同じ家に起臥《きが》している人物です。尾道さん、あなたはご存じだった」

「――」

「尾道さん」

代わって、清原が声をかけた。

「あなたの留守中に、部屋に上がり込んでいたのは、たぶん男性だったと思います。あなたはあの夜、その男性が奥さんを訪ねてくることを、あらかじめご存じだったんじゃありませんかね」

尾道の顔は、いつの間にか蒼白になっていた。なにかを必死に耐えているかのように薄い唇をきつく結んでいるのだ。

「あなたはあの夜、予定より早く東京に着き、その足ですぐマンションに向かっていたんです」

「嘘だ――」

「部屋には、男の姿はありませんでしたが、奥さんや男とて無警戒であったはずがありません。なんらかの方法で、あなたの行動をキャッチし、あなたが部屋に飛び込む前に、男は姿をくらましていたんだと思います。部屋にはいり、奥さんのあられもない姿を見て、あなたはすべてを知ったんです。奥さんのたび重なる乱行を、あなたはもう許すことができなかった。それに加えて、奥さんはあなたの神永朝江殺しに始まる一連の殺人行為にすっかりおじけづき、いつあなたを告発しないともかぎらなかった。妻への憎しみと、犯行隠蔽のため、あなたは、あの紅茶茶碗に新たに毒入りの紅茶を入れ、奥さんに飲ませたんです」

「違う。わしがマンションにもどったときには、由起子はすでに死んでいたのだ」

「いえ。その前にも一度もどられたのです」

「誰かが見ておったとでも言うのか」

尾道は睨みつけるような表情をつくったが、言葉にも、その眼にも持前の威圧感がなかった。

「あのとき、あなたは問わず語りに、うっかりしっぽを出したんですよ」

「なんのことだ」

「うちの主任があの夜、奥さんはあなた以外の男性と特別の交際がなかったか、と訊ねたとき、あなたは鼻先でせせら笑うようにして、『あの花柄の下着のことかね』とか言われましたね。あなたはあのとき、どうして奥さんが肌につけていたものを知ってらしたんですか？」

「――」

「奥さんが花柄模様のパンティーをつけ、すけすけのネグリジェに着替えたのは、あなたの留守中のことだったはずです。それに、それにですよ、あなたがマンションに駆けつけたとき、奥さんの遺体には、すっぽりと毛布がかけられていました。その毛布を取りはらって奥さんの服装を確認したのならともかく、遺体には指一本触れなかったあなたです」

「――」

「つまり、あなたは一度マンションにもどっていたということです。そのとき奥さんは、ガウンもまとわず、薄いネグリジェ姿だったから、花柄模様のパンティーがすけて見えていたんですよ」

と清原は言った。

「わしは、由起子を殺しはせん。なぜ、あの由起子を、このわしが――」

「尾道さん。署までご同行願えませんか。あなたの言い分は、署のほうでたっぷりと聞かせてもらいます」

と佐藤が腰を浮かしかけると、

「ま、待ってくれ。わしも腹を決めた。すべてを話す」

と尾道が言った。悠揚迫らぬ会社重役の面影は、みじんもなく消えていた。うなだれ、憔悴しきった生気のない横顔は、あの自信に満ちた傲岸な尾道繁次郎のそれとは似ても似つかぬものだった。

15

「わしは口下手だ。うまくしゃべれる自信はないし、また、なにから話したらいいかも分からない」

と尾道繁次郎は言った。

「だが、話の前に、これだけは信じてもらいたい。わしが犯罪者ではないということをだ。わしも由起子も誰ひとり殺してはいないのだ」

佐藤がなにか言いかけようとするのを、清原がすばやく目顔で制した。

「わしは、たしかにあの日、二本松市のホテル『峠』に行っておった。飯坂温泉にいる由起子から、前の日に電話で連絡をもらっていたからだ……」

「奥さんが、あなたに連絡を？」

思わず、清原はそう問い質した。

「そうだ。わしは少し早めに着いて、いちばん奥まったところにある部屋でひとりで休んでいた。由起子と柳生が着いたのは、約束の時間を二十分とは違えぬ時刻だった……」

「待ってください。すると奥さんは、柳生照彦との関係を、あなたに打ち明けていたんですか？」

「柳生との関係は、わしが由起子に頼んだことなのだ」

「――」

清原は当然のことながら、相手の話の内容が容易には理解できないでいた。

「恥を話さねばならない。このことさえなかったら、事件のことは、もっと早くに話せていたはずなのだ」

「恥とは――」

「わしは六十三だ。由起子とは、三十も年のひらきがある。世間では、わしの男性が役に立たず、由起子を床の間の置物のように言うやつもいたが、事実は少し違う。わしと由起子は、世間一般の夫婦生活を続けていたんだ。だが、結婚して一年もたたないうちだった。

わしの体に、突然衰えの兆しが見えてきたんだ。わしはあせって、幾度か病院にも通ったが、体は元にはもどらなかった。柳生照彦が由起子に接近してきたのは、そんな折だったのだ。柳生が由起子に夢中だったのは、由起子の口から聞かされるまでもなく、わしにもよく分かっていた。そしてあるとき、偶然にも、柳生が由起子を口説いている現場を目撃してしまったのだ。柳生はそのとき、無遠慮にも由起子の尻に手をまわし、ブラウスの上から乳房を撫でまわしておった。わしは一瞬、逆上しそうになったが、両脚がその場に釘づけにされたみたいに自由を失っていたのだ。男の愛撫にさからいながらも、半ば身をゆだねているような由起子を見ても、腹立ちに似た感情は湧いてこなかった。いや、腹だたしい感情とはまるで別な、身がひきしまるような一種の興奮状態にあったんだ。わしの体は、そのとき完全に蘇っていたんだよ。もう、お分かりだろう。わしは妻の由起子が他の男に身を任せるのを見ることで、男の機能を回復させていたんだ。笑いたいなら、笑ってもいい」

清原は黙って、繁次郎を促した。

「わしは由起子に懇願した。恥もプライドも投げ捨てて、わしは由起子に頼んだんだ――柳生の意を迎えてベッドを共にすることを。由起子は泣いて拒んだが、わしは最後まで意志を曲げなかった。由起子はついに折れて、柳生をマンションに呼び入れたんだ。柳生は、無論、こちらの意図を知るよしもなく、由起子を抱けることで有頂天になっておった。

……このことについては、これ以上の説明はいらんだろう」

　繁次郎は立ち上がると、窓ぎわに飾られた観葉植物の葉を指先で弄んでいた。

「先ほどの話にもどろう」

　やがて、尾道は言った。

「由起子と柳生がホテル『峠』の一棟にはいったのを見とどけると、わしはいつものように頃合いを見はからって、その山荘に忍び込んだ。だが、タイミングが悪く、すべてが終わったあとで、柳生は由起子の傍で寝息を立てていた。いつものように、柳生には由起子を抱く前に、外国から取り寄せた睡眠剤を飲ませていたからだ。柳生は、精力剤だと思い込んで必ず飲んでいたから、行為のあと一時間は目を覚ますことはなかったんだ。わしがベッドに近づいたとき、由起子が急に腹が痛いと言い出したんだ」

　ここで繁次郎は、思い出すだに腹が立つのか、苦虫をかみつぶしたような顔になった。

「ふつうの腹いたでないことは、由起子の顔を見て察しがついた。どうしようかと迷っていたとき、事務所からの電話が鳴った。由起子は前後の見境もなく、電話の相手に腹痛を訴え、助けを乞うたのだ。わしはその場を逃げ出さざるをえなかった。そのあとのことは、きみたちが言ったとおりだ。わしらと柳生がそんな関係を持ったのは、あのときが三、四回目だと思ったが、あのホテルでの一件を最後に、柳生とは関係を絶った。というより、柳生はあのとき、わしと由起子の仕掛けに感づき、自分から身を引いていったんだと思うがね」

「奥さんの乗った車のあとを追って、桜田川病院に顔を出したことは認めるんですね」

佐藤が言った。

「ああ。由起子の容態が心配だったから、当然のことだろう。神永朝江という女にも会った。わしが突然現われたものだから、驚いておったようだが、こちらが訊ねもしないのに、あれこれとよくしゃべる女だった」

「退院の日は、どうなさいましたか？」

「病院の駐車場に車を停め、由起子を待っておった。だが、神永朝江も来ており、彼女の車に由起子が乗り込もうとは思ってもいなかった。わしは、その車を追って二本松の駅まで行き、改札口で由起子を待った。由起子とわしは猪苗代湖なんぞ行ってはおらん。二本松から東北自動車道にはいり、真っ直に東京にもどってきたんだから。神永朝江という女は、由起子がわしにかくれて浮気をしていたと早合点していたらしいが、無理もない話だ。だが、その女の口を封じようなどとは思わなかった。その女よりも、柳生照彦のほうが気がかりだったのだ。柳生の口からすべてが暴露されるのは時間の問題だと思ったが、なにも言いおらん。彼にとっても、決して名誉なことではなかったからな。そんなわしが、なぜ片桐洋子や亀岡タツまで手にかけねばならんのだ」

「奥さんの件も、否定なさるんですね」

佐藤は、執拗に食い下がった。

「当たり前じゃないか。もう、おおかたの察しはついておろうが、あの晩、わしは由起子とベッドを共にする予定だった。由起子があんな下着を身につけていたのは、いつもの習慣からだ。言うまでもなく、男はわしひとりではない。柳生に代わる男――由起子の体を欲しがっていた男を、由起子が自分で用意していたんだ。その男には、柳生のように睡眠薬など飲ませる必要はなかった。彼のほうから、すすんでわしに協力を申し入れておったからだ。わしはあの晩、予定どおりの時刻に、東京にもどってきた――」

「東京に着いたのは、何時ごろでした？」

「七時だ。その足で会社に顔を出した。部屋で書類を整理していたとき、由起子から電話がはいったんだ。人が訪ねてくるので、予定を一時間ほど延ばしてほしい、と」

「来客――」

「突然の客らしかった。由起子にとっては、大事な客だったのだ」

「すると、尾道さん」

佐藤が言った。

「奥さんのあの紅茶茶碗に毒を盛ったのは、その訪問客だった、と言われるのですか？」

「そうだ。由起子は、その女に殺されたんだ」

「女？」

「そうだ、女だ。翁島旅館に泊った女だ」

「――」

尾道は清原の驚き顔を冷やかに見やりながら、ソファにもどった。

「由起子は、柳生照彦の例の原稿を読んで以来、翁島旅館の女を追い求めていたんだ。あの小説のことは、由起子から時どき話を聞かされていた。わしは、そんな探偵の真似ごとにはまったく興味がなかったから上の空で聞いていたし、しまいには相手にしなくなっていた。そして由起子は、最後には、その女の正体をつきとめていたんだと思う。由起子があの夜、たかが突然の来客ぐらいのために、わざわざわしに電話をかけ、約束の時間を先に延ばしたのは、異例なことだっただけに、わしはその客が誰なのか問い質したんだ。由起子は意味ありげな口調で、初めての歓迎すべき女の客――とだけしか答えなかったが……由起子が、初めての客にあの紅茶茶碗を使っていたことは、今まで知らなかった。いや、本当に知らなかったんだ。そうだとしたら、由起子の言ったとおり、その女の客が由起子を訪ねたのは、あの夜が最初だったたんだろう」

「初めての歓迎すべき女の客――」

清原がつぶやいた。

「由起子が死んだ夜、きみたちの話を聞いていたとき、由起子はやはりその女に殺されたんだ、と直感したよ。それはあの煙草だ」

「煙草――」

「由起子の死体の傍にピースの罐が転がり、由起子が手に煙草を握って死んでいた、と知らされたとき、わしは由起子が死に際になにを言い伝えようとしたのか、すぐに理解できたんだ。つまり、あの煙草で、由起子は自分に毒を盛った犯人を、そして一連の事件の真犯人の正体を指摘しようとしていたんだ」

「――」

「もう気がついたろうが、由起子は煙草を絨毯の上に横に並べて、『三一二』という文字を形づくろうとしたんだよ。その途中で、息絶えてしまったんだ。わしはそれを知っていたが、きみたちに打ち明ける勇気はなかった。わしと由起子のアブノーマルな夫婦生活は、あくまで隠しておきたかったからな」

尾道は白髪をかき上げると、そのまま沈黙を続けた。

「しかし、尾道さん」

と清原が、長い沈黙に終止符を打った。

「三一二号室の女が、片桐洋子でもなく、奥さんでもないとしたら、いったい――」

「由起子はその女が誰なのか、ちゃんと知っていたんだ。由起子が死んでからこっち、わしはそのことを考え続けてきた。やはり、あの女――あの女以外に考え浮かぶ人物はおらんのだ」

と尾道は言った。

「あの女、とは――」

「見ず知らずの女だ」

「どこで見たのですか？」

「二本松市の桜田川病院だ」

「桜田川病院――」

「由起子が退院する日、わしが病院の駐車場で待っていたことは話したはずだ。車の中から見ておると、由起子は神永朝江に抱きかかえられるようにして、車の中にはいった。だが、坐ったのは助手席ではなく、2ドアの後部座席だった。妙に思ったが、由起子がもうひとりの乗客のために、助手席を空けていたことが、そのすぐあとで分かったんだ。遅れて病院の玄関から出てきて助手席に坐ったのは、大きな紙袋をかかえた三十ぐらいの女だった」

「紙袋をかかえた、三十ぐらいの女――」

「顔は憶えとらん。見たのは、ほんの短い時間だったから」

尾道は、いきなり立ち上がった。

「その女が由起子に顔を見られており、その犯行も見抜かれていたとしたら、由起子の息の根を止めようとしても、不思議だとは思わんね」

ドアの前で一度立ちどまると、尾道繁次郎はそう言った。

16

福島県二本松市の桜田川病院を訪ねた清原刑事から連絡がはいったのは、三月二十九日の夕方、五時過ぎだった。電話での清原の声は、いつになくはずんでいた。

「主任。カルテが揃いましたよ。九月十二日に退院した患者は、全部で五人――」

「住所と氏名を書きとってくれないか。誰かを応援に出そう」

と原口が言った。

「その必要はありません」

にべもない返事が、すぐに返ってきた。

「今電話で五人の名前を申し上げます。その中のひとりに、主任のよく知ってる人物がまじっているはずです」

清原は口早に、四人の退院患者の名を読み上げた。最後の五人目の名が耳に流れたとき、原口は危うく受話器をとり落としそうになったのだ。

「――まさか……彼女が……」

「入院期間は、九月五日から十二日まで、三階の内科病棟で、病室は尾道由起子と同じ、三〇六号室。病名は、本態性振戦——」

「本態性シンセン……」

「手が震える病気です。原因不明の神経疾患で、アルコールを飲むと震えがおさまるとか。だから、彼女はよくアルコールを……」

「信じられん……いったい、これは……」

原口は受話器を持つ自分の手が、かすかに震えているのを意識していた。

真相

1

三月二十九日　土曜日。

花積明日子は、病室のドアをノックする音で眼をあけた。頭に巻かれた包帯や、腕の点滴が彼女の受けたダメージの強さを物語っていたが、その表情はかなり穏やかなものになっていた。

ノックの音が、また聞こえてきた。前と同じような、周囲をはばかる静かな叩き方だった。

「どうぞ」

明日子は仰臥《ぎようが》した姿勢のまま、ドアのほうに声をかけた。枕許の置時計の針は四時十分前を指していた。

「失礼します」

ドアが細目にあくと同時に、男の声がした。低い、落ち着いた声だったが、患者にとっては聞き憶えがない声のようだった。

「お加減はいかがですか」

ドアをうしろ手でしめると、男は言った。色白で額の禿げ上がった、四十五、六歳の男である。柔らかな眼差しと笑みをたたえた口許は、男の温和そうな人柄を象徴しているようだった。

「だいぶよくなりました。さ、どうぞ」

明日子は傍の椅子を、男にすすめた。

「突然、おじゃましまして。会社のほうへお電話しましたら、交通事故に遭われたとうかがいまして、こちらの病院を教えていただいたものですから。実はわたし、こういう者でして……」

男は椅子の上に紙袋を置くと、明日子に名刺を手渡した。

入内島之大

名刺には、しゃれた斜体のそんな活字が並んでいた。相手は、見なれないこの人名をどう読むのか迷っているとでもいうように、首を傾げながら名刺を眺めていた。男はそれに笑いかけ、

「いりうちじま——いりうちじま　ゆきとも、と読みます。住所はそれにも書いてありますが、環七通りで、青山堂という書店をやっています」

「青山堂——」

記憶にない、という表情だった。この男は見舞客などではなく、本かなにかのセールスマンではないのかと疑念を抱いたようだった。

「失礼ですが、わたしお目にかかった記憶がないのですが……」

「かもしれませんね。しかし、わたしは一度だけ、遠目ながら、あなたのお顔を拝見しておりますが」

入内島之大と名乗る男は、笑顔を絶やさず、穏やかに言った。

「どこだったかしら?」

「喫茶店です。環七の方南町の交差点近くにある『シクラメン』という……」

「……ああ、あの店で——」

と明日子は言った。完全に疑いが晴れたわけではないが、わずかに思い当たることがある、という顔つきだった。

「あのとき、柳生照彦さんに届け物があって、あの店に行ったのですが、花積さんがお見えになったのは、その少しあとでした。わたしは窓ぎわに坐っていたのですが、おふたりの話はそれとなく耳にはいっていました」

「そうでしたか」

その答えが新たな疑惑を生んだらしく、眉間に皺を寄せながら、明日子はたずねた。

「わたしになにか、特別なご用事でも？」

「お見舞に伺ったのです」

入内島は、にこやかな表情で言った。

「それに、ついでと言っては失礼ですが、花積さんにお見せしたいものもあったものですから」

「わたしに？　なにかしら」

入内島は手さげの紙袋の中に手を入れたが、ふとなにかを思い出したように顔を上げ、

「柳生照彦さんの『湖に死者たちの歌が——』という例の原稿、実はわたしも拝見いたしました。コピー原稿でしたが」

と言った。

「あの原稿を？」

明日子の口調が鋭くなった。

「でも、どこでご覧になったんですか？」

「最初のほうは、いまひとつでしたが、途中からはとてもおもしろく拝見いたしました。最後の解決編の部分が遺漏なく書かれていたとしたら、出来ばえとしては、柳生さんの作品の中でも、すれすれの上位にランクされるものと思いますね。やはり、解決編がないのが残念ですね」

入内島は明日子に答える代わりに、そんなことを言って、

「わたしも、あなたの会社の橋井真弓さんじゃありませんが、プロ野球と推理小説が飯よりも好きな人種でしてね」

「すると、お弓さんを——橋井さんをご存じなんですね」

「いえ、直接お会いしたことはありません。わたしが申し上げているのは、あの柳生さんの小説に登場する橋井真弓さんのことです」

明日子がまじまじと入内島の顔を見つめた。

「でも、でも、あの小説には、橋井さんのことなんて……どこにも書かれてなかったはずです……」

「花積さん。やはりそうだったんですね。その言葉でわたしの前提の正しかったことが証明されました」

入内島は、謎めいたことを言いながら、例のにこやかな顔で明日子を見やった。

「あなたは柳生さんから二百七十六枚の原稿をもらっていながら、〈探偵役〉の筆者、尾道由起子には、五十八枚の原稿しか渡していませんでしたね。『……神永頼三は閃いた思いつきをさらに展開させ、ようやく事件の骨組を理解していた』という文章で終わっている『事件』の章の原稿だけしか。それにまた、同僚の橋井真弓さんや編集長、警察の人間にも、その部分の原稿が柳生さんの問題編だと、思い込ませていましたね」

入内島は楽しいことでも語りかけるような表情で、明日子の顔を上からのぞき込んでいた。

「……あなたはいったい、なんの話をしているんですか？」

明日子は言った。咽喉が渇き切ったように、声が細くかすれていた。

「もちろん、柳生さんの小説、『湖に死者たちの歌が――』の話ですよ。ここに、そのコピー原稿を持ってきています。お見せしたいものがあると先刻申し上げたのは、この原稿のことだったんです」

明日子はベッドから起き上がりそうになって、苦痛で顔をゆがめた。この好人物そうな四十男に、徐々に恐怖感を抱きだしたようだった。

「これです」

入内島は掛蒲団のわきに、分厚い原稿を投げ出すように置いた。

湖に死者たちの歌が――　柳生照彦

最初のページに大書された文字は、まぎれもなく、柳生照彦の筆跡だった。

「これが、あの原稿の全部のコピーです。最終の頁《ノンブル》は、二百七十六となっています」

入内島は最後の原稿を引き抜くと、明日子の眼の前にかざした。

「つまり、この『湖に死者たちの歌が――』という作品は、二百七十六枚の、いわば中編だったわけです。小節は、1から30まで続いています」

「――」

「あの日、コピーを持参したわたしに、柳生さんは代金として一万円札を差し出し、釣りはいらないと太っ腹なところを見せてくれましたが、きっとわたしの分のコピー代の一部も持ってくれたのでしょう。そういえば、この原稿の中で、橋井さんは相変わらず週刊誌の記者になっていましたね。あの『シクラメン』での原稿受け渡しのときに、立ち去り際に柳生さんが橋井さんのことをたずねられましたね。それに対しあなたが、今月からわたしと一緒に『推理世界』の編集をすることになった、と答えると、柳生さんは、『しまった』というようなことを言っていました。なぜだろうと思って印象に残っていたんですが、この小説を読んで合点がいきましたよ。橋井さんの異動を知らなかった柳生さんが小説の中で間違ってしまったことに気づいたんですね」

そこでいったん言葉を切ると、入内島はさらにつづけた。

「申し上げるまでもないでしょうが、最後の節は、喫茶店で尾道由起子を待っていた花積明日子が業を煮やし、マンションへおしかけていくくだりが書き込まれています。マンションの近くに人だかりがし、パトカーの近づく音が聞こえる中で、花積明日子は尾道由起子が死んだことを、駆けつけた野次馬の口から耳にする。そして最後は、『明日子は夜空にそびえ立つ十階建てのマンションを見上げ、いつまでもその場に立ちすくんでいた』という文章で終わっているのです。つまり、ここまでが、柳生照彦さんが書かれ、あなたに渡した『問題編』だったのです。警察がこの事実を知ったら、おそらく腰を抜かさんばかりに、びっくり仰天するでしょうね」

2

「まず、なぜこの二百七十六枚のコピー原稿がわたしの手許にあるのかをご説明しておいたほうがいいでしょう」

と入内島之大が言った。

「柳生さんは職業作家になられてからも、出版社の編集部に渡す原稿は必ずわたしの店でコピーをとっていたんです。ひっきりなしに懸賞小説に応募していた無名時代の習慣が、簡単には抜け切らなかったんでしょう。わたしは以前から柳生さんと親しく交遊していたこともあり、柳生作品の熱烈なファンでした。ファンだからこそ、柳生さんの作品を他の読者よりも一日も早く読みたくて、いつも一通だけ余分にコピーしていたんですよ。つまり、『湖に死者たちの歌が――』の原稿も、その例外ではなかったのです。柳生さん自身もそのことはよく知っていたんです。わたしの女房は不経済だと言って、いつもご機嫌ななめでしたがね」

明日子は無言で相手の話に耳をかたむけていた。

入内島は、そんな明日子の様子を眺めてから、さらに話を続けた。

「花積さん。あなたは、まったくご自分ひとりの判断から、柳生さんの問題編の原稿を五十八枚と周囲の人に思い込ませ、残りの原稿を勝手に処分していたのです。なぜ、そんなことをなさったんですか？」

明日子は黙っていた。おそらくは、返答できなかったのだろう。

「その答えは、簡単です。二百七十六枚全部の原稿を人眼にさらしたくなかったからです。もっと端的に言えば、殺人容疑が自分に向けられるのを避けたかったからです」

「——」

「わたしが大の推理小説ファンであることは、先ほどもお話ししました。ですから、あの二百七十六枚の問題編から犯人を推理しようと夢中になったのも理解していただけると思います。あの小説は、すべて花積明日子という、いわば探偵役の視点を通して描かれています。だからと言って、あなた——いや、花積明日子を容疑の圏外と即断するのは危険です。探偵イコール犯人、というどんでん返しもありうるからです。これこそ、あなたが日ごろ標榜《ひょうぼう》しておられる、本格推理小説のテーマのひとつでしたね」

入内島の口許に皮肉っぽい笑みが浮かんだ。

「はじめ、原稿を読み出した時点では、柳生さんらしい淡々とした筆運びの、地味なストーリーだな、くらいにしか思っていませんでした。ところが『追及』の章にはいると、花積さんが出てくる、柳生さんが自殺する……おやおやと思っているとまもなく、実際に新聞で柳生さん自殺か、というニュースが報じられるじゃありませんか。そのときのわたしの驚きを想像してください。さっそくマンションに飛んでいって、管理人をつかまえ、訊いてみましたが、柳生さんは旅行に出たきり帰ってきていない、警察から知らせが入ってびっくりしているんだ、とおろおろするばかりです。そこで、あの日、喫茶店でそれとなく聞いていた会話から川治旅館の名を思い出したので、店にあった売り物の時刻表を繰ってみて、巻末に載っているホテル・旅館のリストから電話番号を調べたんです。電話をかけてから、さて何を訊いたらいいか、ミステリー好きといってもそこは素人の悲しさ、はたと困ってしまいました。相手が出たところでしどろもどろになった挙げ句、部屋は空いていますか、と言ってしまったんです。もちろん空き室はあったんですが、そこで家内の顔が浮かびましてね。ちょっと温泉に行ってくる、などとはとても言えない——というところで正気に戻って、とっさに貰い湯はできるのか、と訊きました。できるというので、湯にだけ入りにきた観光客を装ってそれとなく調査に出かける決心をしました。書店組合の会合がある、とか言って、不審気な家内をおいて朝一番に家を飛び出し、川治旅館に行ってみました。着いてから、さてどうしようと思ったんですが、推理小説やテレビの二時間ドラマを思い出して、雑誌の記者だが、と言うと、煩《うるさ》がられると思えばさにあらず、話し好きと見えて訊きもしないことまで話してくれた上に、柳生さんが泊っていたという部屋まで案内してくれました。もちろん、部屋はきれいに片づいていて何もありませんでしたが、裏山のほうから庭を横切って簡単に部屋の中に侵入できることを確認できたのは、収穫でした。この調査で勇気づけられたわたしは、やがて猪苗代や翁島温泉などに日帰りででかけることになったんです」

「――」

「あの二百七十六枚の問題編の焦点は、翁島旅館に神永朝江になりすまして泊った女は誰か、です。尾道由起子が、その最右翼のごとく書かれていましたが、わたしはためらうことなく、彼女を容疑者から除外しました。三一二号室の女の正体を見破るカギは、食事どきのあの奇妙な素振りにあります。鮨を手づかみで食べ、人前では箸を使おうとはしなかった、というあのくだりです。尾道を除外したのは、彼女にはそんなことをする理由をまったく見出せなかったからです。その女は、自分の正体を隠そうなんて思ってもいなかったんです。やむをえぬ事情のために、箸を使えなかったんです」

入内島は落ち着いた静かな口調のまま、話を続けた。明日子は相手から眼をそらし、その頭越しにドアを見つめていた。誰か来客があって、入内島が姿を消してくれればいい、とでも思っているようだった。

「箸を使えない理由を、わたしは肉体的な障害によるもの——無論、左利きとかではありません——と考えたんです。花積さんはその当時、体をこわして二本松市のお兄さんの家で静養し、また市内の病院にも入院していましたね。柳生さんの小説では、単に振戦としか記されていませんでしたが、正確には本態性振戦というんですね。これは友人の医師からの受け売りですがね。主として上肢にこまかな震えが起こる、原因不明の神経疾患だそうです。緊張したり、興奮したりすると震えが起こり、アルコール分を摂取すると、震えがおさまるところから、この患者の中にはアルコール嗜好者が圧倒的に多いとされているそうですね。三一二号室の女が、この振戦患者だとしたら、あの食事に関する一件は、きわめてはっきりと説明がつくのです——手に震えが起こり、箸を持てなかったんだと。そう、今のあなたのように」

蒲団の上に出ている明日子の右手は、入内島の言葉どおり、小刻みに震えていた。

「食事のあとに、寝酒がほしいと言って、お燗をした日本酒を二合飲み干したのも、早く症状を抑えたかったからでしょう。ひと晩休まれたあとは落ち着かれたようで、朝食はふつうにおとりになったようですがね」

と入内島は言葉を継いだが、相手は無言のままだった。彼はかまわずに続けた。

「花積さんは治療のため入院していた二本松市内の病院で、偶然、神永朝江と出会い、言葉を交わしていたのです。おそらくあなたは朝江の車に乗せてもらったのですか。その車中で話好きな朝江の口から、翁島温泉に泊り、翌日は猪苗代湖を見物するという予定と一緒に、前日の花札とばくで大儲けをし、取り立てた借金と併せて多額の現金を手にすることができたという自慢話を聞かされたのではないでしょうか。花積さん、あなたはその現金を奪うために、朝江を殺したのです。つまり、金欲しさの犯行だったんです」

「――」

「花積さんが再婚話に耳を貸さなかったのは、別れた男に変わらぬ思慕をいだきつづけていたからでしょう。これも調べさせてもらいましたが、男の事業が危機に瀕していると聞くと、あなたは自分からすすんで再建の資金を工面してやったそうですね。それというのも、男の愛を呼びもどそうとしていたからではありませんか。そのためには、退職金まで前借りし、それでも足りずに、著者の個人的な金――作家の利己的な便宜をはかるために、あなたの名義でプールしておいた印税やら原稿料にも手をつけてしまったんではないですか。いずれにしても、病院からの帰りの車中で聞いた神永朝江の六百万という現金が、あなたには咽喉から手が出るほどほしかったのです」

「――」

「花積さん。あなたはその話を聞き、わたしも久しぶりに猪苗代湖が見たい、とかおっしやって、なおも朝江の車に乗り続け、朝江を殺すチャンスを窺ったのではないですか。そして、気分が悪くなったとか口実をもうけて、金田のクヌギ林の中に車を停めさせました。そこで朝江を殺したのです。死体を林の中に隠したあなたが、たいした必要もないのに、わざわざ翁島旅館に宿泊したのは、簡単な理由からです。激しい緊張を強いられたため、殺害のあとで振戦を起こし、とても遠くまで運転できそうにないと判断したからです。あなたが翁島温泉に到着したのは、夕方遅くなって、六時頃だったそうですね。神永朝江の車で二本松の病院を出発したのがお昼過ぎですから、途中で朝江を殺したとしても時間がかかりすぎています。あなたは震える手で、ハンドルを握らなければならなかった。しかも久しぶりの運転だったはずです。ごく遅いスピードで、しかも、途中何回も路肩に車を停めなければならなかったので、到着が遅くなってしまったのです」

3

「柳生照彦さんは三月一日の夕刻から、長野県の千曲川温泉に投宿し、三月三日までの二日間は部屋にこもりきりで書きものをしていたことになっています。しかし実際は本を読んだり、テレビを観たりで、原稿は一枚も書いていなかったようです。四日目の朝食後、柳生さんは行き先も告げずにぶらりと宿を出て、それっきり部屋にはもどってこなかったのです。柳生さんを殺し、二百七十六枚のコピー原稿と二日の間に書き上げていたであろう解決編の原稿を奪うために花積さんが川治旅館を訪ねたのは、その三月四日の午前中のことだったはずです。花積さんはあの喫茶店で二時間近くかけて柳生さんの二百七十六枚の問題編の原稿を読んでおられたそうですね。わたしは最後まで見届けたわけではありませんが、『シクラメン』の主人から後日、その模様を聞きましてね。熱心な方だと感心したものです。ところが実際は、柳生さんにすべての真相を見破られていると思い、パニック状態に陥っておられたのでしょう。おかわりを注文したコーヒーをこぼしてしまったそうですね。例の症状が出たのでしょうが、その話を聞いて、あなたの病気に思い当たったのです。いや、名探偵ぶるつもりはありません。後で符合に気づいたんですよ。花積さんにしたら、誰よりも先に息の根を止めなくてはならなかったのは、言うまでもなく、この柳生さんだったからです。柳生さんの遺品は、その三日後、千曲川の断崖の松の木の根元で発見されています」

「わたしが殺した、って言うのね?」

明日子がようやく重い口をひらいた。

「いいえ、違います。柳生さんは、花積さんが殺意をいだいて千曲川温泉に出向いてくることは充分に予測していたはずです。細心の警戒を怠らなかった柳生さんが、崖っぷちから突き落とされるようなへまをするはずがありません。三月四日の朝、旅館から姿を消していたのも、ひとつには、そのためだったんですよ」

「じゃ……」

「ええ。自殺したとも、考えられません。つまり、柳生さんは生きている、ということですよ」

「生きている……」

明日子の顔が一瞬だが、醜く歪んだ。

「柳生さんには、しなければならないことが残されていたんです。生きていて、その眼で確かめたいことがあったからです。柳生さんは自殺を偽装し、花積さんを安心させてあげたかったんですよ」

「――」

「花積さんは、柳生さんがみずから命を絶ち、もうこの世にはいないと信じきっていたんでしょう。そこで、あなたの顔をおぼえている片桐や亀岡、それに尾道由起子を抹殺しようと動きだしたのです」

「――」

「そんな花積さんにも、しかし、ひとつだけ気がかりなことが残されていました。それは、柳生さんが旅館の部屋で書いていたと思われる『解決編』の原稿がどこからも見つけ出せなかったということです。そもそもあなたが四日の朝まで柳生さんに手をかけることを待っていたのも、解決編を書き上げてから、と思ったからに違いありません。ところが、花積さんが川治旅館の裏山から柳生さんの部屋に忍び込み、盗み取ったのは、二百七十六枚のコピー原稿だけだったはずです。花積さんがいちばん欲しがっていたその『解決編』の生原稿は、部屋のどこからも発見されませんでした。見つけ出せなかったのは、まったく無理からぬことでした。――柳生さんは、『解決編』の原稿を書いていなかったからです。花積さん自身もそう理解して、不安な気持を無理やり押し鎮めていたんだろうと思いますが、実のところ、柳生さんに『解決編』を書く気ははじめからなかったのです」

「――」

「花積さん。柳生さんがこの原稿を花積さんのところに持ち込んだのは、尾道由起子が犯人だと信じ込み、彼女の罪過を告発しようとしただけではなく、主人持ちの尾道由起子に思いを寄せていた柳生さんにも非がなくはありませんが、純粋な思いを踏みにじられ、単なる浮気相手のひとりとして、『峠』の騒動の後はどんなに連絡してもけんもほろろの扱いをした由起子を、許すことができなかったからです。柳生さんの目的は、由起子への復讐でもあったんです」

「――」

「指についた血を見ただけで全身に要寒が走り、死体を見て貧血を起こすような柳生さんが、自分自身の手では復讐を実行できないとしたら、とるべき手段はひとつしかありません。代行者を選ぶことです。選ばれた代行者が、花積さん、あなただったのです」

4

「はじめから少し整理してお話ししましょう。『シクラメン』で柳生さんの原稿を読みだしたあなたは、どんなにびっくりされたことでしょうね。事件から半年近く経ち、どうやらあなたの犯行だということは誰にも知られずにすみそうだ、と思っていた矢先、二百七十六枚のあんな小説を読まされたのですから。はじめは、柳生さんがあなたを告発する目的であの小説を書き、あなたのところへ持ち込んだ、と思われたことでしょう。あなたの興奮ぶりが、それを物語っています。そして第二部に入って、あなたが登場する、柳生さんが自殺する……と、すべてが驚きの連続だったと思います。いったい、柳生さんはどういうつもりでこんな小説を書き、自分のところへ持ち込んだのだろう、とその動機を怪しんだに違いありません。次に、これからどうしたらいいか、あなたの頭は慌ただしく回転したことでしょう。この原稿はなかったものにする、そして柳生さんの口をできるだけ早く封じる。そうすれば、誰にも気づかれないままにできるのではないか。あなたは原稿を持って千曲川温泉まで追いかけていこうか、と思ったことでしょう。そこではたと気づく。

この原稿のこと、それをきょう受け取ることはすでに編集長はじめ、多くの編集部員が知っている。仮に、会ってみたら原稿はできていなかった、ということにしても、その直後に柳生さんが殺されたとなると、あなたに疑いの目が向けられる可能性がある。それに、柳生さんがこれから書くという『解決編』の内容にも、あなたは興味があったのではないですか。

そこでもう一度、冷静になって原稿を読み直してみた。すると、小説では明らかにあなたを犯人と想定した書き方はしていない。もし『解決編』であなたが犯人だ、ということになったら、少なくとも推理小説としてはきわめてアンフェアです。さらに読み進めると、どうも柳生さんは尾道由起子を犯人と見ているようだ。そして、柳生さんは由起子の単なる浮気相手として自分が利用されたことに腹を立て、復讐したかった、と想像するようになります。この小説はそのために書かれ、そして由起子に精神的プレッシャーをかける意味で、リレー小説の話を持ちかけようとしたのではないか。そう考えたあなたは、すぐに行動に移ることを控え、しばらく様子を見ようと考え直したのです。少なくとも柳生さんの『解決編』は是非読んでみたい。それから後の行動を決めても遅くはあるまい、と。

では、会社にはどう説明するか。あなたはおそらく、柳生さんの原稿を、二度と言わず三度も四度も読み直されたことでしょう。そしてそのたびに、そうか、という発見があった。すべてこの小説の中に指示してあるではないか。会社には、この小説の『追及』の章の書出しの文章を、これ幸いにと巧みに利用して、『事件』の章だけが柳生さんの問題編だった、と言って提出し、尾道にもそう伝えてリレー小説の企画を持ちかけてみるのだ。あなたは、神永朝江の事件が、こうして掘り返されている事実を知った以上は、単にこの原稿を握り潰したり、柳生の口を封じるだけではすむまい、と腹をくくったことでしょう。同時に、亀岡タツに顔を覚えられていることは覚悟していたが、どこの誰か分からなかった翁島旅館での闖入者が、片桐洋子だったことも、柳生さんの小説から知ります。小説にあるように、ふたりの目撃者の口も、封じておかなくてはいけない。

こう考えながら読み直すうちに、この『湖に死者たちの歌が――』という小説はあなたにとって――なんと言ったらいいでしょうか、行動の規範というか、指示書というか――になっていったのではないですか。あなたは推理小説のプロですから、あえて難しい言葉を使いますと、マニピュレート、とたしか言うんですよね。ともあれ、この原稿は大変な魔力を持った小説だったのです。

話は変わりますが、わたしは江戸川乱歩が『赤毛のレドメイン家』を評した言葉が好きで、暗記するくらい繰り返し読んだものです。そこで乱歩は、読むたびに万華鏡のように様相を変えていく小説だ、という褒め言葉を使っています。少し褒めすぎかもしれませんが、柳生さんのこの小説は、読む者によってまったく異なった印象を与える、摩訶《まか》不思議な作品だと思います。

あなたも好きな推理小説には、誰かの立てた犯罪計画書をもとに、実行犯が殺人を犯していくという作品があります。日本でオールタイムベストを選ぶと必ず一位になる、といってもいいある名作などはまさに、その好例です。柳生さんがそこまで意図していたかどうか、わたしには分かりませんが、結果的には柳生さんの小説に近い形で事件が進行していったのです。

といっても、細部には大きな違いが生じました。まず、あなたは正体を知られることを恐れて、小説のようには動きませんでした。片桐と亀岡殺害にあたっても、できるだけ彼女たちと顔を合わせないように行動したようですね。ただし、あなたとしては、柳生さんの小説がどこまで事実に即しているのか、確かめておかねばなりませんでした。そこで考えたのが、神永ビニールに金曜の午前中に訪れて、頼三氏に会って話を聞くことでした。金曜の午前は毎週、片桐がマッサージのために病院へ行っている、と柳生さんの小説では書いてありましたからね。

実はあなたの出勤状況を調べさせてもらいました。そうしましたら、三月七日の金曜、あなたは何人かの著者の家に原稿の催促回りをして、二時出社、ということになっていました。

これは憶測ですが、このとき、頼三氏との面会の帰り際に、片桐洋子とすれ違いでもしたのではないでしょうか。その日、昼に出社した片桐は頼三氏に、さっき来た女性は誰か、としきりに訊いていたそうです。わたしが頼三氏と面会したのは、十七日の月曜でした。月曜がわたしの店の定休日なものですからね。頼三氏から、片桐にあなたの名刺を見せたところ、住所だか電話だかをメモしている様子だった、ということを聞き出しました。このとき、わたしは片桐が前の週の十四日の朝に、死体となって発見されたことを初めて知り、びっくりしました。実はこの日、翁島旅館でも亀岡が殺されたことを聞かされていたのです。いや、あの日は衝撃の連続でしたよ」

そう言って、入内島はひと息つくと、口調を改めて話し始めた。

「先ほどもお話ししましたように、わたしも三月一日の時点で、あなた同様、柳生さんの原稿二百七十六枚を読みだしたのです。『シクラメン』から帰った後、店番をしながらさっそく原稿に目を通してみました。『事件』の章を読んだ限りでは、さっきも触れましたけど、ずいぶん地味な、どこにでもある話だな、と思っていたのですが、『追及』の章になると、あなたが登場し、柳生さんが自殺する……という展開になり、思わずカウンターの椅子から転げ落ちそうになりましたよ。

そして作中のあなたが心当たりをたずねて、地方紙を繰る場面を読み、ひょっとしてと思ってわたしも国会図書館へ出かけ、福島県の地方紙に当たってみたのです。すると、前半の記述のとおりの神永朝江殺しが報じられているではありませんか。となると、この後どうなるのだろう。不安と期待の入り交じった気持で待っていると、柳生さん自殺か、の新聞記事を眼にすることになりました。

事ここに及んで、わたしの生来の探偵熱がムクムクと頭をもたげ始めたのです。その後、八日に千曲川温泉に出向き、十七日には翁島旅館、作田宅、そして神永ビニール工場と一日で回ったのですが、一週間早かったら、生きている片桐や亀岡と会うことができたわけですね。もしそうだったら、さて、わたしはどうしていたでしょう。柳生さんの小説を読んでいたわけですから、彼女たちに警告を発していたでしょうか。もし、という仮定の話ですから、なんとも言えませんが、少なくとも翁島旅館の三一二号室に泊った女について、確認をとっていたことは間違いありません。その時点では、尾道由起子を疑っていたわけですから、彼女の写真でも持参していたかもしれませんね。わたしは書店主ですから、彼女の本の宣伝用に出版社が送りつけてきた写真付きのチラシを持っていましたからね。

ここで、柳生さんの原稿を手に入れてからの花積さんとわたしの行動を一覧にした表をお目にかけましょう」

そう言って、入内島は紙袋の中から読み易いとはお世辞にも言えない手書きの表を取り出した。

3月	花積明日子	入内島之大
1日（土）	柳生から「シクラメン」で原稿受領	原稿をコピー

	その場でただちに読み出す	帰宅後に読み出す
2日（日）		国会図書館で神永朝江事件を調べる
4日（火）	（柳生、失踪） 千曲川温泉へ	
6日（木）		春光出版営業部の藤田氏から情報を得る
7日（金）	（柳生の遺品見つかる） 神永頼三に面会	
8日（土）		千曲川温泉で調査
13日（木）	片桐撲殺	
14日（金）	翁島旅館で亀岡タツと顔を合わせる 亀岡撲殺	
17日（月）		翁島旅館、作田宅、神永頼三訪問
23日（日）	尾道毒殺 轢き逃げ事故に遭う	

「三月一日、あなたとわたしは前後して同じ原稿を読み、ともに性質は違うが強い衝撃を受け、以降、まったく異なった行動をとったわけです。あなたは柳生さんが自殺したと思われる状況で姿を消した四日から、対するわたしは自殺かと報じられた七日から、と行動を起こした日は若干食い違っていますが、それからの二週間、柳生さんの小説の記述を辿って同じ範囲を動き回ったわけです。家内の手前、千曲川温泉に出かけたばかりでもたもたしていた一週間のせいで、後れをとってしまいました。ほんとうは調査がてらに翁島旅館の混浴風呂にでもつかってゆっくりしたいところでしたが、そうもいきません。全部を一日で回るという強行スケジュールを組みました。わたしのほうはあなたとは逆に片桐洋子にも亀岡タツにも会えるものなら会いたい。そこで会社が休みで、旅館の書き入れ時である土日は避けることにし、店の定休日である十七日の月曜に、まず翁島旅館を訪ね、次に作田宅に行き、最後に神永ビニール工場を訪問したのです。

わたしは、柳生さんの小説に登場する人物に、できたら全員に会って話を聞きたい、と思いました。ですから、あなたや橋井さんのことも知りたかったのですが、これにはわたしは非常に有利な立場にありました。お分かりでしょう。何度も言いましたように、わたしは小さいながらもれっきとした書店の主人なのです」

そう言って、入内島は人なつこい笑みを浮かべた。

「しかも、先ほどからお話ししているように推理小説が大好きなものですから、たとえばあなたが編集されている『推理世界』にしても創刊号からずっと三冊仕入れていて、内一冊は柳生さんが、もう一冊はわたしが定期購読し、残りの一冊を店頭に置いて、売れれば完売、売れなくても返本は三冊中一冊というわけです。御社の単行本も、ミステリーに関しては全冊仕入れ、その内の一冊はほとんど柳生さんに買ってもらっていましたから、いわゆる街の本屋さんとしてはなかなかの成績を上げていたのです。そのお蔭で御社の営業部の人も、小さな街の書店なのにうちにはちょくちょく顔を出してくれ、ことに今の藤田《ふじた》君とは仕事を離れても、推理小説の話をするようになりましてね。新宿へ来たついでにと寄ってくれたものですから、例の『シクラメン』に連れ出して、あなたのことや橋井さんのことを聞き出したんです。あなたのファンなんだ、と言ってね。彼は喜んで、あなたがたのことを教えてくれました。特に彼はあなたの信奉者らしく、お子さんを亡くしたこと、それが原因で愛するご主人と別れられたこと、それでもなおお前のご主人のために資金援助をされていること等々。

そうそう、編集部の熊谷さんが小説どおりの人物だということが分かり、そこでわたしはひとつの手を思いついたんです。編集部は十一時出社となっているが、熊谷さんだけは十時頃から席に着いているというので、あなたが出社される前の時間を狙って編集部にたびたび電話を入れるようになりました。『推理世界』の奥付をみれば、編集部の電話はすぐ分かりますからね。花積さんをお願いします、と申しますと、必ず熊谷さんが出られ、花積は外を回って一時の出社予定です、といった具合に教えてくれるんですよ。これは偶然ですが、営業部の藤田君から情報を仕入れた翌日、わたしはさっそく編集部に電話を入れてみました。するとその日がまさに、著者のところを回って午後出社だ、という日でした。この日、あなたは神永氏に会っていたんですね。十七日に行ったとき、頼三氏にわたしがまっ先に確認したのは、あなたがひょっとして七日の日に訪ねてこなかったか、ということでした」

5

「三月十三日、あなたは出先から直帰する、と会社に言って、夕方の列車で黒磯に出かけ、神永ビニールに電話して片桐を呼び出し、神社の境内で彼女をなぐり殺しました。あるいは、どこか見つかりにくいところに死体を隠しておく計画だったのかもしれませんが、たまたま通行人でも見かけたのか、それを断念されました」

それまで顔色ひとつ変えずに聞いていた明日子が眉を寄せ、不審そうな表情を浮かべた。思いもかけないことを言われたのか、あるいはどうしてそこまで分かったのか、と驚いたのか、その顔からは判断しかねた。入内島はかまわず続けた。

「わたしがそう思ったのは、凶行が木曜の夜に行われたからです。先ほども言いましたように、金曜の午前は、片桐がマッサージのために病院へ行く日でしたからね。昼まで出社しなくとも、不思議に思われない日だったわけです。木曜の夜に凶行に及べば、犯行の発見もそれだけ遅らせることができる、と計算したのではありませんか」

「――」

「あなたはその夜、黒磯か郡山で宿をとり、翌朝、翁島旅館へ顔を出していますね。おそらく様子をうかがいにいった程度だったのでしょうが、玄関先で掃除をしていた亀岡タツと顔を合わせてしまい、おたがいびっくりしたのではないでしょうか。とにかく、亀岡がいきなり帳場に駆け込んだのを見て、気づかれたと思ったあなたは、その場を去ります。その興奮が、あなたにまた例の症状を引き起こしたのではないですか。その日は様子見のつもりで、すぐ東京にとって返す予定だったのが、調べてみたらその日、昼過ぎに電話があって、調子が良くないので、立ち回り先から直帰する、という連絡が入ったそうですね。おそらくあなたは近くの食堂か喫茶店で休憩し、ひょっとするとお酒を飲んだのかもしれません。そして症状が落ち着くのを待った。その間、これでまた出直すのは大変な労力を要すると判断したのでしょう。その日の内に決行してしまおう、あす、あさっては会社も休みです。ゆっくり休養をとって、月曜に何くわぬ顔で出社したほうがいい、そう判断されたのだと思います。そこで、夕方になってから電話で亀岡を呼び出し、うしろからなぐり殺してしまったのです」

「――」

「ちなみに、柳生さんの小説では、亀岡は車で轢き殺されたことになっています。しかし、発病以降、車の運転を極力控えていたあなたは、車も手放してしまい、わざわざレンタカーを借りて不必要な証拠を残してしまうより、前の日に片桐を殺《や》ったのと同じ方法で、亀岡もなぐり殺したに違いありません」

「――」

「そうそう、柳生さんの小説では、翁島旅館に向かうあなたは、郡山からバスに乗ってのんびりと磐梯山や猪苗代湖の景観を眺めながら行っていますが、実際にはそんな悠長なことをする余裕はなかったでしょうから、磐越西線を使って、翁島駅へ直行し、帰りも列車を利用したに違いありません」

「――」

「あまり長い時間お話ししていると、お身体にさわるでしょうから、あとははしょることにしましょう。最後に尾道由起子の事件です。あなたが二十三日に訪ねたのが何回目のことだったのか、柳生さんの小説ではあなたは何度か尾道のマンションを訪れたことになっていますが、二本松の病院でいっしょだったわけですから、極力会わずに、話は電話ですませていたのではないでしょうか。病院ではおたがいに、化粧をしていなかったから、あなたのことを、病室で同部屋だった人とは気づかなかったでしょうが。しかし、あなたのほうはいくら化粧をしても、間近で直接顔を合わせるのは、最後の最後まで避けたかったに違いありません。尾道のマンションに行ったあなたは、隙を見すましてカップに毒を入れて殺したのでしょう。新聞によると、自殺ともとれる書き方をしているところからすると、あなたに出されたカップは洗って戸棚にしまったのでしょうね。これも柳生さんの小説の中で、詳細にカップの収納場所が書かれていましたから、あなたはなんら迷うことなくカップの始末をすることができたのでしょう。しかし、やはり人を殺したことで気が高ぶり、例の症状が出始めたため、由起子が勧めてくれた洋酒をがぶ飲みしたのではないですか。それとも、部屋を出てからどこか近くで飲み直したのかもしれません。いずれにせよその後、興奮と酔いとで体がふらつき、うしろから来た車にはねられてしまったのでしょう」

入内島之大は言葉を切ると、ハンカチで額の汗を拭った。

そして、ベッドの掛蒲団の傍に置いたままの柳生のコピー原稿を取り上げ、紙袋の中にしまうと、静かに腰を上げた。

「あなたの……あなたの目的はなんなの？」

明日子は言った。

「なぜ、その原稿のことを警察に言わないでいたの？」

「ああ、そのことを言い忘れるところでした。花積さんをむざむざ警察なんかの手に渡すのは、いかにも惜しいと思ったからです。あの喫茶店で、初めて花積さんを見たときから、その美しさに強く魅かれてしまったんです。いえ、決しておどかしているわけじゃありません。花積さんに対する、わたしの率直な気持を申し上げているだけです。わたしにとっては、すでに死んでしまった、面識もない人たちよりも、現にこうして生きていらっしゃるあなたのほうが大事なのです」

入内島はこれまでとなんら変化のない、笑みをたたえた穏やかな顔で、そう言った。

「正直に言ってよ。それだけ？」

「それだけです。はい」

「よしてよ。あなたの話は、まったくの空論にすぎないわ。なんの証拠もないし、そんなことを他人が信用するはずもないわ」

「そうでしょうか」

「肝心な『解決編』の原稿がないのをいいことに、あなたは思いつくまま、でたらめをでっち上げたんだわ。わたしをおどすつもりだったら、柳生のちゃんとした『解決編』の原稿を、わたしの眼の前に持ってきてからにしてほしいわ。柳生が生きているんなら、『解決編』の原稿をとっくに書き上げていたはずでしょうに」

入内島は小さく肩をすくめた。

「たしかにそのとおりですね。わたしの手許にはあなたを告発するだけの証拠はありません。しかし、わたしは満足です。あなたの表情を見れば、わたしの推理が正しかったことは明白です。しろうと探偵にとって、これほどの喜びはありません。しかし、日本の警察は優秀です。あなたが罪に問われる日がきっと来ることでしょう。わたしにとっては非常に残念なことですが……」

入内島之大は黙ったまま明日子に一礼すると、紙袋を小わきにかかえ、部屋を出ていった。

エピローグ

1

花積明日子は眼を閉じ、疲れきった表情でベッドに体を横たえていた。その両手が、小刻みに震えている。

彼女は、入内島の推理を頭の中で反芻していた。

さすがの彼も、二本松の病院から神永朝江の車に同乗したのが、明日子と尾道のふたりだったことまでは調べられなかったようだ。

尾道は神永が迎えにきたことを迷惑がっていたようで、二本松の駅までいいと言い、早く神永と別れたがっているようだった。

そこで神永はまず駅まで行って尾道を降ろすと、それから今度は明日子を兄の家まで送ろうと言ってくれた。

どこまでも親切気取りな女だった。世話をやきすぎ、しゃべりすぎるのが、仇となった、とも言えよう。

その車中で聞いた神永の自慢話が、明日子の心に突然の殺意を抱かせることとなったのだから。

それから、わたしも猪苗代湖を見たいと言って進路を変えさせ、殺す機会を窺ったこと。金田のクヌギ林で車を停めさせ、隙を見て頭をなぐりつけたうえで首を絞めようとしたが、手が震えてうまくいかず、とっさに入院時に使っていた手ぬぐいを紙袋から取り出して絞殺したこと。

夢中で林の中まで死体を引きずっていき、草むらの中に隠したところで力尽き、こんな状態ではとても兄のところには行けないと途方に暮れていたとき、天啓のように神永が言っていた翁島温泉のことが頭に浮かんで、なんとかそこまで辿り着き、ひと休みしたいという必死の思いでハンドルを握ったこと――あのときが考えてみると、いちばん辛い経験だった。

そしてやっとの思いで翁島旅館に到着したときには、まだ頭が混乱していて、反射的に顔や姿を隠さなくてはいけないという衝動に駆られて、車の中に残されていた朝江のサングラスやコートを身につけて旅館に入り、案内された部屋でひと息ついたあと、温泉に入って温まったのはいいが、帰ってみると見知らぬ女が部屋にいてびっくりしたこと。

いやその時は相手も驚いたようで、専務はどこに、とかわけの分からぬことを言う相手を追い出し、せっかくおさまりかけた興奮がまたぶり返し、食事も満足にとれそうになかったこと。

それでも部屋係の女の好意でとってくれた鮨を見ると急に空腹が思い出されて、思わず手づかみで口に運んだこと。

そしてなんとか症状を抑えようと寝酒をあおって床についたこと。

顔を間近に見られた片桐洋子と亀岡タツの頭を打ち割って、ふたりをあの世に送ったこと。

一連の犯行を見抜いているに違いない、最後の障害物——尾道由起子のマンションをはじめて訪ね、彼女を毒殺し、自分の紅茶茶碗だけを食器棚の抽出しに戻しておいたこと。

……次から次へと、思い出すのもおぞましい記憶が蘇ってき、明日子の手の震えはさらに激しくなっていた。

いずれ警察が真相を解明するだろうという入内島の推測を、彼女も認めていた。その日は確実にやって来る、それもごく近いうちに。しかし、明日子の心に後悔はなかった。すでに覚悟もできている。

ただ、神永から奪い、別れた夫に渡した金がどうなるのか、それだけが彼女には気がかりだった。

あの金は、彼には絶対必要なものだ。自分が罪に問われたとき、あの金は遺族に返さねばならないのだろうか。そうなったら、彼は……。それだけが、今の彼女の最大の心配事だった。

「花積君――」

呼びかける声に驚いて眼を上げると、編集長の松沼が傍に立っていた。

「だいぶ元気になったようだな。会社にきた手紙なんかを持ってきてやったぞ」

そう言って、松沼は笑顔を向けながら数通の手紙を差し出した。

だが、そのいちばん上にある速達便の封書の表を見た瞬間、明日子の顔から血の気が引いた。

花積明日子様――と大書された活字のような楷書体の文字を見ただけで、彼女には誰からの手紙か分かったようだった。

松沼が帰ると同時に、明日子はその速達便の封を切り、便箋を手に取って読み始めようとしたとき、病室のドアに乱暴な威圧的なノックの音が響いた。ドアが開けられる前に、その来訪者が誰であるかを、彼女は瞬時に理解していた。

明日子の両手の中で、白い便箋は風にあおられているかのように揺れ動いていたが、やがて木の葉のようにはらはらと病室の床に舞い落ちていった。

2

拝啓
お怪我の具合は、その後いかがですか。お見舞にも行けず、申し訳なく思っています。

あなたが交通事故に遭い、中落合の病院に入院していることは、編集部の方（たぶん熊谷さんでしょう、わたしのほうは名乗りませんでしたので、出ていただいた方のお名前もお訊きしませんでしたが）から聞いて、初めて知りました。

「湖に死者たちの歌が――」の「解決編」を必ず書くと、あなたに約束しましたが、実ははじめから書く気はありませんでした。嘘を言って、申し訳ありません。

ニュースで尾道由起子が死んだことを知りました。これでわたしの目的は達せられたことになり、ひと言お礼を申し上げねば、と思い、書状を認《したた》めた次第です。

はじめはただ黙って姿を隠そう、と思っていました。世間同様、あなたにも柳生照彦は死んだ、と思っていていただきたかったのです。というより、いっそ小説に書いたとおり、死んでしまおうかとも考えたのです。しかし、尾道由起子に対する復讐を、あなたを通して実現するまでは、死んでも死にきれず、それを見届けるまではどこかで生きていようと思い直したのです。

わたしは、尾道由起子に精神的なダメージを与えるために、あなたにあのリレー小説の話を持ちかけたのです。もちろんわたしは、あなたが神永朝江殺しの犯人であることを見抜いていました。

けれども、あの小説でそう書いてしまったら、あなたは「湖に死者たちの歌が――」を存在すらしなかったものとして、抹殺してしまったことでしょう。それではせっかくあの小説を書いた意味がありません。尾道夫妻に対する復讐を、あなたに果たしていただくわけにもいかなくなるのです。そこであたかも、尾道由起子が犯人であるかのごとく小説に書いたわけです。

もうひとつ、言っておきたいことがあってこの手紙をお出ししたのです。

男らしくない言い訳と思われるでしょうが、それは、わたしが小説が書けなくなったのは、あなたにも責任の一半があった、ということです。小説の筆を執ろうとするたびに、あなたの手厳しい言葉が頭に浮かび、とたんに筆が進まなくなっていたのです。

一度でいいから、あなたの鼻をあかしてやりたい――そんな心づもりもあって、あの二百七十六枚の「湖に死者たちの歌が――」を執筆したのですが、新しい本格推理小説を提唱されるあなたが、どのような読後感をいだいたか、それだけは直接お目にかかって拝聴したかったですね。

わたしは今、福井県の山間にある工事現場で働いています。なれぬ肉体労働ですが、それなりに楽しい毎日です。

尾道由起子への報復は、あなたの手によって叶えられました。こうなれば、もはや思い残すことはありません。

柳生照彦なる男はあくまで千曲川温泉で自殺したものとして、この世から抹殺し、わたしはまったく新しい人生をこの地で、ひとり静かに送るつもりです。

敬具

福井県某所にて
あなたの旧い友より

花積明日子様

あとがき

本書は今から二十三年前、昭和五十七年に『散歩する死者』と題して、徳間書店より刊行されたもので、私の六冊目の書下し長編である。

推理小説がなんであるかも、ろくにわきまえず、恐いもの知らずの小生意気なころの作品で、勤めの傍らに——と言うと聞こえはいいが、仕事はよくさぼった——無我夢中で書き綴った記憶がある。

プロットがプロットだけに、構想には多大な時間を費やしたが、あれこれとない知恵をしぼっていたとき、地味な脇役でしかない登場人物のひとりが、最後にさっそうたる主役に早がわりする趣向を、ふと思いついたのだった。

つまり、ほんのちょっぴりしか登場しない、読者も忘れてしまっている人物が、最後の最後に大舞台に登場し、ライトを浴びるというもので、別段目新しくはないが、私はこの思いつきに、ひとり悦《えつ》に入っていた。

そして、そのとおりの作品に仕上げたのだが、今回改稿の筆を執るにあたり、その主役たる人物が大見得をきる最後の章の、事件解明の部分に重大な欠陥があることを、編集の戸川安宣氏にずばりと指摘され、私は愕然としてしまったのである。

肝心な犯行のいきさつ、その動機等の記述が、あまりにも希薄で説得性がなく、省略されすぎていたのだ。したがって、いわば推理小説の基本の欠如した、最後の「真相」の部分は大幅に加筆、訂正した。

この一件では、濱中利信氏に筆舌に尽せぬ労苦とご迷惑をおかけしてしまい、お詫びとともに、深い感謝の意を表したい。と同時に、当時まだ駆け出しだったとはいえ、そんなおのれの不明さに忸怩《じくじ》たるものを禁じ得ない。

ところで迷惑と言えば、私のこれまで書いてきた原稿は、例外なく編集者の手をいたずらにわずらわせ、迷惑をかけていたが、この旧作『散歩する死者』こそ、その最たるものとして、まだ私の記憶に新しい。

当時、徳間書店では、私の原稿は、頭の切れる辣腕の女性編集者、松岡妙子氏が担当しており、よく私の会社のロビーや近くの喫茶店で顔を合わせていて、長きにわたりずいぶんとお世話になった。

『散歩する死者』の原稿を渡して二、三週間後に、打合わせのために、いつもの喫茶店で松岡氏と会ったのだが、私はそのとき、相手が取り出した自分の原稿を一瞥《いちべつ》して、思わず呆然としてしまったのである。

ほとんど全ページに近い原稿に、内容をチェックされた付箋が、これみよがしに、べたべたと貼り付けられていたからだ。

しかし私は、編集者の指摘する疑問点や相手の見解を熱心に聞き、ねじり鉢巻きで、最初のページから根気よく訂正していった。訂正という作業は、決して楽しいものではない。相手の編集者と意見が嚙み合わない部分もあって、時折、頭が混乱し、朱のサインペンを思わず投げ出したい衝動にかられたが、自分で播《ま》いた種は自分で刈らねばならない。

やっとの思いで全部の訂正を終え、何日か後に初校ゲラを手にした私は、またしても驚きと落胆を味わうことになった。その初校ゲラにも、原稿の折とさして変わらぬほどに、付箋なるものが、所嫌わずに貼り付けられていたからである。

落ち込んでしまった私は、無気力な投げやりな気分になり、ために再度の訂正作業にも身がはいらなかった。どう細工しても、エンジンのかかりそうもない、おんぼろ車を修理しているような、いらだちもあった。

炯眼《けいがん》な女性編集者が、そんな私の気持ちのひずみに気づかぬわけがない。

「しっかりしてくださいよ。こうなったら、原作者だけが頼りなんですからね」

と、案の定、お小言《こごと》をちょうだいした。

原作者自身がすっきりと説明できないような作品が、読者に受け入れられる道理がない。私は、なんでこんな変てこりんな小説を書いてしまったんだろう、と愚にもつかない後悔を繰り返していた。

この作品に限らず、私は原稿のことでつまずいたりすると、よく妻にぐちをこぼしたものだった。そんな女々《めめ》しい私を、妻はいつも適当にあしらっていたようだったが、あるとき、妻がいきなり、こんなことをつぶやくように言った。

「でもね。あなたの処女作や初期の作品、あなたが死んだあとで、きっと評価される日が来ると思う。そのときは、この私がちゃんと見とどけてあげるから」

「ばかばかしい。人間、生きているうちだ。死んでからの名誉よりも、今すぐに一杯の酒を飲むほうがいい、って話、知ってるかい」

私はえらそうに有名な諺《ことわざ》まで披露し、妻のそんな途方もない言を笑い飛ばしたのだが、その妻は二年前に、突然に他界した。

妻がどこにもいなくなって半年ほど経ったとき、戸川安宣氏から声がかかり、処女長編が『模倣の殺意』と題されて、昨年の夏に刊行された。正直言って、私はこんな古くさい遺物のような作品を手にする読者がいるのだろうか、と大いに危惧したが、意外にも、それなりの評価を得て、ために、『散歩する死者』が『天啓の殺意』と改題されて、また店頭に並べられることになった。

人生は皮肉の連続なり、とは、いみじくも言ったものだ――妻が予言した私の初期の作品群が、それなりに評価されたのは、この私が墓穴におさめられたあとではなく、その妻が逝《い》ったあとのことだったのだから。

「身後《しんご》の名《めい》は即時一杯の酒に如《し》かず」

私は時おり、そんなことをつぶやき、あの当時の妻とのやりとりを、淋しくもなつかしく思い出しながら、一杯ならぬ数杯の酒を毎夜たしなんでいる。

二〇〇五年四月一日

中町　信

解説

亜駆良人

本書は中町信氏の長編第六作にあたります。先に本文庫で刊行された『模倣の殺意』と同様、読者は作者の術中にはまり、結末にいたって驚愕の真相を知ることになります。

本書の初版は『散歩する死者』という題名で一九八二年にトクマ・ノベルズから刊行されました。

氏としては八〇年の第四作『自動車教習所殺人事件』や、第五作『高校野球殺人事件』が出版された直後の作品です。今述べた二作品のうち、特に前者は江戸川乱歩賞の最終候補作に残った作品なのです（残念ながら受賞は逃しました）。そのような時期に書かれた本作は、著者の脂がのりきっていた時代の作品であり、その出来映えは出色のものと言えましょう。

私は八二年の初版刊行時に早速購入し、読後三嘆した記憶があります。そしてその勢いは次の作品である『田沢湖殺人事件』以降の作品に受け継がれていくのです。

私が中町信氏の名前を知ったのはご多分にもれず『新人賞殺人事件』（『模倣の殺意』）でありました。その結末を読んだ時の驚きはここに書くまでもないでしょう。「やられた」と、思わずつぶやいたものです。まったく油断も隙もないとはこの作品のためにある言葉ではないでしょうか。同様の手法で読者を翻弄する氏の作品は、一言一句たりともおろそかに読むことはできません。

『新人賞殺人事件』は古書店で入手したのですが、当時の中町氏は第三作の『殺戮の証明』を発表されたばかりでした。第四作である『自動車教習所殺人事件』からはすべて初版刊行時に読んでいます。

『散歩する死者』が刊行された一九八二年というのは、西村寿行氏の『滅びの笛』を始めとする国内ミステリにおける冒険小説のブームが一段落した時期でした。当時は本格推理小説の書き手として、泡坂妻夫氏や都筑道夫氏が活躍されていました。島田荘司氏もすでにデビューしていて、第二作『斜め屋敷の犯罪』を刊行された年でもありました。中町氏は、そのような時期に数少ない本格推理小説の作家として希少な存在だったのです。ですから、氏の作品は、少数ですが、熱烈なファンを獲得していったのです。そして、その後に発表された作品も氏でなくては書くことのできないものであり、その作風によって中町氏はカルト的人気を獲得していくことになります。

本書『天啓の殺意』も先程述べましたように、読者は少しの油断も許されない作品で、相当気をつけて読まないと作者の思う壺にはまることになります。目次を見ていただければわかるように、プロローグとエピローグに本文が挟まれているのが中町氏得意のパターンです。そのプロローグでさえ油断することは許されません。作者は恐るべき罠を仕掛けているからです。そしてエピローグにいたって、作者の仕掛けに気がついた読者は、ようやく罠にはまったことを知るわけです。あまり細かいことを書けないのが、ミステリの解説（中町氏の作品の場合は特にそうです）の辛いところですが、後は読んでのお楽しみということにしておきましょう。

数年前に初めて中町氏とお会いする機会を得ました。その場所は浅草で、『浅草殺人案内』の舞台となった鮨屋です。お酒好きな氏は、また話好きでもあるようで、その時もお酒を飲みながらお話をさせていただきましたが、たまたま好きなミステリ作家の話になり、聞けば氏のお気に入りの作家はアガサ・クリスティということでした。意外に思われるかもしれませんが、氏の作品をよく読めばなるほどとうなずける点が多いと思います。トリックは別として、さりげない描写による伏線の張り方のテクニックはクリスティの作品からヒントを得たものだと考えられます。

以下本作のトリックを明かしていますので、本文を読了後にお読みください。

今から十八年も前になりますが、私どもの同人、畸人郷の会誌で中町氏の特集を組んだことがあります。その時、私が書いた「中町信論」という文章を引用させていただきます。

叙述トリックは某女史の余りにも有名な作品があるが、この作品は乱歩の「類別トリック集成」では、「意外な犯人」の項目に分類されている。この「意外な犯人」というのは極めてあいまいな分類である。言ってみれば、探偵小説の古典といわれる作品はすべてこの項に分類されるのではあるまいか。逆に考えれば、この叙述トリックというのは、独立した項目として扱いにくく、脇役的な役割を果たすものとしか考えられていなかったのではないだろうか。

この脇役的存在のトリックを逆手にとって登場したのが中町信である。叙述トリックをメインに押し出し、それを思うがままに駆使してきた。(中略)

叙述トリックは単純な言い方をすれば、Aという事柄(人物)をBという事柄(人物)に錯覚させるトリックである。ここで重要なのは、作者は読者にトリックを仕掛けているにもかかわらず、嘘は決してついていない点にある。勝手に読者の方で勘違い（思い込み）してしまい、作者の術中に陥るのである。この錯覚させるという媒体には、日記、手紙などが使われている。

十八年前と同様に今の私にとっても言いたいことのすべては、この文章に書かれています。『天啓の殺意』では作家の原稿が媒体として使用されています。そして作家の原稿に書かれた文章と作者によって書かれた文章との交錯が絶妙に工夫されています。すなわち、「追及」の章における花積明日子は実際には柳生照彦の原稿の登場人物なのですが、作者である中町氏の作品の登場人物のように錯覚させているのです。従って花積明日子の本当の行動は、読者の前には提供されてはいません。そして、それは「真相」の章にいたって初めて明らかにされるようになっています。ここで読者は作者の罠にはまった自分に気がつくわけです。

本文庫版では「事件」と「追及」の二章に分けられていますが、初刊本では分割されていませんでした。それは交錯を気づかれないようにするために作者が工夫したことだったかもしれません。しかし、本文庫版を注意して読むと、節を分ける数字は初めの二章だけは通し番号になっていることに気づかれることでしょう。「捜査」と「真相」の二章は1から始まっているのに、「追及」の章は「事件」の章の9に続いて10から始まっています。

これも中町氏の周到な計算に違いありません。そして初刊本における初めの章を二つに分割したことにより、より大胆な読者へのミスディレクションとなったと思います。
また会誌の同号では、中町氏への手紙によるインタビューの回答も掲載しています。全部で質問は十三あるのですが、そのうち読者の方が興味を持たれそうな二つをここに再録しておきます。

問 作品を書かれる際、プロットに合わせてトリックを考えられますか。それともトリックに合わせてプロットを考えられますか。そしてどういう風に、どういう時にそれらを考えられますか。
答 私の場合、まずトリック（物理的トリックではなく、全篇にまたがるトリック）を考える。トリックの創作は机の上ではなく、通勤中の電車の中とか、仕事中のことが圧倒的に多い。
問 作品を書かれる際には、プロットは固まっているのでしょうか。そして執筆のペースはどのようなものでしょうか。
答 私はプロット作成により時間をかける。本格長篇はぴっちりとプロットが出来ていなければ、一行も書けないと思う。書き始めると、平均一日十枚ペース。二か月弱で下書きは完成する。

いかにも中町氏らしい答です。これらの問への答からわかるように、まず読者に対する仕掛けから氏の執筆はスタートしています。ここに中町信のミステリの真骨頂があると思うのです。特に全編にまたがるトリックを最初に考えるというのは、中町氏が叙述トリックにいかに情熱を燃やしてきたかの証明にもなっています。

本文庫収録にあたり、著者は大幅に加筆されました。それは主に「真相」の部分ですが、初刊本では原稿用紙にしておよそ二十四枚分だったものが、倍以上になっています。やや説明が不足していたところも改稿された上、花積明日子と入内島之大の実際の行動表が新たに付け加えられています。これらにより事件の真相が明確に理解できるものとなりました。またすでに述べましたように題名も初刊の時の題名『散歩する死者』から『天啓の殺意』に変更されています。このたびの加筆や改題には、本作品に対する作者のなみなみならぬ意欲が感じられます。ただ改題については、『散歩する死者』という題名は氏自身が考えられて採用された唯一のものだったことと、私を含め昔からの読者にとっては、『散歩する死者』の方が馴染みの題名なので少し寂しい気がしますが、それをどう考えるかは読まれた方の判断にお任せしましょう。

最後に『錯誤のブレーキ』以来、中町氏の新作にお目にかかれないのが本当に残念です。近いうちに新作を発表され、私たち読者を驚かせていただきますよう心からお願いしたいと思います。